世界奇幻大师丛书
主编：姚海军

鬼人幻灯抄

二

江户篇
幸福之庭

[日]中西元雄 著

林园 译

天地出版社 | TIANDI PRESS

图书在版编目（CIP）数据

鬼人幻灯抄 . 二 , 江户篇 : 幸福之庭 / （日 ）中西
元雄著；林园译 . -- 成都：天地出版社，2024. 7.
ISBN 978-7-5455-8466-0

Ⅰ . I313.45

中国国家版本馆 CIP 数据核字第 2024WN1455 号

KIJINGENTOUSHO EDOHEN KOFUKU NO NIWA
© Motoo Nakanishi 2019
First published in Japan in 2019 by Futabasha Publishers Ltd., Tokyo.
Simplified Chinese translation rights arranged with Futabasha Publishers Ltd.
Through BARDON CHINESE CREATIVE AGENCY LIMITED, HONG KONG.
Simplified Chinese edition copyright:2024 Sichuan Science Fiction World Co.,Ltd.
All rights reserved.

本书简体中文版由四川科幻世界杂志社有限公司引进。
著作权登记号 图进字：21-2023-295

GUIREN HUANDENGCHAO ER JIANGHU PIAN XINGFU ZHI TING

鬼人幻灯抄 二 江户篇 幸福之庭

出 品 人 杨　政
著　　者 [日]中西元雄
译　　者 林　园
责任编辑 杨　柳　李　雪
特邀编辑 贾雨桐
责任校对 张思秋
封面绘画 [日]Tamaki
封面设计 霍笛文　姚　佳
版面设计 姚　佳
内文制作 刘　勇
责任印制 刘　元

出版发行 天地出版社
　　　　　（成都市锦江区三色路238号　邮政编码：610023）
　　　　　（北京市方庄芳群园3区3号　邮政编码：100078）
网　　址 http://www.tiandiph.com
电子邮箱 tianditg@163.com
经　　销 新华文轩出版传媒股份有限公司

印　　刷 四川省南方印务有限公司
版　　次 2024年7月第1版
印　　次 2024年7月第1次印刷
开　　本 889mm x 1194mm　1/32
印　　张 10.875
字　　数 222千
定　　价 49.00元
书　　号 ISBN 978-7-5455-8466-0

目录

きじんげんとうしょう

鬼的女儿

1

"有鬼出没。"不知何时，江户城中开始耸动着这样的传言。

天保八年（1837年），美国商船"莫里森号"强行闯进了浦贺港。以此事为发端，天保十四年（1843年）英国战舰"萨马朗号"强行对琉球、八重山进行了测绘，次年又有法国军舰"阿尔克墨涅号"开进那霸港，日本长期以来奉行的锁国政策渐渐露出了破绽。

时值嘉永三年（1850年）秋天，西方列强正在暗中活动，而日本幕府却束手无策。也许是不安的情势正在渐渐地侵扰平民百姓的内心，因此"有鬼出没"的传言在江户传得绘声绘色。

江户原本就是充满奇闻逸事的城市，例如妒火中烧的鬼女、柳树下的幽灵以及每夜出来游荡的魑魅魍魉等，民间传闻简直数不胜数。但最近几年，这些诡异之物的目击事件正在以惊人的速度增加。虽说如此，平民的日常生活还是没有什么改变，所有人都怀着惴惴不安的情绪过日子。

但是，大家心里都明白。

有些东西就要一去不复返了。

此时，距离甚夜离开葛野已经过了十年之久。

◆

善二在十岁那年搬进了位于日本桥大街上的商店——须贺屋。在之后的十年里，他作为学徒在店里跑腿打杂。二十岁的时候，善二就升任了店里的二掌柜。

也许是因为善二天生待人亲切，所以颇受批发商及顾客赏识，被认为有机会成为须贺屋的下一任掌柜。

"我告辞了，以后也请您多多关照。"

"彼此彼此，和善二先生做生意我非常放心。"

"哈哈，您别取笑我了，我哪有那么厉害。"

日本桥地区不仅大街上全是商铺，就连小路上也有很多批发店，因此总是人来人往，一派忙碌的景象。善二一如既往地一大早就来到日本桥拜访批发店的各位店主。

须贺屋主要经营簪子、梳子、坠饰及扇子等日用小物件，除了直接委托匠人制作独一无二的商品，也会从批发商那里采购批量生产的产品，因此善二有很多机会和批发店打交道，如今他已经和小路上的店主们混得很熟了。

"说起来，您知道'千轩堂九左卫门'这家店吗？"

"您是说传马町那家图书店吗？我偶尔会去看看。"

"哎呀，那里有卖阴间（年轻的男娼）的春宫图，新上市的那批很不错哦。"

"不不不，不好意思。我之前也跟您提过了，我对这些不太感兴趣的。"

可是关系变得亲近之后，谈话中偶尔就会出现这种深入的话题，善二毕竟是个男人，自然不会讨厌春宫图，但是他并不好男色，因此对于这类话题总是轻轻带过。

"那么我先告辞了。"

带着讨好的微笑稍微对付几句之后，善二赶紧离开了小路。

"好了，回去吃个饭吧。"

善二一大早就开始东奔西走，现在肚子已经饿了。他一面想着今天的午饭会有什么菜式，一面哼着小曲走回店里，但走到店门口却发现有点不对劲，于是停下了脚步。

"咦，怎么了？"

须贺屋是一家挺大的商家，面朝街道的店铺和主屋之间由玄关屋连接，因为店铺独立于主屋，所以除了特殊情况，玄关的门基本上都是开着的。善二回来时发现，明明还在营业时间，店铺却没有开门。

这是怎么回事？

善二带着疑问走向玄关，发现门并没有上锁，于是他轻轻地拉开门，从门缝中向里看去。

店里有两个男人，善二认得其中之一，是须贺屋的店主重藏。但另一个人他从没见过，那是位身高接近六尺的大个子，善二身高不过五尺，比他矮上一头。这个人虽然看上去身形偏瘦，但从他露出的肩颈处的结实肌肉来看，不难想象他衣服下的身体一定非常精壮。

老爷和他在说些什么呢？

这位身材伟岸的带刀男子虽然将服装打理得很干净，但却没有结发髻，只是把长达肩膀的头发杂乱地绑在脑后而已。这可不是普通武士的发型，也就是说他充其量是某位武士家里吊儿郎当的三儿子，或者根本就是个没有正职、游手好闲的浪人①。

善二一开始以为是无赖上门找碴儿勒索，可看两人之间又并不是那种气氛。那么他们到底是什么关系呢？商家的店主和浪人之间应该没有什么接触的机会才对，像这样特意关上店门说话就更加令人捉摸不透了。

善二本打算继续再透过门缝偷看一阵子，但是大个子突然将视线投向玄关，直接与善二对上了眼。

善二不由得身体发抖，冷汗直流。大个子察觉到善二的存

_____

① 指离开主家、居无定所的武士。

在，稍微皱起了眉毛，他虽然看起来年轻，目光却宛如刀锋一般凌厉，恐怕做的并不是什么正经营生。

大个子用低沉的声音说道：

"好像有人来了。"

重藏闻言也向玄关看去，如此一来善二也无法继续偷看下去了，他只好强装笑容，拉开大门。

"哈哈，您好您好，不好意思啊，我好像打扰你们了。"

善二觉得非常尴尬，只能一边不断地点头哈腰，一边走进店里。看着善二这副模样，店主用一贯低沉的语气说道：

"……是善二啊。"

重藏是须贺屋的店主，他白手起家创立了须贺屋，如今虽已年近五十，但依然亲自操持着店里的事务，可以说是位天生的商人。他的表情总是十分严肃，从眉间的皱纹就能看出他有多么辛劳。

"是的，我回来了。老爷，这位是？"

看到店主没有发怒，善二安心地松了一口气，并将视线投向大个子。听到他的提问，重藏的眉头皱得更紧了。

"这是我雇用的浪人。"

"咦？"

善二不自觉地发出了奇怪的声音。

雇用？

"您是说……让他在店里干活？"

"笨蛋，不学无术的浪人怎么可能会做生意！"

当着本人的面没必要这么说吧，善二用余光偷瞄了青年一眼，看看他有没有显得不高兴。

青年似乎把重藏的话当作耳边风，表情毫无变化。善二原以为浪人的脾气都很暴躁，没想到这一位倒颇为冷静。他的年纪应该比自己还小，看上去只有十七八岁的样子。

"我是雇他来保护奈津的，听说他的剑术挺不错。"

"保护小姐？"

奈津是重藏的女儿，但实际上两人并没有血缘关系。奈津出生后不久，她的家人就遭遇不幸，是重藏收养了变成孤儿的她。重藏非常宠爱这个女儿，对她的任性大都采取了纵容的态度，从他的长相来看，完全想象不出他居然是如此溺爱女儿的父亲。

"噢噢，您说的是之前那件事啊？"

重藏慢慢地、重重地回答了一声"嗯"。

原来如此。善二明白了，这位浪人是来当护卫的。

"接下来就交给你了。奈津虽然和我没有血缘关系，但就和我的亲生女儿一样，你给我好好地保护她。"

重藏一脸严肃地说完就准备离开，哪怕身为雇主，这种态度也未免太傲慢了些，可是大个子只是静静地点了点头作为回答。

也许是对他有礼貌的举止很满意，重藏的嘴角也稍微放松了一些，无意中罕见地露出了愉快的表情。

"就由你来告诉他详细情况。"

"不不，由老爷来说才比较合适吧。"

"叫你说你就说！"

"……是，我明白了。"

店主的命令是不能违抗的，即便如此，善二还是感到些许不满，因此眯起眼睛目送重藏转身走进里屋。他发现重藏的脚步不知为何好像显得比平常轻快一些。

一直生闷气也没用，善二转向一直默默等着他们说完话的浪人：

"不好意思啊，但我们家老爷为人其实并不坏。对了，我叫善二，是须贺屋的二掌柜。"

"在下甚夜。"

善二佩服地松了口气。提起浪人，一般人都会联想起泼皮无赖，看来并非全然如此。虽然不爱说话，但这位青年遣词用字时至少能保持最基本的礼仪。

"好的，请多关照。事不宜迟，我想先问问老爷和你说了哪些情况？"

"他只说有鬼要伤害他的女儿，叫我把鬼除掉。"

考虑到面子问题，奈津和重藏之间的真实关系本应该是保密的，可重藏却毫不在意地将此事告诉了这位青年，反而对最关键的具体委托内容只字不提。老爷究竟在搞什么名堂啊？善二不禁哑然。

"这不就是什么都没说吗……那么就由我来简单说明一下吧，我们是想委托你担任奈津小姐的护卫。"

"奈津……是店主的女儿对吧。"

"没错，今年十三岁了，虽然有点任性，但是个很可爱的小姑娘。如你所知，她并不是老爷的亲生女儿。"

"奈津小姐的双亲呢？"

"听说好像生下奈津之后不到一年就双双去世了，因此她才被老爷收养。然后呢，据我们家小姐所说，好像最近每晚都'有鬼出没'。"

接下来，善二说起了事情的起因。

昨天，奈津突然说家里有鬼。

一开始是有黑影落在了奈津房间走廊方向的拉门上，奈津以为自己是在做梦，因此并没有在意。

第二天，影子比昨天变得更大了一些，拉门的外面是庭院，也就是说有什么东西正从庭院慢慢朝房间靠近。影子看上去是人形，似乎奈津正是因此才会想到来者是鬼。

第三天，也就是昨天，奈津实在是感到害怕了，这才找父亲商量此事，听到女儿说"有鬼出没"之后，重藏露出了难过的表

情,并答应为她找个护卫。但就在当天晚上,鬼伴随着呻吟声再次出现了,并且特别清晰地说出了一句话:

"还我女儿……"

鬼的叫声低沉冰冷,却又充满着渴望,让人从内心深处感到不寒而栗。

"'还我女儿'……"

"没错,也就是说鬼把奈津小姐当成了自己的女儿,想要把她抓走。"

居然有在找女儿的鬼,这未免过于荒唐无稽,一时间令人难以置信。

善二本以为甚夜会对此嗤之以鼻,可是没想到他居然在认真地思考着什么。

"你就是为此被雇来的护卫,虽然不知道是不是真的有鬼出没,不过,只要能让老爷和小姐安心就行了。"

"听您这么说,似乎您并不太相信小姐的话呢。"

"啊,不不,还行……吧。"

说老实话,善二确实不太相信。毕竟他多年以来一直在须贺屋中居住和工作,却从没见过据说在昨天出现的那种鬼怪,因此他确实很难将奈津的话照单全收。

奈津年仅十三岁,虽然已经不再是个小孩,但依然还是偶尔会向父亲撒娇的年纪。因此善二认为所谓的"有鬼出没"可能只是奈津为了获得父亲的关心而编造的谎言而已。

"哎呀，我怎么想根本无关紧要，对吧？重要的是保护好奈津小姐。但是话说回来，老爷为什么会找个浪人来保护自己的掌上明珠呢？"

"不正是因为在下是个浪人吗？总不能跑去奉行①所报案说家里闹鬼了吧。"

"嗯，也有道理。"

虽然语气中有几分讽刺，但确实只有唯利是图的浪人会接下这种委托。在这种人当中，眼前这位恐怕算是最佳选择了。

"啊，不好意思，我的话太失礼了，我先说清楚，我可完全没有看不起你的意思哦，只是以我们家老爷的性格，很难想象他会做出这种决定而已。"

"没关系的，请别在意。"

又搞砸了，善二发现自己像重藏一样失言之后，马上向甚夜道歉，但甚夜依然十分平静，不知道他是真的毫不在意，还是没有表露出情绪而已，真是个沉稳的男人。

总之，还好雇用的是这样一个人。毕竟他必须保护的奈津虽说是商人家的大小姐，但也称不上端庄娴静。她性格有些傲慢，讲话也不太客气。善二心想，幸好雇用的不是一个脾气暴躁

---

① 日本江户时代的官名，负责所辖地的城市区域的行政及司法工作。其办公地点被称作奉行所。

的浪人，依甚夜的这种性格，应该不会中途因为生奈津的气而撂挑子走人。

"是吗，那就好。另外你不必用敬语对我说话，我最怕那种郑重其事的礼仪了。"

"这样对商家的二掌柜会不会太失礼了？"

"我也没有那么了不起啦，只不过是店里学徒比较少才选上我的。"

"但我不认为您只是因为这点原因就被提拔的。"

"嗯，确实如此，要是太谦虚的话也对不起老爷对我的信任。啊，话题跑远了，总之对我不用那么客气。"

善二说自己不喜欢郑重其事的礼数确实是真心话，但这只是让对方不必说敬语的原因之一，另一个原因是他很欣赏这位浪人。

面对这平易近人的态度，甚夜本来还有些踌躇，但善二不停地表示"没关系啦"之后，甚夜终于放弃似的点了点头：

"那我就恭敬不如从命了。"

"还是这么一板一眼啊，算了算了。别光站在这里讲话了，我们到小姐那里去吧。"

"善二！"

"不好意思，看来不必去了。"

正在两人气氛融洽地聊到一个段落的时候，店里响起了年轻女孩的声音。善二和甚夜一起转头看去,只见一位身穿上等暗红色衣服的少女双手叉腰,眼角上抬,一脸不高兴地站在那里。

"啊,小姐您好,我回来了。"

"太晚了!我不是叫你早点回来吗?"

奈津的态度一如往常,对于比自己年长的善二照样强势地发号施令。

傲慢、讲话不客气,这就是须贺屋的人们对奈津的印象。可是善二自己对此倒并不太在意。

"哎呀,您又不是我妈,而且我出门是去工作的呀。"

"你说什么?"

"没没,没说什么……"

被奈津一瞪,善二不禁露出了苦笑。奈津虽然不是重藏的亲生女儿,但却颇有几分父亲威严的气势。

奈津今年十三岁了,虽然多少有些霸道,但对于从小就和她打交道的善二来说,她就像一个淘气又可爱的妹妹一样。作为富裕商人家的女儿,奈津既不会趾高气扬,也不会看不起在店里做学徒的善二,尽管性格确实有几分泼辣,可本质上是个好孩子,所以善二一点儿都不讨厌这位少女。

"说起来,那个人是谁?是店里的顾客吗?"

奈津一边问一边用讶异的眼神看着甚夜,甚夜从头到脚都是标准的浪人打扮,而所谓浪人大都是游手好闲、吃了上顿没下顿的家伙,因此在人们的心中自然没有留下什么好印象。

"哦,这是老爷找来保护小姐的人。"

"父亲找来的?"

"没错,担任您的护卫哦,您不是说有鬼出没吗?"

"哼,看上去很年轻啊。"

"啊,但是老爷说他的剑术相当了得呢。"

"是真的吗?"

"是的,没错。"

虽然我也没有亲眼见识过——善二没有把这句话说出口,因为他觉得没必要故意说些让小姐更加怀疑的话。

但这份心思看来是白费了。

"这样啊,那你让他回去吧。"

奈津把头一转,毫不客气地抛下这么一句话。

"小姐,这恐怕……"

"要保护我的话,也就是得一直跟在我身边对吧,我才不要呢,反正他不过就是听到些捕风捉影的传言就跑来想捞一笔的无赖吧,可惜不好意思,我连一个铜板都不会付给你这种人的。"

"不不,本来也不是由小姐您来付钱……他毕竟是老爷选的人,我觉得肯定不是什么地痞无赖。另外,您自己也说这件事是捕风捉影……"

"你好啰唆啊，总之我不要浪人来当我的护卫。"

父女两人说话都很过分，可是善二不过是个在店里打工的，不敢贸然劝阻他们。

"但这也是老爷担心您安全的一片心意啊。"

"如果一定要有人跟着我的话，那就你来好了，你的话就没关系。"

"啊，这不行吧？我手无缚鸡之力啊。"

"是吗，那算了。总之快点把这家伙赶走。"

奈津不满地鼓着脸颊，走回自己的房间去了。

只剩下两个男人无可奈何地站在原地。

奈津这种强势专断的态度真的和重藏一模一样，在一旁默默地听着他们对话的甚夜面无表情地发出了一声不知道是哑然还是佩服的叹息。

"虽说不是亲生父女，但他们真的好像啊。"

"……总之，非常抱歉。"

没错，确实很像。

善二只能挤出一丝干笑。

◆

天空逐渐染上了夜色，江户也渐渐沉静下来，静得甚至让人觉得有些毛骨悚然。

花草树木也都进入了梦乡，但奈津却没有睡着，她正抱着双膝坐在被褥上。

奈津在吃过晚餐之后就回到自己的房间里闭门不出，可是始终毫无睡意。随着夜色渐深，她愈发感到不安，甚至反而变得更加清醒，脑海中全是鬼的丑恶模样。来自庭院方向的影子每天都在变大，今天估计就要进到房间里来了吧？一想到这里，奈津的双肩就止不住地颤抖。

虽然奈津平时的言行给人傲慢、强势的感觉，但她终究只是个十三岁的女孩，绝没有看起来那么坚强。奈津在懂事之前就失去了所有亲人，因此非常害怕孤身一人。在被重藏收养为女儿之后，她又害怕再度被新的家人所抛弃，她讨厌这样一直担惊受怕的自己，所以才拼命装出强势的态度。奈津就是这样一个既不坦率又不相信自己能讨人喜欢的少女，旁人根本看不出来她其实怀抱着不为人知的忧虑，只是倔强地装作若无其事而已。

"小姐。"

奈津不安的思考被熟悉的男声打断了。

"善二？"

拉门上映出了一个人影。

来者正是善二，他在奈津四岁那年来到须贺屋，两人从善二还是个初出茅庐的学徒时就在一起，一直相伴至今。善二是店里少有的完全不会被奈津的嘲讽语气所激怒的人,平常对她也颇为关心照顾。尽管善二有些马虎,可他为人亲切好说话。因此虽然从来没有当面对善二提起过,但奈津一直把他看作比自己大好几岁的兄长。

"您还没睡吗?"

"还说我呢,你自己这么晚又在做什么呢?"

"哎呀,我想来冒充护卫。"

善二在屋外的走廊上坐下,盯着鬼会出现的庭院进行监视,身边还放着托盘、茶壶和茶碗。他坐在奈津的房外一动不动,看来是准备熬夜为奈津看门了。

"……你为什么要这么做?"

"小姐您不是说了吗,由我来陪伴您就没关系。"

看来善二真的按照奈津任性的要求劝退了之前的浪人,并且察觉到了奈津心中的不安,主动来担任她的护卫。无论奈津采取多么尖锐的态度,善二都不会对她弃之不顾,他就是这样的一个人。

"我确实这么说过,但是……"

"我不擅长打斗,但至少可以当个稻草人吧,虽然不能驱鸟,说不定却可以驱鬼呢。"

"善二……"

善二一边开着玩笑一边发出轻轻的笑声,奈津不禁安心地松了口气。但她依然无法坦率地表达自己的情感，反而用厌恶的口吻说道：

"哼，反正你也认为我在撒谎对吧。"

"不不，我……"

听到善二吞吞吐吐的回答，奈津心中一阵刺痛。

奈津知道善二肯定是真的在为她担心，但是他归根结底却并不相信真的有鬼出没，因此他今晚其实并不是来担任护卫，而是来安慰这个心神不宁的少女的。这让奈津更加不甘，她既像在控制自己的情绪，又像在害怕似的咬紧了嘴唇。

"父亲肯定也认为我在撒谎，所以才会派那种浪人来。"

"不，我不这么认为。"

奈津也明白自己说的是抱怨的丧气话，善二马上就否定了她的说法。

"老爷一直都很关心您，一直都很爱护您，这一点是毋庸置疑的。"

善二的言语没有一丝犹豫，这既不是掩饰也不是安慰，完全是他内心的真实想法。

"可是我……"

——又不是他的亲生女儿。

差点脱口而出的话让奈津自己都觉得恐怖，因此强行将其吞了回去。或许在旁人看来重藏十分关爱奈津，可是没有血缘关系这道心结却让她无法承认这一事实。

因为在奈津懂事之前父母就已去世，所以她其实并没有什么关于亲生父母的悲伤回忆。

对她来说，重藏才是自己真正的亲人。

但是奈津从须贺屋的店员那里听说了，重藏其实有一个离家出走的儿子，所以，她始终无法摆脱"自己只不过是重藏亲生儿子的替代品"这一想法。自己虽然非常仰慕重藏，但可能重藏并没有那么喜欢自己，这一念头始终在奈津的心中挥之不去。

啊啊，既然如此，干脆——

还我……

这令人厌恶的声音响起的瞬间，奈津脑海中的负面思绪就立刻消失了。

啊啊，来了，果然今晚也出现了。

"啊，啊啊……"

"小姐，您怎么了？"

"来了，它来了！"

"什么来了……啊——"

善二比害怕的奈津晚了一步才察觉到了异样。

冰冷彻骨的哀叹让庭院笼罩在令人毛骨悚然的气氛里。

还我……女儿……

"喂喂……不是真的吧……"

善二的狼狈一目了然。

不过这也情有可原，毕竟他从一开始就不相信有鬼，所以根本没有想到居然真的会发生这种事。

"善——善二！"

"小姐，您待在房间里别出来！"

善二的阻止晚了一步，奈津已经推开门，亲眼看到了那个正在蠢动的恐怖身影。

还我、女儿。

善二还无法理解到底发生了什么。

鬼的身影从黑暗中浮现，仿佛渗入了空气中一般，连黑夜都为之动摇。

从虚空中显现的鬼，皮肤仿佛被酸泼过一样，完全腐烂了，从它的外貌上也分辨不出是男是女。这个有着四肢的肉块仿佛想要寻找什么东西似的伸出了手臂，慢慢地朝着房间靠近。

"这是怎么回事啊，现实中怎么会出现这种东西？"

没错，这就是现实，鬼径直把手伸向了"女儿"……伸向了奈津。

奈津吓坏了，想要转身逃跑，但双腿发软，根本使不上力气，只能害怕地将身体缩成一团。

"呀……"

从她喉咙里发出的嘶哑的声音连惨叫都算不上。

但有东西像要挡住她内心的恐惧一般遮住了她的视野。奈津的眼前出现了一个熟悉的背影——善二为了保护奈津，挡在了鬼的面前。

"哈、哈哈，小姐……您别……担心。"

关键时刻，还是善二挺身而出想要保护奈津，可是普通人面对这种怪物根本无计可施，从善二不断颤抖的双腿就能看出他心中非常害怕，只是在虚张声势而已，想必他也非常清楚自己只是螳臂当车。

鬼并没有停下脚步，它根本没把善二这个搅局者放在眼里，而是继续慢慢地缩短着与奈津之间的距离。

还我……

它充满渴望的叫声令人毛骨悚然，奈津一想到即将发生的悲剧，脑袋一下子就失去了思考能力。善二一定会坚持到最后关头，不会抛下奈津逃走，那么结局如何也就可想而知了。

太可怕了，想到将要亲眼看着善二被杀，奈津就感到恐惧不已，仿佛即将被杀的是自己一样。

……女儿！

鬼发出的臭气十分刺鼻，长相也丑陋得令人作呕，可是奈津就是无法将视线从鬼的身上移开。

啊啊，全完了。奈津满心恐惧，心如死灰，只能茫然地看着一切发生。

鬼将手伸向善二的头部，想要掐死他。

就在善二即将一命呜呼的时候，鬼伸出的手臂突然消失了。

"……啊？"

呆若木鸡的善二所发出的惊叹也道出了奈津的心境。想象中的悲剧一直没有发生，低头一看，鬼的手臂不知为何已经落在地上了。

这到底是怎么一回事？

仿佛要解开她的困惑一般，一个人影出现了。

因为事情发生得太过突然，奈津的脑子一时来不及反应，不过看到闯入者的模样之后，她目瞪口呆。

来者是一个身高近六尺的大个子，腰上系着铁刀鞘，手中拿着太刀。奈津记得这副打扮。这不是白天那个浪人吗？

"我姑且先问一句，你叫什么名字？"

男子用打招呼一般的轻松语气向鬼提问，但鬼并没有回答，只是不断地重复着"还我女儿、还我女儿"。

"罢了，我本来也没指望你能回答。"

虽然正在与怪物对峙，但男子的情绪却非常平静，他的举止过于从容，不禁给人一种此刻已经回归日常的错觉，奈津的恐惧也因此减轻了几分。

"你……你是之前的浪人？"

"我现在是来上门推销的。"

男子以让人觉得非常缓慢的速度举刀摆好了架势。

鬼也许是通过刀刃上闪过的寒光理解到来者不是猎物而是敌人,它突然一跃而起,以袭击善二时无法比拟的速度向男子飞扑过去。

"危——"

险字还没出口,不过也没有必要了。仅仅一刀就分出了胜负。

男子看准鬼的动作,往前跨出一步,纵向劈下太刀,电光石火之间,怪物已被砍成两半,倒在了地上。

"好——好厉害……"

只用一刀就能将鬼打倒,这家伙绝非常人,他简直像是小说中那些有着胡编乱造般传奇经历的剑豪。

浪人——甚夜转过身,背对着鬼的尸骸。他面不改色,平静地说道:

"现在,你觉得我这身本事值多少钱呢?"

2

夜晚的庭院，倒在地上的鬼，拿着刀的男人。

星光映照着这个非现实的场景。

男子若无其事地问道：

"现在，你觉得我这身本事值多少钱呢？"

奈津过了一会儿才反应过来，"我连一个铜板都不会付给你这种人的"——这是对自己之前那句话的讽刺。

"……讨厌的家伙。"

终于冷静下来的奈津连嘴硬的话都说不出来。善二也回过神来，对她失礼的发言进行劝阻。

"小姐您也不能这么说话吧，毕竟是他救了我们呀……话说回来，你叫甚夜对吧，你怎么会在这里啊？"

"我的雇主是重藏阁下，所以即使善二阁下叫我回去，我也恕难从命。"

"也就是说，你是假装离开，其实一直躲在庭院里？"

"差不多吧。"

看来他确实是假装离开，然后偷偷摸摸地躲藏起来，一直等待着鬼的出现。奈津想象着他躲在庭院中那丢人的样子，但也幸亏如此自己才能逃出生天，因此也没道理去抱怨他的行为。善二似乎也怀着和奈津同样的想法，大大地吐了一口气。

"呼，算了算了，谢谢你了。老实说，我完全没有想到真的会出现这种怪物。"

"……你果然认为我在撒谎嘛。"

善二安心之后不小心吐露了真心，奈津马上投来了责难的目光。碰上这道冰冷的目光，善二才恍然大悟自己刚才失言了。

"啊，不不，这个嘛……"

善二本想出言掩饰，但他一看到奈津湿润的眼眶就慌了手脚，一句话都说不出来。

"无所谓，反正事情也结束了。"

奈津擦了擦眼睛，却无法擦去她的失望与寂寞之情。

谁都不相信自己，这份忧伤在她的心里投下了一道阴影。

"听我说，小姐。"

"事情还没有结束。"

善二的辩解被更有力的声音压过。在轻松的气氛下，只有甚夜依然绷紧神经，用锐利的眼神紧紧地盯着刚刚被砍倒在庭院里的鬼的尸骸。

"你说啥呢，鬼刚刚不是被你劈成两半了吗？"

鬼一动不动，已经完全没有了气息，但是甚夜的表情依然十分严肃，也没有收起自己的刀。

在甚夜的提醒下，两人看向倒在地上的鬼，马上就发现了奇怪之处。他们渐渐地可以看到原本被鬼的身体所遮住的地面了，也就是说，鬼的尸骸随着时间推移正在逐渐变透明。

"喂喂，这是怎么回事？"

尸骸的颜色也越来越淡，好像自然融入夜色一般逐渐消失。奈津和善二从未见过这种景象，就在他们感到疑惑的时候，鬼在几十秒的时间内就彻底不见了。

"它死了吗？"

"鬼死后会化作白汽消失，我至今从来没有见过鬼有其他死法。"

甚夜摇了摇头，表情依然十分严肃。

刚才鬼的身上完全没有冒出白汽，也就是说……

"虽然不知道它耍了什么伎俩，但它还没有死。"

"那么，那个鬼……"

"只要鬼的目标还是这位姑娘，它一定还会再来。"

一度缓和下来的气氛又再度紧张了起来。

甚夜挥刀甩去刀身上的血迹，慢慢地将刀收入刀鞘中，这一套动作既柔和又流畅，甚至让人感觉时间的流逝也随之慢了下来。

"不好意思，奈津小姐，哪怕您不愿意，接下来我也要担任您的护卫。"

与彬彬有礼的遣词用句相反，甚夜的语气斩钉截铁，不容辩驳。

◆

甚夜一整晚都坐在奈津房间外的走廊上。

虽然他熬夜守卫，但鬼却没有再度出现。鬼以往只在夜里出现，如今天色已明，应该多少可以放心一些了。不过既然鬼还没有被杀死，那么情况依然不能说有所好转，尽管熬过了昨夜，但还不能掉以轻心。

身后传来拉开纸门的声音，看来奈津醒过来了。甚夜回头一看，少女的神情依然带着几分阴郁，正一言不发地迈开脚步。

"您要去哪儿？"

"我去洗脸，你别跟过来。"

态度还是一点儿都不客气。

天已经亮了，昨夜的鬼应该不会出现了。做出这一判断之后，甚夜简短地回答了一句"好的"，随后就将视线重新移向庭院。这座庭院打理得井井有条，唤起了甚夜心中的阵阵乡愁。

甚夜正怀着平静的心情欣赏庭院的风景时，奈津回来了，她在甚夜身边慢慢地坐了下来。

"有睡着吗？"

"睡了一小会儿。"

奈津的头发乱糟糟的，还没来得及打理，表情也有几分阴沉。

他们虽然相邻而坐，但是关系并不亲近，也谈不上熟悉，气氛颇有几分尴尬，两人就这么沉默了很长一段时间。

"小姐，让您久等了。"

打破沉默的既不是甚夜也不是奈津，而是一位端着托盘的须贺屋学徒，看年纪不过是个孩童。

"是给他的，放好你就可以走了。"

"是。"

学徒按照奈津的吩咐将托盘放在两人之间就离开了，托盘上有两个饭团、腌菜、茶壶和茶碗，食物都还冒着热气，可能才刚刚做好。

"这是？"

"早饭。"

奈津冷冷地回了一句。甚夜没能理解她话中的意思，微微皱起了眉头，结果奈津焦躁地继续说道：

"你肚子应该饿了吧。"

看来奈津是以洗脸为借口去交代这件事了，估计是想对熬夜守卫的自己表达感谢之意吧。不知道该说她是笨拙还是不坦率才好，真是个脾气别扭的姑娘啊。

甚夜微微地低下头说了句"谢谢"，对她的关心表示感谢。不知为何，奈津露出了惊讶的表情。

"怎么了？"

"……我只是没想到浪人也会这样坦率地向人道谢，有点失态了。"

看来在她心中，浪人全都是些无礼之徒。甚夜一面觉得无可奈何，一面大口咬着饭团。奈津似乎也没有离开的打算，就这么静静地坐在吃着饭的甚夜身边，两个人都看着庭院。

"你说，今晚它还会来吗？"

"恐怕会的。"

"哦……"

虽然奈津装出一副不感兴趣的样子，但她的双肩却在无法掩饰地颤抖着。

鬼那全身腐烂的丑恶模样看上去就十分恐怖，但奈津恐惧的根源却并不在此。甚夜也曾听到鬼那句冰冷彻骨的"还我女儿"中透出的渴望，这喊声伤害了少女内心的敏感之处。

"我说，那个鬼，该不会……"

甚夜大概能想象到她后面没说出来的话。既然奈津根本不认识在她懂事之前就已经去世的双亲，那么她的心中一定对自己的身世有着挥之不去的疑虑。

"不必担心，我的剑术还是挺厉害的。"

考虑到奈津的心情，甚夜故意来了个答非所问。奈津闻言虽然露出了微妙的表情，但依然微微地点了点头。

"我承认你确实很强，但你真的非常与众不同，我原本认为浪人都只会逞口舌之能，一旦形势不利就逃之夭夭。如今看来，父亲还是很有眼光的。"

奈津虽然开口夸奖甚夜，但态度依然居高临下。善二说她态度傲慢真是一语中的，甚夜如今有了切身感受。尽管如此，甚夜并没有感到不快。这不仅是因为对方只是个未成年的小姑娘，更因为她是奈津，所以甚夜对她傲慢的口吻视若无睹。

"你不生气吗？"

"我生什么气？"

"我从昨天开始就对你很不客气，但你却完全没有生气啊。"

"原来你也有自知之明啊。"

"你真啰唆，给我好好回答啦！"

甚夜只是稍微讽刺了一下就受到了粗暴的言语回击。奈津非常急切地想要得到答案，甚至让人觉得她有些过度敏感了。

甚夜又喝了一口茶，随后坦率地回答道：

"其实有一半是我装的。在和对手较量的时候，如果流露出自己的感情就会露出破绽，所以我总是有意识地努力让自己保持平静。"

"保持面无表情也是剑术的一部分？"

"可以这么说。"

说是始终保持战斗的心态的话可能有点夸张，只是因为甚夜本来就是容易冲动的性格，所以他平时就一直注意控制自己的情绪而已。

"……等等，这就是说其实你心里还是生气了嘛。"

"是啊，有点生气。"

甚夜以喝茶聊天似的轻松语气回答，结果奈津露出了非常困惑的表情。

对方既然生气了，那么自己应该道歉吗？不对，道歉也很奇怪啊。奈津脑中飞过各种各样的想法，令她烦恼不已。但比起昨晚的剑拔弩张，还是换上开朗表情的此刻让人自在。

"你不用在意，无法信任来路不明的家伙是理所当然的。"

"虽然话这么说没错……"

奈津没有说出后半句话，而是用鼓起脸颊的方式来表达自己的想法。看到她这种幼稚的行为，甚夜静静地露出了笑容，这是他发自内心的笑容。

"有什么好笑的啊？"

奈津怀疑甚夜是在嘲笑自己，于是狠狠地瞪着他，可她终究只是个十三岁的少女，根本无法给甚夜带来任何压迫感，反而不可思议地让两人之间的气氛更加和谐了。

"没什么，就是觉得你真是不中用啊。"

"……哼。"

奈津还是无法坦率道歉，不高兴地扭过了头。

但甚夜却无法把她的这种行为称作幼稚，因为他记得自己也曾像奈津一样笨拙，虽然心里想要表现得更好，但却由于各种各样的原因而无法按照自己真正的心意行事。

"毕竟谁都会有不管心中如何思考都没办法把事情做好的时候啊。"

"……你也会吗？"

"是啊，哪怕到了我这个岁数，也还是有很多不如意的事情的。"

"你还没到说这种话的年纪吧。"

"也对，确实如此。"

甚夜的语气稍微有点儿僵硬，奈津感到有些奇怪，歪着头问道：

"我是不是说了什么奇怪的话？"

并非如此，甚夜只是心中感到了一些苦涩而已。

他的外表和十年前离开葛野的时候相比没有任何变化，他看上去依然是个十八岁的少年。

甚夜和妹妹一样，肉体不再衰老，这是因为他已经变成了鬼，不再是人类了。

原本普普通通的聊天却再次让甚夜想起这一事实，他感到一阵心痛。但会感到心痛，也代表自己还保留着一定程度的人心。

"呵，你们能相处得这么融洽，真是太好了。"

就在甚夜不知如何回答的时候，从店铺走来一位皱着眉头的男子，他就是须贺屋的店主重藏。

"父亲！"

奈津马上起身向父亲奔去。

好险啊，甚夜松了一口气。这样就没有人会看到自己刚才的表情了。奈津完全没有注意到甚夜之前微微皱起的眉头。

"早上好，您怎么一大早就来了？"

"我只是来看看情况而已，奈津，昨晚睡得好吗？"

"嗯，睡得很好！多亏父亲为我找来了护卫！非常感谢您的关心。"

奈津回答的时候满面笑容。虽然她给人傲慢无礼的印象，但却非常仰慕自己的父亲，同样地，她的父亲也露出了慈祥的笑容，想必也是非常珍视身边的女儿吧，这份亲密的父女之情让人不禁露出微笑。

"是吗？"

女儿平安无事固然让重藏非常高兴,但他马上就变回了原来那副严肃的样子。不过,他身上却散发出一种非常满足的气息。他重重地点了点头,然后转向甚夜:

"干得不错。"

"事情还没结束呢。"

"那你就好好地完成交给你的任务。"

"我会努力的。"

何其乏味的对话。

甚夜冷淡地应付着,低头喝茶,根本不看向重藏。这种行为对雇主是很不礼貌的,但重藏并未对此加以指责,而且他自己的行为和甚夜一样,双方都故意不看对方。

"你这家伙,父……雇主在和你说话,你这是什么态度!"

结果他的女儿反而生气了。

"没关系,奈津。"

"父亲……"

"这家伙是值得信赖的,不讲礼貌也无妨。"

平常非常讲究礼数的父亲居然如此轻易地放过了浪人无礼的言行,随后转身向店里走去。奈津对重藏的这种反应非常吃惊,却只能哑口无言地目送父亲离去。

在重藏走进店铺之前,甚夜喊住了他:

"重藏阁下。"

重藏没有回头，只是停下脚步背对着他。

这样就好，也不是什么必须面对面说清楚的事情，只不过是想告诉他一声而已。

"我会报答您的恩情的。"

这一句话就足够了。甚夜说完这句没头没脑的话之后就将目光投向庭院，悠闲地继续喝茶。

奈津自然不明白这句话的含义，不过重藏却马上理解了甚夜所要表达的意思，他立刻垂眼说道：

"……你就好好努力吧。"

总觉得他的语气听上去颇有几分满足，甚夜闻言嘴角也露出了微笑。

两人不再继续对话，重藏迈步走回店里去了。

"等一下，刚才的对话是什么意思啊？"

奈津语气强硬地追问甚夜，但是甚夜并不想回答，他喝下了最后一口茶，然后故意把茶杯重重地放回托盘上，发出了"咚"的一声。

"承蒙款待。"

甚夜说完站起身来，迈步准备离开。既然已经熬过了夜晚，那么就暂时没有保护奈津的必要了，他此时离开也是理所当然的。不过没有得到正面回答的奈津似乎对此非常不满：

"等等，你要去哪儿啊？"

"有点困了，我晚上再来。"

甚夜没有停下脚步，只是稍微举了下手以示告别就离开了庭院。

离开前，他又看了看这座宅邸和庭院。多亏刚才喝的茶，他才能把此刻突然涌上来的情绪全都吞回肚子里。

"真是个莫名其妙的家伙。"

身后传来了奈津不满的声音，但是甚夜并没有回头。

离开之前，甚夜到须贺屋的店铺里走了一趟，只见善二正指挥店里的学徒们做开门营业前的准备工作。甚夜有些事想要问，于是看他的忙碌告一段落就上前搭话。虽然还在工作中，但善二依然亲切地笑脸相迎。

"哦，甚夜，你要回去啦？"

"是的，但在回去之前，我还想和你打听点事。"

"现在吗？啊……不好意思，老大！我要稍微走开一下。"

善二对着店内一个三十岁左右，身着短褂，正单手拿着账簿清点商品的男子喊道，这位估计是店里的掌柜吧。

"是要谈奈津小姐的事情对吧？记得在中午之前回来哦。"

"知道啦，那我先走了。"

看起来掌柜对事情也有一定程度的了解，你要伺候那个任性的姑娘真是不容易啊——他脸上露出的苦笑仿佛这么说着。

无论如何，托他的福，善二可以暂时离开，于是善二赶紧完成了手边的工作，从店里跑了出来。

"不好意思，在你正忙的时候打扰。"

"哪里，我们不也给你出了不少难题吗？所以你不必在意啦……而且我也有些话想和你再聊聊。"

亲眼看见鬼之后，善二心里似乎也有着自己的想法。虽然他看上去神色轻松，笑容满面，但隐约之中还是透露出几分忧郁之色。

"你要吃点儿什么吗？"

"不必了。"

"那就各来杯茶吧，再给我一碟丸子。"

离开须贺屋之后，两人来到附近的茶屋坐了下来，并很快点好了食物。一大早，茶屋里只有几个客人，正好适合谈话。

"昨天多亏有你出手相助，我再次正式向你表示感谢。"

善二将手放在膝上，深深地低头致谢，对穷困潦倒的浪人都如此诚挚地表达谢意，更展现出了他的品性。甚夜接受了他的道谢，但表情却没有丝毫放松，因为情况并没有根本性的改变，还不能放松警惕。

"我说过事情还没结束吧。"

"啊，确实如此……不好意思，今晚还要麻烦你。"

"没问题。"

甚夜果断地回答之后，不知为何，善二的脸色却阴沉下来。甚夜并不期待对方会欢迎自己上门，但善二的这种反应还是出乎他的预料。

"你是真的相信啊。"

善二无力地说，语气宛如忏悔般沉重。甚夜闻言稍稍动了动眉毛。善二碰都没碰店员送上来的茶，他眼神迷茫，脸上露出了难为情的苦笑：

"你是因为相信鬼会出现，所以才一直埋伏在那里的，对吧？"

"没错。"

"而我却没有相信小姐的话，我还以为她只是想撒个谎吸引老爷的关心而已。"

看来不是宛如，而是名副其实的忏悔。甚夜静静地倾听着善二悔恨交加的话语。

"但是小姐她根本没有说谎，我应该要相信她的。可我却……"

如果真心为奈津着想的话，就必须比来路不明的浪人更加相信她才对，可自己却没能做到，善二为此叹息不已。他原本以为不会有鬼出现，一切都是奈津的谎言，结果伤害了她的感情。

善二心如刀割。悔恨之意从他的表情，从他发抖的双肩漫溢而出，一目了然。

"不好意思,就当我没说过吧。"

甚夜没有回答,他喝了一口茶,仿佛在表示自己什么都没听到。

善二再次抱歉地说了句"不好意思",然后仿佛要一扫之前的阴霾似的露出开朗的笑容问道:

"对了,你想向我打听什么事?"

这明显是强颜欢笑,但甚夜也无意点破,他假装完全不在意善二僵硬的假笑,缓缓切入正题。

"我想打听一下奈津小姐的事。"

"打听我家小姐?"

"因为鬼说的那句'还我女儿'……让我有些在意。"

初次见面的时候善二对他说过,在奈津懂事之前她的双亲就都去世了,因此她才被重藏收养。那位少女不记得亲生父母,所以在面对说着"还我女儿"的鬼的时候会感到十分恐惧,因为她会想到,莫非自己的父母是……

"这样啊……"

善二大概知道甚夜想要问些什么了,但他的反应并没有那么严肃,而是用带着几分轻松的口吻谈起了奈津的双亲。

"小姐的亲生父母确实都已经去世了,我也理解你在担心什么……放心吧,那是不可能的。如果是那样的话,老爷是不会收养她的。"

"为什么？"

出于对须贺屋店主父女的道义，善二陷入了短时间的踌躇之中，但是思考之后，他自言自语地嘀咕道："这也是为了小姐好。"

然后善二平静地说道："老爷的妻子是被鬼杀死的。"

甚夜的右手下意识地握紧了茶杯，接下来要聊的可不是让人愉快的话题，善二将要诉说的是重藏的过去，也是重藏仇恨鬼的理由。

"这也是从老大……我们店掌柜那里听说的。所以老爷非常讨厌鬼，这次的事儿，他的反应比小姐还要激烈。"

"也就是说，哪怕奈津小姐有一丝可能是鬼的女儿，重藏阁下都不可能收养她？"

"正是如此，而且听说小姐是老爷亲戚的女儿，老爷对她父母的情况非常了解。虽然说万事无绝对，但是我认为大致上是不存在你担心的那种情况的。"

甚夜无言，迟疑了一会儿。他对于鬼的真实身份已经有了大致的推测，眼神也自然因此变得锐利起来。

"你还是觉得可疑吗？"

"不，我还想问你另外一件事，重藏阁下有那么讨厌鬼吗？"

"这个嘛……唉，老实说，老爷其实有个儿子。"

"儿子……"

"啊，说是儿子，其实比我年纪要大，听说他很早之前就已离家出走，从此杳无音信，老爷说这也是鬼造的孽。"

善二不好意思地挠着脸颊。

"唉，老实说，那些事情我只是略有耳闻而已，如果深究，小姐会很伤心的。"

因此，善二才不打算强行了解这段过往，一直以来，对于店主儿子的话题也是尽量避而不谈。虽然他有时候显得缺根筋，但这件事却证明了他确实非常爱护奈津。

"我觉得自己还是不去了解这件事的来龙去脉为好。不过对于老爷来说，夫人被杀，少爷离家出走，鬼就是夺走自己家人的仇敌。"

"……原来如此，他受过伤啊。"

"就是这么回事，他虽然不爱说话，但你别把他当作坏人哦。"

甚夜无言地点了点头，回应了善二真挚的请求，两人间的对话突然就没了后续。善二受不了这种不自然的安静，又随意抛出了一个话题：

"啊，对了，你父亲呢？"

"很久之前就……"

甚夜发现自己回答的口气有些僵硬，他不禁感叹自己虚度岁月，却没有什么长进。

善二似乎也察觉到了回答背后所蕴藏的情感，表情阴沉了下来。

"难道说……"

"我的剑术是养父教的，他是我们家乡最厉害的剑士，但在和鬼的战斗中……"

甚夜的脑海中浮现了许多熟悉的脸庞。元治带回了一对离家出走的兄妹，而他的妻子夜风也很自然地接纳了这两个来路不明的孩子。养父母对甚太可说是恩重如山，但自己还没来得及报恩，他们就都去世了。受到他们那么多的关爱，自己却没能尽到一丝孝道，实在是太窝囊了。

"不好意思，问到了你的伤心处。"

"没事，是我自己要说出来的。"

"听你这么说我就好受些了。"

尴尬的气氛并没有消失，两个人话不投机地聊了些无关紧要的话题之后就道别了。

整个白天都没有发生异常情况。

然后，夜幕再度降临。

3

恐怖故事。

魑魅魍魉。

柳树下的幽灵。

传出数盘子声的房子。

鬼。

牛之首。

虽然怪谈有很多很多，但另一个故事更令我感到害怕。

双亲在我懂事之前就去世了，是现在的父亲收养了我。虽然他在工作中非常严格，常常露出十分吓人的表情，但对我却非常温柔。父亲不爱说话，但一直很关心我，就算我们之间没有血缘关系也不要紧，反正我不知道自己的亲生父母是谁，对我来说，他就是真正的父亲。

但是，我听说了。

"老爷一定很痛苦吧。"

"不仅夫人被鬼杀害了,连少爷都被鬼女给拐走了……这么大的家业到底要留给谁啊。"

"老爷大概还是相信总有一天少爷会回家来的吧。所以他才没有收养男孩,而是收养了一个女孩。"

原来父亲曾经有过妻儿,可是全都被鬼给夺走了,这就是父亲非常讨厌鬼的原因。

"真难喝……"

每当父亲独自一人看着夫人的牌位喝酒的时候,表情总是非常悲伤。因此我知道父亲如今依然想念着已经失去的家人们。就像学徒们说的那样,他依然还在等待着儿子回来,对我来说,父亲就是我真正的亲人,可是对于父亲来说,真正的家人已经被鬼夺走了。

脑海中闪现出令人厌恶的想象,莫非把父亲当作家人只是我的一厢情愿?莫非我只是个"替代品"而已?如果真的如我想象的一般,那么父亲的亲生儿子回家的那天,就是我被抛弃的日子。

我既想听,又不敢听,所以我始终保持着沉默。

恐怖故事。

魑魅魍魉。

柳树下的幽灵。

传出数盘子声的房子。

鬼。

牛之首。

虽然怪谈有很多很多，但另一个故事更令我感到害怕。

胡编乱造的故事其实根本没有什么好怕的。

最恐怖的，是现实。

◆

夕阳西下，店铺也关门了，重藏回到主屋的家中和奈津共进晚餐。

两人无言地动着筷子，虽然对礼仪非常讲究的重藏不喜欢有人在吃饭的时候讲话，但今天却罕见地主动开口了。

"奈津。"

"哎？啊，在。"

奈津一时没反应过来，回话时不禁有些结巴，她有些不好意思，脸上发烫。

"那个护卫表现如何？"

"嗯，虽说是个浪人，但看上去为人不坏，毕竟是父亲亲自挑选的人嘛。"

"这样啊。"

"谢谢您的关心。"

"这是理所当然的,世上哪有不担心女儿的父亲。"

父亲很少露出笑容,可是奈津很高兴,她知道父亲关心着自己之后满足地露出了笑容。父亲收养了孑然一身的她,他是她心目中唯一的亲人。虽然奈津也把善二当作哥哥看待,但善二还是无法与重藏相提并论。

重藏好酒,因此酒壶每天晚上都会出现在餐桌上。他将自己斟在酒杯里的酒一饮而尽后露出了放松的表情,奈津看准这个时机开口问道:

"父亲,您为什么雇用了那个男人?"

奈津对人选并没有什么不满,甚夜确实是个值得信赖的人,但这是倒因为果,她单纯地想知道父亲为什么会选择一位浪人来担任自己的护卫。

重藏"唔"了一声,略做思考之后,他一边把玩手中的酒杯一边回答道:

"我是从熟客那里听来的,他说最近江户到处都在传说有鬼出没,与此同时,还出现了一个凭着一把刀就四处杀鬼的男子。"

"这个男子就是那个浪人?"

"是的,听说只要愿意付钱,什么鬼都不是他的对手……本领似乎确实非常高强。"

奈津很高兴,表情也松弛了下来,父亲并没有把"有鬼出没"当作假话而随便找个浪人来应付她,而是以"鬼真实存在"

为前提, 经过深思熟虑之后为她做了安排。

"最重要的是他值得信赖, 非常适合担任你的护卫。"

重藏微笑着再度往杯中斟酒, 他这样高兴地享受美酒的样子非常少见。

他将杯中最后的酒一饮而尽, 发出了满足的叹息。

父亲以慈祥的目光注视着空酒杯, 可是奈津不知道他从中看见了什么。

"接下来就交给你了。"

夜里, 甚夜来到了须贺屋, 重藏对他说完这句话后就回自己房间去了。

甚夜和善二守在奈津的房间前, 和昨夜一样监视着庭院方向。

看到在走廊上严阵以待的两人, 奈津有些惊讶。

传说能杀鬼的浪人出现在这里倒不奇怪, 毕竟他是父亲出钱雇来的护卫。问题是另外一个根本不会武艺的家伙⋯⋯

"⋯⋯怎么善二也来了?"

"那个, 我想看看有没有机会挽回昨天的失态来着, 哈哈。"

奈津从房间里伸出头来, 眯着眼睨睨着善二。

你明明就不相信我说的话——虽然奈津没有开口, 但她的心中所想已经准确地传达给了善二, 这让他感到手足无措。

"哼,随便你。"

善二非常清楚奈津刻薄的态度很大程度是拜自己昨夜的失言所赐,因此他没有出言反驳,承受着奈津的冷言冷语。

"好冷淡啊……请原谅我吧,小姐。"

"……那你下次带我出去玩吧,这样我就原谅你。"

"没问题,只要您愿意原谅我,您想去几次都行!"

原本还像被主人抛弃的丧家犬一般的善二马上露出了亲热的笑容。

其实,估计奈津也松了一口气吧。虽然她确实有些伤心,但其实并没有那么生气,之前的表现只是在闹别扭而已,她本来就准备找个合适的时机原谅善二。

尽管她因为不好意思而没有说出口,但心里却觉得能这么快就找到和解的机会真是太好了。

善二和奈津都感到如释重负。

平静下来之后,奈津向甚夜搭话道:

"说起来,你和我父亲之前就认识吗?"

"以前确实打过交道。"

"可是父亲好像非常欣赏你啊。"

奈津的话让善二似乎也想到了什么,他点头附和道:"还真是。"

"你也这么觉得对吧?本身父亲会雇用一个浪人就已经很

奇怪了，早上那么没礼貌，父亲也没生气。"她继续追问甚夜，"你和我父亲到底是什么关系？"

"总觉得您好像是在质问丈夫外遇对象的妻子呢。"

"善二你闭嘴。到底是什么关系？"

甚夜对奈津质问般的语气表现得毫不在意，他依然没有将视线从庭院移开，保持着警戒的姿势回答道：

"我也不知道他为什么那么信任我。我会接下他的委托只是为了报恩而已。"

"……报恩？算了，父亲似乎很信任你，那我姑且也就先相信你，至少你的剑术确实非常了得。"

哪怕是个来路不明的浪人，只要是父亲信得过的人，奈津就同样愿意信任，由此可见重藏在奈津心中有着多么重的分量。

也许是对奈津的回答感到不可思议，甚夜稍微有了一些反应。

"就因为重藏阁下信任我吗？看来奈津小姐真的非常仰慕他啊。"

"那还用说吗，尽管不是亲生女儿，但父亲还是把我养育至今，我怎么可能不感激他呢。"

重藏虽然很少表达自己的感情，但在奈津心中，他不但是自己唯一的家人，还是个既严厉又温柔且令她自豪的父亲。

"那就好。"

甚夜回答的语气非常温和，根本不像是一个以杀鬼为生的人。

"你们还真是父女情深啊，重藏阁下似乎也很为你担心。"

"真的吗？"

"那还用说，您想想看，老爷一听您说家里有鬼，就马上找人来保护您。老实说，这都有点过度保护了吧。"

奈津虽然对甚夜和善二的说法抱有疑问，但还是难以压抑油然而生的喜悦之情。尽管鬼随时可能出现，这份喜悦还是让她瞬间忘记了恐惧。

"……说不定真的如善二阁下所说。"

"嗯？"

"没什么。"

也许是过于激动，奈津没有听清甚夜的自言自语。她正想追问，没想到对方先开了口。

"……对了，我听说重藏阁下好像还有个儿子……"

"我不认识。"

没等甚夜说完，奈津就开口打断了他，之前的喜悦之情全部烟消云散，只剩一股郁闷之气充斥心中。奈津为了掩饰自己不高兴的情绪，故意语中带刺地责备甚夜：

"他都已经离家出走了我怎么认识？你别问这些奇怪的事情。"

"这样啊……对不起。"

浪人的语气虽然有些冷淡，但并没有生气，甚至还像接受了奈津的说法一样微微点了点头。他这副冷静的样子不知为何反而让奈津觉得有些不好意思，没办法再那么激动地说下去了。

又过了大约一刻①。

一开始大家还会聊个几句，但随着夜色加深，大家的话也越来越少。随着困倦的增加，奈津也变得越发呆滞，昨夜恐怖的回忆再度在心中浮现，让她的心情越来越忧郁。

"你不睡吗？"

"哪里睡得着啊。"

奈津没有回房间，而是在走廊上消磨时间。甚夜几乎一直一动不动地盯着庭院，而善二则关心地问她"身体还撑得住吗"，虽然方式有所不同，但两个人的出发点都是为了奈津好。

考虑到鬼的目标是奈津，那么她应该躲进房间，钻进被窝里，然后闭门不出，这样做或许更能减轻他们的负担。奈津心中虽然这么想着，但话中还是流露出了焦躁之意。

"我说……鬼和人之间能生下孩子吗？"

如果父亲说的话属实，那么这个一直以来都在和鬼战斗的浪人对这些事应该也是有所了解的。

---

① 日本旧时计时单位。江户时代使用的"不定时法"将一日分为昼、夜，又分别将昼、夜各等分为六刻。受到昼夜长度变化的影响，一刻的长度也会变化，并不精确，一般当作2小时左右。

"能的，至于孩子像人还是像鬼就没有一定之规了。"

"这样啊……"

奈津淡淡的期望也落空了。

是啊，果然如此啊。

鬼的要求正是"还我女儿"。

"小姐，没事的，不可能是那样的。"

"可是我既不是父亲的亲生女儿，又没有见过亲生父母，说不定、说不定我真的……"

奈津对善二的安慰充耳不闻，仿佛火山爆发一般地大叫起来。

没错，我根本不知道自己的双亲是谁，要是鬼所说的"还我女儿"是真话，那么它说不定才是我真正的亲人。

"不，那个鬼根本不可能是你的亲人。"

甚夜的语气中不带一丝感情，仿佛金属一般冰冷。这种一点都不温柔的表达方式让奈津的情绪更加亢奋，甚至达到了激昂的程度。

"你怎么知道！"

"我就是知道，因为我认识那个鬼。"

甚夜淡然的语气让奈津瞬间冷静了下来。

"……咦？"

"我和它稍微有些缘分，所以我知道它不是你的亲生父母，这是毋庸置疑的。"

"真的吗？"

"我不会骗你，你不必为此感到不安。"

甚夜斩钉截铁地说道，视线依然聚焦于庭院。他的态度十分干脆，不带顾虑和怜悯，反而让他的发言更具说服力。

"对，对啊！您看，连除鬼专家都这么说了！我们一定会赶走那个什么鬼的！"

"……你反正只能袖手旁观吧。"

"嗯，总觉得您一直都在针对我……"

奈津故意辛辣地出言讽刺，善二闻言重重地垂下了肩膀，但仔细一看却发现他正在偷笑。他这样装疯卖傻，大约是在以自己的方式关爱着奈津。奈津一察觉到这一点，胸中的喧嚣就平静了下来。

"呵，说着说着就觉得困了。"

奈津大大地伸了个懒腰，用余光瞄了甚夜一眼，发现他依然死死地监视着庭院。

幸好他没在看自己。奈津下定决心，但又带着几分忐忑地问甚夜：

"喂，你、你叫什么名字？"

"……甚夜。"

"哦，甚夜，那以后我用名字叫你了。"

以名字相称，这也许已经是目前她能表现出的最大限度的善意了。即便如此，奈津还是马上不好意思地扭过了头。

在眼前听着他们这番对话的善二用手遮住自己的嘴，可还是漏出了呵呵呵的笑声。大概他是看到奈津无法坦率地向甚夜表达谢意的样子太过有趣，才忍不住笑了吧。在双肩颤抖着笑了一阵之后，善二收起笑容，在甚夜耳边小声地说道：

"甚夜，多亏你了。你是故意说谎安慰奈津小姐的吧。"

"你说什么？"

"不用装傻啦，你怎么也这么不坦率。"

突如其来的道谢让甚夜皱起了眉头，但善二看起来倒是很开心。

"喂喂……别在我眼前说悄悄话啊。"

"哎哟，真是不好意思。"

被奈津一瞪，善二马上微笑着敷衍过去。他们之间的斗嘴也恢复了以往的气氛，不像之前那样剑拔弩张了。

"……你们认为鬼是怎么诞生的？"

甚夜从走廊上站起身来，打断了他们的谈话，也打破了其乐融融的氛围。

"你怎么突然问起这个？"

虽然善二提出了疑问，但甚夜只是沉默以对，他突然的举动也让奈津感到非常困惑。

"怎么诞生……这个嘛,我认为应该也是父母生下来的吧,但实际上是这样吗?"

"鬼有很多种诞生方式,有的双亲都是鬼,有的是被鬼侵犯的人类所生,有极少数的是出于人鬼相恋,甚至还有凭空诞生的。"

"凭空?"

"人的情感是有力量的,负面情感尤其如此。愤怒、憎恶、嫉妒、偏执、悲哀、饥饿,等等,在人的内心深处沉淀,最后凝结成形。"

也许是因为捕捉到了什么预兆,甚夜才提出了刚才那个问题。

奈津瞪大了眼睛。庭院中吹过一阵微温的风,仿佛应和着甚夜刚才所说的话一般,眼前的空气开始扭曲,宛如黑雾一样的东西弥漫在院子里,并逐渐集中起来,沉淀、凝固,化为形体,整个过程真的和刚才聊到的内容一模一样。

也就是说——

"无中生有的鬼,就是获得了实体的情感。"

鬼正在诞生。

甚夜轻轻地跃进庭院当中,把害怕的奈津抛在一旁。

但是他并没有发起攻击,甚至都没有拔刀出鞘,仿佛正等待着鬼开始行动一般。

雾霭慢慢凝固，变成了长着四肢的怪物，它全身上下都是腐烂的皮肤，发出呛鼻的恶臭，那模样实在是丑恶无比。

"告诉我你的名字。"

甚夜再次询问鬼的名字，但得到的反应和昨夜相同，或许是鬼的智力很低，所以只能重复呻吟着"还我……女儿……"而已。但和之前不同的是，今天的鬼毫不犹豫地将带着刀的浪人当作敌人，突然猛扑过来。

鬼的动作很快，如果面对鬼的是奈津的话，她根本来不及反应，可是对于甚夜来说却太慢了。

他转过身体退了半步，趁着双方距离缩短的瞬间，仿佛故意钻入鬼的怀抱似的重重地撞过去，轻而易举地将鬼击飞，鬼根本来不及调整姿势就直接摔倒在庭院之中。

"看来连自报家门的智力都没有……真是可惜。"

甚夜哪怕和怪物交锋也丝毫不落下风，甚至非常轻松地就避开了对方的攻击。他超乎想象的强大让奈津惊讶不已。

不过敌人也是远超人类理解范围的存在，它起身以四肢着地的方式咆哮着再度冲向甚夜，甚夜依然没有拔刀，而是直接挥起未出鞘的刀，用刀柄由下往上地打中了敌人的下巴，接着再用刀鞘狠狠地给了对手一下，鬼招架不住，再次被打倒在地。

但是用刀鞘远远不能给鬼造成致命的伤害，鬼第三次爬起身来，再次开始行动，气定神闲地看着这一幕的甚夜轻轻地叹了一口气。

"喂，你在干什么啊?! 拜托你，不要这么优哉游哉啦……"

善二忍不住开口抱怨道，奈津也觉得难以理解。即使是他们这些外行人也看得出来鬼根本不是甚夜的对手，只要甚夜有意，应该马上就能解决对手，可是他却故意不这么做，甚至连刀都没有拔出来。

"可以斩了它吗?"

甚夜令人意外地使用了反问的口吻。

就在他们进行这些无用的对话的时候，鬼已经再次站起身来。尽管甚夜已经完全摆好架势，却依然没有发动攻击。等得不耐烦的善二忍不住大叫起来:

"当然可以啊! 快点动……"

他的话被一个更响亮，也更坚定的声音给打断了。

"我问的是奈津小姐。"

"……咦?"

奈津脑中一片空白，只是呆呆地呼了一口气。

她不明白为什么他会在这种时刻提到自己。

"问我……什么?"

奈津明明不知道甚夜要问的是什么，却不知为何有股情绪涌上心头，让她不由自主地全身颤抖起来。

奈津明显动摇了。甚夜紧紧盯着她，视线仿佛看穿了她的内心。不，不对，说是看穿还太温和了，应该说是仿佛切开了她的内心，令她的心思一览无遗。

"被鬼袭击之后，你的父亲仿佛真正的家人一般对你关怀备至，这不正是你心中所期盼的吗？我要再问你一次，真的可以斩了这鬼吗？"

甚夜的语气很平淡，但却把奈津心中真正的想法说了个八九不离十。

可怕。实在是太可怕了。奈津什么话都说不出来，她害怕得全身颤抖。

她害怕的既不是鬼，也不是自己的双亲是鬼的可能性，让她害怕到无以复加的是自己一直以来都藏在心里却被这位无礼的浪人所察觉的那份脆弱。

有个很可怕的故事。

奈津的双亲在她懂事之前就已死去，是重藏收养了她，虽然亲生父母已不在人世，但她一点都不感到悲伤，比起根本不记得长相的他们，重藏才是她真正的父亲。

可是，后来她听说父亲其实有个亲生儿子，不过在鬼杀死了父亲的妻子之后，那个儿子也因此离家出走。

重藏那么痛恨鬼，一定是因为他还怀念着自己的家人。就像店里学徒们所说的那样，他一定还在等着儿子有朝一日归来。即使奈津把重藏当作真正的家人，但对于重藏来说，他真正的家人早已被鬼给夺走了。

所以，奈津想，也许对于父亲来说，自己只是他亲生儿子的替代品，他对自己，恐怕并没有自己对他那么深的感情。

这份不安始终在心头挥之不去。

啊，既然如此——如果我也同样被鬼袭击的话，父亲就会为我担心不已了吧。

"善二阁下的话确实一语中的，虽然奈津小姐本人没有察觉，但这一切都是她所引发的闹剧。"

鬼一次又一次地爬起身来，一次又一次地攻击甚夜，无论多少次被打倒在地，它都不死心地继续向甚夜而非奈津冲去。

恶鬼也许不想再听甚夜继续说下去，它似乎不想进一步暴露自己的脆弱，明知不是对手却还是拼命地攻击甚夜。

"就算我现在斩了它，它也还会再度出现的。"

"为——为什么？"

为什么你知道会再出现？

因为头脑已经无法思考，奈津问了一个根本没必要问的问题。其实即使甚夜没有说出口，她心里也很清楚，毕竟自己的事情，自己最明白。

"很简单，因为这个鬼就是奈津小姐心中情感的化身。"

他毫不留情地直接说出了真相。

"它按照你的心愿出现，稍稍闹出一点动静，让你最喜欢的父亲和善二阁下来关心你，谁说出你不爱听的话，鬼就攻击他，这实在也太过巧合了，这其实就是你心中所希望的吧？"

"别说了……"

"在你满意之前，不管被斩了多少次，鬼都会马上复苏……只要不斩断根源，它就永远不会消失。"

"什么嘛，难道……要我去死吗？"

"不必，只要你说一句'斩了它'就行。"

甚夜的眼神宛如锋利的尖刀般射向奈津。

奈津知道甚夜想要表达什么。如果那个鬼是从奈津的情感中所诞生的，那么说出"斩了它"就代表奈津要抛弃这种情感，他是要让自己立刻舍弃珍视父亲的感情。

"这，怎么行……"

自己不可能抛弃这份感情。

奈津现在清楚为什么鬼的长相如此丑恶了。

——那，就是我。

奈津藏起脆弱的自我，把自己不想面对的一切全都掩盖起来，却又希望着能得到他人的关爱。她一方面非常依赖对自己温柔以待的父亲，一方面又不相信对方真的爱自己。她嫉妒父亲已经失去的妻子和儿了，同时却又不愿意承认这份嫉妒，对自己心中那些丑恶的"东西"完全视而不见。恶鬼那副腐烂的容貌，其实就是隐藏在强势态度下的奈津。

"不要……我不要……"

好可怕，本来隐藏着的丑陋暴露在他人的凝视之下居然如此可怕。

奈津哭得像几岁的小孩一样。在这期间鬼还在不断地袭击甚夜，结果每次都被击倒。一直珍藏在自己心中的情感就这么被殴打、被踢飞、被打翻在地，原本不想让人看见的事物就这样暴露在他人眼前。

奈津只是想和父亲和睦相处而已，但不知什么时候，这份小小的心愿却已扭曲变形，还从中诞生出了丑陋的怪物。哪怕双亲真的是普通人，能在心中孕育出如此恶鬼的自己也毋庸置疑是鬼的女儿了。

其实真正应该被斩杀的是——

"不是这样的，小姐。"

但是，奈津此时听到了一个饱含着温情的声音。

"善、二……"

"这家伙说要斩的是鬼，而不是您啊。"

不对，不是这样。奈津呜咽着承认那个恶鬼其实就是真正的她。无论怎么掩饰，她的内心就是那么个丑陋到不堪入目的怪物，自己是绝对不可饶恕的。但是善二却温柔地握住了她的手。

"就是我，就是我啊。"

"小姐，听我说，虽然大家都说我为人亲切，其实我心中也有讨厌的人。老实说也有早上爬不起来不想去店里工作的时候，因老爷无理的要求而生闷气更是家常便饭了。"

只不过一直没有表现出来而已——善二玩笑般地耸了耸肩，轻轻地笑了笑。

善二为人亲切，给批发商和顾客们都留下了好印象。这样的人却若无其事地吐露出如此抱怨，让奈津深感意外。无论自己用多么泼辣的态度对待善二，他总能妥善应对，轻松带过。虽然善二总是说错话，但他为人率直，各种工作都很拿手，对于年幼的奈津来说，善二是个能够像兄长一样认真对待自己提出的任性要求的人。

但奈津之前并不了解，也没有想过去了解，原来善二也有着自己的烦恼。

"这不仅仅是小姐的问题，其实大家都一样。但是，我喜欢的人比讨厌的人多，工作顺利的话也很有成就感，就算再怎么生气，我还是非常感激对我照顾有加的老爷。这些都是我的真心话，所以没有必要一直沉浸在阴暗的想法当中而闷闷不乐吧？"

善二的心中也有他所不想面对的鬼，所以他才能这么直接地劝告奈津不需要如此不安。

善二没有把奈津的情绪轻视为少女不成熟的纠结，而是完全接受了丑恶的鬼就是奈津，并认真地面对这一问题。

"哪怕鬼是由小姐的情感所生，但它也不能代表您的全部啊。因为我很了解，您虽然有些任性泼辣，却不失温柔，且对父亲敬爱有加。"

"善二……"

"所以，否定这些冒出来的抱怨和不满就行了，之后再堂堂正正地、坦率地面对老爷。别担心，在老爷心中，您绝对是他重要的家人。"

正是因为她一直不愿承认心中的负面情感，这些情感才化为了丑陋的鬼，可即便如此，鬼也并不是奈津所有感情的化身。

所谓的"斩杀"并不是抛弃自己的情感，而是要改正过去的错误重新出发。过去，奈津为了掩饰胆小的自己一直故意摆出强势的态度，而只要珍视他人就难免会因心生嫉妒而变得言不由衷，但"斩杀"就是要承认心中的这份丑陋也是自身情感的一部分，并努力让自己能够为自己而骄傲。

"您和老爷父女俩都是不善言辞的人，差不多也该彼此敞开心扉好好地谈一谈，真正成为一家人了吧。"

没错，说得没错啊。

这一定就是我心目中真正期盼的幸福吧。

"……斩了它。"

奈津将这份心情托付给了背对着自己的甚夜。

丑陋的鬼是自身情感的化身，接受了这个事实，奈津才能否定它的存在。

并不是说否定了这份情感它就会马上从心中消失，现实永远是最可怕的，因此从今往后这丑陋的鬼恐怕也会始终纠缠着奈津。但此刻她要抛弃过去那种惶惶不可终日的生活，哪怕恶鬼没有消失，她也要接受它的存在，并且努力让自己在未来的日子里变得更加坦率。

"斩了它！"

"可以吗？"

"嗯，它大概就是我心中的情感，也是一直以来害怕面对真相、对很多事情闭目塞听的我。但从今往后我不会再这样下去了，我要努力改变自己。"

虽然身体还在瑟瑟发抖，但奈津依然坚强地睨视着鬼。

甚夜似乎感觉到了奈津的决心，他回头露出了笑容。

笑容中宛如家人一般的慈爱与温暖让奈津一瞬间觉得非常耀眼，但是这笑容真的只持续了一瞬间。甚夜收起笑容，再度用锐利的眼神盯着恶鬼。

"没错，虽说世上没有永远不变的东西，但鬼是不会改变的，所以裹足不前的情感才会生出鬼来。"

人不能一直在原地踏步。虽然有时候会害怕得双脚发抖无法迈出脚步，过去的悔恨也总是在心中纠缠不清，即便如此，人还是必须努力生活下去。

甚夜终于拔刀出鞘，摆出了侧身向后持刀的姿势，然后一鼓作气蹬地向鬼猛冲，转动腰部发力用刀横向一斩。

"你对活在当下的人们来说是个阻碍，消失吧！"

咻，战斗伴随着太刀划破夜风的声音结束了。

鬼被甚夜斩成了两段。

◆

秋风吹过恢复平静的庭院，过了一会儿，院子里又重新响起了虫鸣声。

鬼倒在地上一动不动，身体冒出了白汽。

它终于迎来了末日。

"结束了？"

"嗯。"

奈津心力交瘁，如今正躺在善二的怀里，露出了平静而安心的睡脸，仿佛一直附在她身上的恶灵已经散去。

与之相反，善二的表情却很复杂，一想到之前的怪物居然是从这个小姑娘身上诞生的，他心中不禁五味杂陈。

"那，还会再出现吗？"

"我觉得应该不会了，但终究还是取决于奈津小姐她自己。"

"也是。"

出现的鬼不过是无法直面自我的奈津所流露出的感情而已,那么接下来会如何发展也只能由她自己决定。但是甚夜对此并不特别担心,因为奈津有承认自身错误的度量,而且身边人也愿意支持她,相信等她睡醒之后,心境会比此刻更加平静一些。

"但是说起来,鬼还真的很容易产生呢。"

"其实并没有那么简单,只不过是奈津小姐心中的负面情感已经严重到可以生出恶鬼的程度了。"

"啊……原来如此啊,我刚才的那种说法对小姐很失礼吧。"

在旁人看来微不足道的烦恼,对奈津来说却沉重到让内心生出了怪物的程度。善二再次感受到这一点,不禁为自己的失言而羞愧,抿紧了嘴唇。

甚夜也不再说话,两人之间的对话到此为止。这时正好吹来一阵冷风。

"哇,好冷!"

"夜里外边很冷,请带奈津小姐回屋睡觉吧。"

"好。那你怎么办?"

"安全起见,我今晚暂且再守一夜。"

"有劳你了,那我送小姐回房了。"

善二抱起奈津走进房间,然后轻轻地把她放到被褥里。

轻轻地和甚夜打了个招呼之后,善二也回自己的房间去了,看来他也非常困了。

此刻，庭院里只剩下甚夜与鬼。

……说起来，话语这东西，还真是出人意料的复杂。

甚夜确实说过自己"不会骗人"，但他没有说出全部的真相。他并不想让那两个人看见接下来将要发生的事情。

还我……女儿……

过了一会儿，鬼挣扎着爬了起来。

它并不是复活，只是拼命地驱使着自己即将消失的身体而已。

甚夜冷静地持刀摆好了架势。

"不出我所料。"

如果鬼是从奈津的情感中诞生的话，那么在被她否定的瞬间就应该失去存在意义而消失，但现实却是鬼虽然即将一命呜呼，却依然还能保持住自身的形体。

甚夜相信自己的推断是正确的，虽然鬼会从人类的情感中诞生，但是仅靠奈津的情感恐怕还不够，那么自然有其他东西填补了欠缺的部分。甚夜从一开始就认为鬼的身上还混杂着另外一股情感。

须贺家还有一个人能变成鬼，那就是重藏被杀的妻子，补上空缺的正是她的情感。所以，鬼不断地重复着的"还我女儿"还包含着另外一层含义。

也就是说，所谓鬼的女儿，其实指的是重藏的妻子所生下的孩子。

"好久不见……也不知道能不能这么说，毕竟我根本不记得您，也没想过会在这种情况下与您相见。"

甚夜和眼前的鬼说话时，语气非常恭敬。他情绪低沉，一脸悔恨地咬紧牙关，将刀锋对准了鬼。

"最后，请告诉我您的名字。"

甚夜的习惯是在斩杀对手之前询问对方的姓名，他曾经在不知道对方姓名的情况下斩杀过鬼，后来为此非常后悔。从那之后，他就下定决心至少要记住被自己斩杀的家伙，背负起被自己所践踏的性命。但这次不一样，他只是单纯想知道鬼的——也就是她的名字。

……还我、女儿！

可还是得到了相同的回答。

甚夜的表情因痛苦而扭曲，牙齿咬得咯咯作响。

他告诉自己"这是不得已而为之"，然后将刀举过头顶，平静地说道：

"非常抱歉……请原谅我的忘恩负义，但大家都必须活在当下，不能被往事缠住脚步。"

甚夜挥刀纵向一劈，鬼没来得及发出临终的惨叫就被砍倒在地，彻底死去了。

它的尸体逐渐融化成了白汽，最后什么都没剩下。

"请您安息吧。"

甚夜的声音充满了苦涩。

庭院里回荡着他那低声的道别，话语最终融入夜色，消逝无踪。

以防万一，甚夜还是在庭院里守了一整晚，但直到早上也没有再发生异常情况。从昨夜奈津的情况来看，那个鬼应该不会再出现了。

天亮之后，甚夜向重藏报告事情已经解决并领取了报酬。委托事项既然已经完成，他也没有必要继续留在须贺屋。就在他匆匆忙忙地想要离开的时候，却在店门口遇到了善二和奈津，他们等在这里要为他送别。

"甚夜，这次真的多亏有你帮忙，来，小姐也说几句。"

"没、没错。"

"还是这个调调的话，鬼又要跑出来啰。"

"我知道啦……那个，谢谢你。"

两人在须贺屋的店门口向甚夜道谢。也许是心中的烦恼稍微疏解了一些，奈津的表情看上去既像是在闹脾气又像是在害羞，那模样让甚夜感觉她比初次见面时又幼小了几分。

"我会试着改正自己的各种不足之处，虽然不见得马上就能改好就是了。"

"没关系，慢慢来就行。"

甚夜点了点头，奈津马上不好意思地把头扭到一边。

虽然心中的疙瘩已经解开了，但人并不是那么容易就能改变的，少女还需要不少时间来让自己变得坦率起来。

"但是没想到你还是个老好人，我都叫你回去了你却还不走，不过，也多亏了你，我们才得救就是了。"

善二恐怕很难理解为什么一个用钱雇来的浪人会那么关心奈津，虽然他出言道谢，但从他的表情上看却一副难以释然的样子。

"你为什么愿意做到如此地步呢？"

"因为是重藏阁下的请求，所以我不能半途而废。"

"老爷？"

"对我而言，这件事不是工作，我是来还他人情的。"

甚夜既不是为了金钱也不是担心奈津，他介入本次事件，主要还是因为重藏。

"之前你确实这么说过，你到底欠了父亲什么人情啊？"

听到奈津的问题，甚夜闭上了双眼。

就算说了，他们估计也很难理解，但也许因为提问的是奈津，所以甚夜明知如此还是打算回答这个问题。

"虽然并不是活得够久就会变得成熟，但随着年岁的增长，确实会慢慢明白一些事情。"

甚夜的眼前浮现了当初不成熟的自己所未能保护的一切。

那是他去葛野之前的幼年时期。

那是他与父亲还有妹妹三个人一起度过的往昔岁月。

"小时候，总以为自己所看到的就是一切，根本无法想象其中还隐藏着不该去伤害的东西。"

那是很久以前的事了。

甚夜——当时还叫甚太——在五岁的时候带着妹妹一起离开了江户。

因为父亲虐待妹妹，所以他觉得自己只能这么做。

父亲虐待妹妹的理由也很简单，因为母亲在生下妹妹的时候就死了，而且妹妹的眼睛是红色的，她——铃音毫无疑问是鬼的女儿。而生下她的母亲既然是人，她的父亲是什么也就不言而喻了。恐怕是鬼侵犯人类取乐，结果害母亲生下了这个孩子吧。父亲憎恨侵犯并害死母亲的鬼，同时也憎恨着铃音。甚太无法忍受这一切，于是带着妹妹离家出走了。

兄妹俩本来出生在江户的一个还算富裕的商人家庭。

"在失去了很多东西之后，现在的我稍微能够理解一些了。所以我想要报答当初我只能弃之不顾的那些恩情。"

当时甚夜只考虑着自己和妹妹，却根本没有顾及因母亲之死失意至极的父亲若是再失去孩子会是怎样的心情，对此他一直非常后悔。

但现在甚夜安心了，重藏有了女儿，而奈津也非常仰慕父亲。看到他们成为亲密的家人，甚夜由衷地感到安慰。

"完全听不懂你在说什么。"

奈津无法理解甚夜想要表达什么，所以有点生气。

但是甚夜并不打算进一步解释。那些往事没必要详细地告诉他们，现在重藏只有奈津一个孩子，这样就已经足够了。

"哎，总之就是让你好好孝敬父母。"

甚夜露出了沉稳的笑容。这名少女原本有可能成为自己的妹妹。也许就是因为脑袋中闪过了这种可能性，所以无论对方对自己的态度如何傲慢，甚夜都无法生她的气。

"孝敬？"

"重藏阁下是奈津小姐的父亲对吧？"

"那当然。"

奈津毫不犹豫的回答让甚夜感到很高兴，因为他知道了那个人并非孤身一人，而是再度拥有了家人。他还为自己能为奈津的话高兴而感到开心——自己这个不孝子多少报答了父亲的养育之恩。

他心中唯一的遗憾，是没能知道鬼的名字。

——它到底叫什么名字呢？

如果鬼是从奈津的情感中诞生的,那么也应该称之为"奈津"。而考虑到它是由奈津对父亲的仰慕之情凝结而成,那么又应该称呼为"敬爱"。

可是,如果鬼的身上还混杂着奈津的情感以外的东西,比如母亲想要找到失踪的女儿的心情,哪怕是她被鬼侵犯之后生下的女儿——这份"还我女儿"的心情在母亲死后依然存续至今,成了憎恨的中心。甚夜想知道到底该如何称呼它。

但他最终还是没能如愿。

"那你们就要好好相处哦。虽然他看上去很凶,但其实是个很脆弱的人,请你好好地支持他。"

"这用不着你说。"

甚夜对奈津的回答露出了放心的笑容,然后转身离去。

"那么我告辞了。"

短短的告别中听不出一丝担忧。甚夜感受着送行的两人从背后投来的感谢的目光,头也不回地向前走去。

◆

……甚夜的背影越来越远,最终消失在人群之中。

"他走了啊。"

重藏仿佛看准了这个时机一般突然出现在店门前。他眺望着甚夜离去的方向，但早已看不见甚夜的身影了。

"是的，按说老爷您也应该出来送送他啊，毕竟人家帮了大忙。"

"没这个必要，我一开始就知道，交给他是完全没问题的。"

重藏回答道，但视线依然望向甚夜离开的方向。他此刻的心情既不是依依惜别，也说不上是后悔，非要说的话应该是有几分伤感。他对现状十分满意，事到如今也不再执着于往事。即使如此，有些旧伤还是会隐隐作痛。

"说起来，老爷非常欣赏甚夜啊，到底是为什么呢？"

善二察觉到重藏的态度和平常不一样，他觉得很奇怪，露出了疑惑的表情。

"别说傻话。"

面对这个不得要领的问题，重藏的嘴角不自觉地微微上抬，然后仿佛压抑不住涌上心头的怀念一般笑了。

"……父母怎会看错自己的孩子啊。"

他露出的笑容与某人有几分相似。

"您说什么？"

因为声音太小，所以谁也没听清他刚才那句话，因此奈津和善二都无法体会他此刻的心情。

重藏没有挽留甚夜，甚至没有为甚夜送行，因为他知道这么做甚夜也并不会高兴。虽然彼此走上没有交集的人生道路让他感到几分寂寞，但也无可奈何。既然这是甚夜按照自己的意志做出的选择，重藏就无意加以阻挠。

"老爷，您还好吗？"

"你赶快给我回去干活，否则掌柜的位置就离你越来越远了。"

"您可别生气啊。小姐，我先走了。"

善二屁滚尿流地跑向店里。虽然他有几分马虎，但确实颇有才干，和女儿也很合得来，将来多让他承担一些工作也许会挺有意思。

"那、那个！"

"——嗯？"

"父、父亲……有什么我能帮得上忙的吗？"

奈津一脸紧张地站在重藏面前。

这一意外的请求让重藏皱起了眉头，女儿虽然一直很仰慕自己，但她很清楚自己的身份，以往从来没有提出要帮店里做事。

"你怎么突然说起这个？"

"那个，我听人家说要孝敬父母……"

也许是有几分害羞，奈津的脸色微微变红了。

重藏一下就猜到是谁给她灌输了这种想法。尽搞这些无聊的事情。想到他虽然有所成长但又仍然无法理解父母心，重藏就忍不住笑意。

"你不用在意这些，孩子只要能活得比父母长，就是最大的孝心了。"

"父亲……"

"你只要能做到这一点，我就很满足了。"

但某人的身影已远，无从听见这低声的呢喃。

吞食者

1

嘉永六年（1853年）春。

"感觉最近都没有什么让人高兴的消息啊。"

喜兵卫面馆位于江户的深川一带，甚夜最近几天经常光顾这家店铺。

面馆老板一面忙着做这做那，一面微笑着抱怨道。最近社会上流传的尽是些不好的消息，平民百姓的生活也绝谈不上平稳。

"我听说外国的船一艘接一艘地出现，可上面的人却束手无策。好了，一碗荞麦面！"

"来了——"

一位穿着浅桃色衣服、年龄十四五岁的小个子少女一面用可爱的声音回答，一面从灶台接过面条端了出去。她是老板的独生女阿风。喜兵卫是由四十多岁的老板与他的这位女儿一起经营的。

阿风端着荞麦面小心翼翼地走在狭小的店内，但可能是还不习惯上菜，看上去险象环生。

"让、让您久等了！请用荞麦面。"

阿风露出不好说是腼腆还是勉强的笑容，将面放在甚夜面前。

尽管阿风五官端正、身材苗条，但动作却出人意料地笨拙，总是手忙脚乱的。她的父亲也担心地关注着女儿工作的情况。

"很好，阿风，你做得很好……对了，最近出现了试刀杀人[①]的家伙，我也是有女儿的人，真是非常担心啊。真是的，上面的人能不能好好想点办法啊。"

阿风只不过是顺利地上了一碗面就让老板开口夸奖，不难想象平常是个什么景象。

且不管阿风的事，在如今这个世道，老板刚才的言论其实是不太合适的。甚夜一面用筷子吃面，一面压低了声音提醒老板：

"还是别乱说话比较好。"

"啊，也是，要是被人盯上，把店都给我关了可就糟了。店才刚开十天而已，那谁受得了啊。"

甚夜环视店内。虽是刚开业的店铺，墙壁却挺脏的，这并不是疏于打扫造成的脏污，而是房屋的木材纹理长年累月变了

①原文"辻斬り"，最初指的是武士为了试验自己的刀锋利与否或武艺如何而随机砍杀行人的行为，后来也指进行类似随机杀人行为的人。在江户时代初期这种行为非常猖獗，幕府甚至为此专门发布禁令。

颜色。

"我还以为这家店开了很久了。"

"店面这么破烂是因为我们很便宜地买下这块地之后,直接用了这里原有的屋子。"

"啊,原来如此。"

"但是客官,您也是个很有意思的人呢,居然每天都来光临这么没生意的店,已经连来五天了吧?"

正如老板所说,店里除了甚夜就没有其他客人。虽然甚夜最近频繁光临这家店,可就算这家店才开业十天,生意也只能说是非常萧条。其实,这也正是甚夜光顾这里的原因。

虽然外表看起来和人一样,但甚夜的真身其实是鬼。他曾经是人类,但在心爱之人被自己的妹妹杀死之后,满心憎恨的他就变成了鬼。而正因为是鬼,他才特意选择在这家生意冷清的面条店用餐。

甚夜来江户已经十多年了,但是他的外表——就像他人鬼混血的妹妹一样——还是十八岁的样子,几乎没有什么变化。鬼的寿命长达千年,在成长到一定阶段之后,外表就不会再有变化,最多就是指甲和头发还会生长而已。虽然目前没引起他人注意,但是长期留在江户的话估计就会露出破绽。

因此,甚夜故意选择那些生意不好且没有常客的店铺用餐,他还非常小心,不会长时间去同一家店铺,这是他为了不引起别人的怀疑而下的一些小功夫。

甚夜正烦恼该怎么回答的时候，阿风插嘴斥责父亲：

"爸爸，难得有客人上门，您胡说些什么呢？"

"你别生气啊，阿风。我就是闲聊几句嘛。那么到底是为什么呢？我们店的面味道很好吗？"

甚夜又吃了一口，面倒不难吃，味道还行，但不足以在江户的众多面条店中脱颖而出。

"……我认为不难吃，嗯，普普通通吧。"

"客官您还真实诚啊……不过，我确实是出于自己的兴趣才学的做面条，水平一般也是理所当然。"

老板苦笑着回答道。如果是个有着匠人气质的老板，甚夜估计就直接被轰出店门了，但他的反应倒是很大度，应该是知道自己做的面条确实没有什么特别之处。

甚夜差点儿脱口而出"啊，果然如此"。

"可你为什么却开了家面馆呢？"

"哎，也是有很多原因啦。人都有过去，客官您肯定也有不愿为人所知的过往吧。"

"确实。"

这么回答的话对方就无法追问下去了，甚夜找了个合适的时机结束了对话，继续低头吃面。

"不过有人试刀杀人，真的很恐怖。"

"没错，确实。"

甚夜是本店少数几个常客之一，大概正因如此，阿风反而能够轻松地与其搭话。但甚夜的回答也不完全是敷衍。世上有些人强大到甚至可以打败鬼，实际上在甚夜还是人的时候就凭着自己的剑术斩杀了许多鬼，因此即使试刀杀人犯是人类，也不代表对方的实力会弱于自己。

"甚夜，你也要多加小心哦，晚上不要在路上乱晃。"

阿风关怀的视线看起来纯粹是在替他担心，但是甚夜也只应了声"嗯"。虽然很感谢她的关心，但她的语气多少让他有些在意。甚夜的外表停在了十八岁，可实际上他已经三十一岁了。而阿风的确切岁数虽然不清楚，不过看起来最多也就十五岁。甚夜倒没有感到不悦，但被一个看上去比自己小十几岁的小女孩担心，确实让他感到坐立难安。

"我已经不是害怕走夜路的岁数了。"

"说这种逞强的话，就表示你还是小孩子啦。"

甚夜虽然委婉地表达了反对，但阿风却一笑置之。

为什么女人都喜欢把男人当作孩子来对待呢？

真拿你没办法，姐姐我不在你身边，你就——

停下，别再想了。

甚夜快刀斩乱麻地压下突然涌上心头的情绪。

"多谢款待，请结账。"

他神情自若地吃光了面条。

离开葛野来到江户生活之后，甚夜学到了不少东西，比如说如何掩饰自己红色的眼睛，以及如何掩饰自己的心情。有长进的都是些上不了台面的本事——他不露声色地在心中自嘲。

"好嘞，十六文。"

甚夜从怀里掏出铜钱交给老板，老板接过后一面确认数量，一面用颇为意外的语气说道：

"作为浪人来说，客官您还挺有钱的呢。"

"还行吧，毕竟我有工作。"

"是什么工作？"

"除鬼。"

"哇，好威风，等下您还要去龙宫城对吧？"

虽然老板看上去并不相信，但甚夜没开玩笑。

江户确实有鬼存在。虽然它们数量不多，但必然会有受害者。甚夜现在就是以帮那些无力抵抗的受害者解决恶鬼为生。偶尔还会有商人或者旗本武士[①]之类的有钱人前来委托，收入其实还挺不错的，而且这份工作还能锻炼自己的身手，可谓是一石二鸟。

"没错，多谢惠顾——"

老板清点铜钱之后用轻快的语气说道。阿风也端庄地躬身

[①]领地俸禄在一万石以下，直属于幕府将军的家臣被称作旗本武士。

行礼。

今晚甚夜没有接到委托，因此他打算在填饱肚子之后在城里散散步，顺便看看能不能收集到一些古怪的流言。打定主意之后，甚夜三步并作两步走向店门。这时，老板好像突然想起了什么，说道：

"说起来，刚才说到的试刀杀人犯会不会是鬼啊？我听说尸体上的伤痕并不是刀伤呢。"

甚夜闻言停下了脚步。

"好像是说那些尸体都像被野兽撕裂了一般，死状凄惨。而且尸体的数量也对不上。"

"对不上？"

"没错，尸体的数量和附近失踪的人数对不上，有人说那些人是被掳走了，有人说那些人是神隐①了。所以才有流言说凶手不是人而是鬼。如果凶手是鬼的话，那些人可能就被它整个吞进肚子里去了吧。"

老板露出了吓唬人的坏笑。

但是甚夜面不改色，只是小声说道：

"——这还真有意思。"

江户桥是在德川家康造访此地大约四十年之后开始建造

---

① 在日本的民间传说中，人突然失踪是被天狗、山神等神怪掳走，故名"神隐"。

的，是日本桥川上规模最大的桥。白天时百姓和行商川流不息，但如今黄昏已过、夜幕降临，桥上就看不到几个人影了。

这里就是试刀杀人事件的案发现场。说是试刀杀人，受害者的尸体据说却呈现出仿佛被野兽撕裂一般的惨状，所以也流传着凶手其实是鬼的说法。此外，桥梁被认为是连接现世与幽冥世界的通道，因此这里也许是特别适合鬼出没的地方。

时值早春，夜风中还微微带着几分冬季的寒冷。

甚夜抱着胳膊靠在桥的栏杆上，留意着四周的动静。

仰望天空，月色朦胧，夜露仿佛绢丝一般轻柔地拂过肌肤，再配上摇曳着的青白色月光，真是个美好的夜晚。甚夜神情不变，却在心中叹息道：如此良辰美景，自己却在寻找着鬼的蛛丝马迹，真是不解风情啊。

甚夜在桥上待了一会儿，可是并没有什么发现，于是从栏杆上直起身来继续往前走。

甚夜来到现场勘查，但当然不会那么巧，恰好就遇上试刀杀人犯。他觉得事情有些麻烦，不过并不气馁。毕竟如果对方那么容易就露出马脚的话，恐怕早就被捕吏给逮住了——但前提是，这是一桩普通的试刀杀人案件。如果真的如传闻所说，凶手是鬼的话，奉行所估计也束手无策。虽然甚夜希望不要再出现新的牺牲者，但却无法掌握凶手的行踪这一关键信息，所以在对方出现之前只能一直等待下去。

"真是的，果然没有那么简单。"

甚夜是鬼而不是人，尽管他已非人类，可也不会因此获得超人之力，想要找人还是只能自己迈开双腿去四处寻找。所谓异能绝非万能，人也好，鬼也好，在这世上都无法随心所欲。

发牢骚也没用，甚夜重新打起精神。

"……不要啊……啊……"

就在他决定一边走动一边寻找鬼的时候，突然听到了女性嘶哑的悲鸣声。

甚夜拔腿就往声音传来的方向跑去。

右边能看见荒布桥，甚夜继续向前，来到了东堀留川河上的思案桥。

尸体。尸体。尸体。

虽然靠近河边，却能闻到浓浓的血腥味。这并不奇怪，因为这里躺着三具被残忍杀害的平民的尸体。

甚夜往四周一看，没有发现试刀杀人犯，看来还是来晚了一步。

他来到尸体边上，单膝跪下靠近观察。尸体东倒西歪地横在地上，惨不忍睹，但如今的甚夜早已不会因此害怕，他马上开始检查这三具尸体。

他碰触尸体时的动作很轻。尸体上的伤口还有温度，并不像刀刃砍出来的那么齐整，反而粗糙得像是被什么东西直接挖开的。这确实不是刀伤，而是爪子造成的撕裂伤。看来凶手是鬼的说法绝非毫无根据。

但是，这就奇怪了。

"全是男的？"

地上只有三具男人的尸体，但甚夜之前听到的确实是年轻女性的声音。

也就是说，发出悲鸣的女人不见了。

——如果凶手是鬼的话，那些人可能就被它整个吞进肚子里去了吧。

甚夜想起了面馆老板说过的话，他虽然是在开玩笑，但说不定确实一语中的。

再调查下去也不会有收获了，甚夜站起身来准备离开现场。

就在那个瞬间。

咻。

突然从离他很近的距离传来一个声音。

黄昏中响起了划破空气的声音，他很熟悉这种声音。

身体比意识更快地做出了反应，甚夜反射性地扭过身体，朝着声音传来的相反方向往后一跳。

"啧。"

但还是晚了一步。

甚夜右手的袖子被割破，手臂也渗出血来。

被砍中了。

所幸伤口不深,并不影响行动。但更严重的问题是……

到底发生了什么?

甚夜一时间无法理解到底发生了什么。

每次挥刀时都会听到刚才那种声音,他不会听错。更何况在突然听到这个声音之后自己就被砍伤了。但他举目四望,周围却不见人影。自己明明遭到了袭击,但关键的袭击者却无影无踪。

咻。前方再次传来了声响,甚夜赶忙后退,但胸口还是被砍伤了。

被砍中之前,甚夜根本没有察觉到敌人的存在,而在被砍伤之后,他既看不见敌人,也感觉不到敌人的气息。

接下来的一击没有发出声音。这无声的一击给甚夜的身体带来了剧烈的疼痛。他虽然看不见,但可以明显地感觉到刀刃从背后砍进了自己的身体。

甚夜马上朝与背后成直角的方向逃离,虽然被削掉了一些肉,但现在也顾不得这么多了。跑出一间①左右之后,甚夜观察着四周,但周围一片寂静,根本看不见袭击者的踪影。然而,自己身上确实负了伤,再加上凶手是鬼的传言……

也就是说——

———————————

① 日本旧时长度单位,1间约为1.818米。

"……这就是你的异能吗？"

试刀杀人犯是个身怀异能的高等鬼，它的异能恐怕就是能够隐身及掩盖自身的气息。

但是它无法消去声音，而且臂力也不怎么样，正是因为无法空手打倒敌人所以才会用刀的吧。如果真是这样，那么甚夜就有办法对付它。尽管并不想使出这招，但他还没有强大到有选择手段的余地。

"事已至此，只能庆幸托你的福，这里没有幸存者了……"

物尽其用是理所当然的。

甚夜闭上眼睛，瞬间响起了恶心的声音，甚夜左手的肌肉开始隆起，眼见着变成了黑红色的怪异形状。当他的眼睛再度睁开的时候，瞳孔已经由黑色变成了红色。

"你不必再隐藏了。"

甚夜变成了鬼，但是袭击者并不罢休。

皮肤上传来一阵疼痛，但痛感只不过像被针刺了而已，变成鬼之后，对方的攻击就无法贯穿甚夜的身体了。

甚夜用左手朝着对手可能的位置挥击，只听咔嚓一声，对方的刀轻而易举就被折断了。看不见的鬼所持的凶器是批量生产的低级刀，刀身很脆，这种只考虑生产效率的刀无法抵挡鬼的臂力。

刀尖部分落在了地上，在旁人看来只会觉得这段刀刃是突然凭空出现的。

原来如此,只有与鬼身体有接触的部分才会隐形。那么只要让它身体受伤流血的话,这种异能就会变得毫无意义。

甚夜深深伏下腰,仅用右手持刀。采用这个姿势,一旦感觉有东西触碰到自己,就能够马上挥刀横斩。

"来吧,试刀杀人犯,我们再来一场吧。"

甚夜心想,要是对方已经逃走了的话,自己在这里自说自话可真是贻笑大方了。实际上他并不清楚对手到底还在不在,就算它已经离开了,他也无从得知。

对方会如何应对呢?

就在他思考的瞬间,眼前的空气突然摇动起来。紧接着,一个身高大约五尺,个头矮小……体形比甚夜小上一圈的鬼出现了。

它有着黑色的皮肤,肩部很窄,身体也很瘦弱,看来确实是个缺乏臂力的鬼。它的右眼非常醒目,不但比左眼大很多,而且连眼白部分都是红色的,眼神看上去毫无感情,让人根本捉摸不透它到底在看什么。鬼的脸部线条仅在右眼周围扭曲,仿佛特意设计成锐角边的铁面具一般。因为右半边脸的奇怪隆起,所以它原本就很异样的右眼变得更加醒目。

鬼手里拿着已经断了的刀,毫无疑问,它就是刚才袭击甚夜的家伙。

"……我叫甚夜，在我取你性命之前，自己报上名来。"

甚夜不知道对方为什么特意现身，不过姑且还是先自报家门并询问对方的名字。

他曾经因为斩杀了一只不知道其姓名的鬼而后悔不已，此后就决定要背负起被自己夺去的那些生命。询问对方的名字既表达了他最起码的礼貌，也是他的坚持。

"俺叫茂助。"

没想到对方直接回答了他。虽然是个高等的鬼，但名字却显得很平民，身上散发的气息也令人完全感觉不到它有什么强大之处。不过，它的隐身能力还是非常棘手的，不可掉以轻心。

"是吗，这名字我记下了，你就安心地受死吧。"

甚夜品味着它的名字，重新紧紧地握住了刀柄。然而，就在他身体重心前倾，准备缩短彼此间那仅有的一点距离的瞬间——

"别动手！俺没有和您斗的意思！"

茂助将已经折断的刀丢在地上，然后慌慌张张地伸出双手。

"……唔。"

甚夜无奈地错过了斩杀对方的时机。对手的行为出乎意料，而如今又不能直接冲过去，于是他只好保持着身体前倾的姿势瞪着茂助。

"不想和我斗？明明是你先动手的，还真好意思说。"

"那是因为……俺以为您是试刀杀人犯。俺听说试刀杀人的是鬼，然后出现在杀人现场的您身上也有鬼的气息，俺会怀疑您也是理所当然的吧。但是您却说俺是凶手，俺感到非常奇怪，于是……"

"于是你就现出了真身，对吧。"

鬼的说辞目前看来没有不合理之处。这个叫茂助的鬼给甚夜的印象并不粗野，不像是个会堕落成杀人狂的家伙，但是也无法断言这一切不是它表演出来的。

甚夜无法打消心中的怀疑，他皱起眉头，进一步问道：

"你为什么要来消灭试刀杀人犯呢？"

"俺们要不先离开这里再说？要是被人碰见了可就糟了。"

甚夜再次环顾四周。

倒在地上的尸体边上站着外形诡异的怪物，这种情况下，它们无疑会被当作试刀杀人犯。

甚夜变回人形，擦去身上的血迹并收刀入鞘。

也许是将甚夜的举动理解为"无意再战"，茂助带着与其怪异的外表毫不相称的质朴笑容说道：

"那么，由俺为您带路，请您务必光临寒舍。"

2

远远地传来了狗叫声。夜色越来越深，之前看到月亮正笼罩在薄纱一般的云层中，估计现在整个江户都被月光染成了青白色吧，可是这间房没有窗户，无法亲眼确认。

甚夜坐在一间面积大约四叠半①的房间里。地上铺着陈旧的榻榻米，墙壁也已经变色了，这些迹象都表明这间房子已经很有年头了。而从室内陈旧而杂乱的样子可以看出茂助真的已经在这里生活了很长时间。

"……真没想到你居然住在这种地方。"

甚夜心中半是惊讶半是哑然。茂助带他来到了这座离神田川河不远的背街长屋。长屋分为临街与背街两种，背街上的长屋一般是供贫苦百姓们居住的集体住宅。

"这有啥，鬼只要活得够久就能学会如何化为人形，这其中

①叠为日本的面积单位，一叠指一张榻榻米的面积，约1.62平方米。四叠半是日式房间常见的大小，面积约为7.29平方米。

自然有鬼以人类的方式生活。鬼虽然不会说谎，但却会隐瞒真相，况且您不也是这样吗？"

男人一面将装满透明液体的茶碗放在甚夜面前，一面说道。他穿着打着补丁的窄袖便服，梳着发髻，身材瘦削。这个看上去颇为软弱的平民却正是甚夜之前遇到的鬼——茂助。

看来茂助是伪装成人类在这座长屋里生活的。他的眼瞳也已变成了黑色。真不愧是高等鬼，变化人形的水平之高堪称出神入化。

"请用，放心吧，俺没下毒。"

"反正也毒不死我，我不客气了。"

茶碗里装的并不是茶，而是酒。

甚夜喝了一口酒。说是酒，其实不过是兑了水的便宜货。与十六文钱一碗的面条相比，一合①酒的售价高达三十文，对于手头并不宽裕的平民来说可谓是奢侈品，因此他们喝的酒一般都是兑过水的。

"正式自我介绍一下，俺叫茂助，如您所见，是个住在背街长屋里的穷人。"

"但其实是鬼。"

"没错，而且还是个已经活了上百年的所谓高等鬼。"

在对话过程中，甚夜觉得有点奇怪，他完全察觉不到对方身

---

① 约为180毫升。

上高等鬼所应有的威严或者说气势。老实说,甚夜感觉以前被自己消灭的那些低等鬼都比茂助要强。

"可虽说如此,你……"

"却不强,对吧?"

"嗯……"

考虑到对方的感受,甚夜说得比较委婉,但茂助却毫不在乎。

"这也没什么好奇怪的啊,并不是力量强大的才叫高等鬼,所谓高等鬼只是指那些领悟了自身特有异能的鬼嘛,所以有些高等鬼的力量和速度都比不过普通鬼。很惭愧,俺就是其中之一。"

甚夜想起了以前遇到过拥有"远见"能力的鬼女,确实并不强。看来拥有非战斗能力的鬼也被归入了高等鬼之列。

他点头以示理解,随后转入正题。

"那么我再确认一次,你说你不是试刀杀人犯……对吧?"

"是的,当然不是。甚夜先生,您也不是,对吧。"

甚夜默默盯着点头称是的茂助的双眼,茂助也定睛直视着甚夜,脸上毫无动摇的神色,这份镇定如果是伪装出来的,那只能说他演技了得,至少甚夜认为他没有说谎。

"明白了,我就相信你吧。"

"非常感谢。"

"不过听你刚才的话,你也在追查……不对,是追杀试刀杀人犯,毕竟你连一句话都不问就直接袭击我。这是为什么?"

"个人恩怨。"

茂助间不容发地给出了简洁有力的回答。与其说是他一开始就准备好要这么回答,不如说是他的头脑完全被这件事占据了,他看似平静,但语气却非常冰冷。

"您听说过神隐的传闻吗?"

"我确实听说过因试刀杀人而死的尸体数与失踪的人数不符,有传言说这些人是被掳走了或者是神隐了。刚才我也听到了女人的悲鸣声,但现场却没有看见女人的尸体。"

"没错,试刀杀人犯只杀男人,而女人则全部都被他抓走了。"

茂助理所当然地表示女人都是被试刀杀人犯抓走的,看来他认定她们不是神隐。

看见甚夜询问的眼神,茂助紧紧地咬住了嘴唇,沉重的沉默持续了一段时间之后,茂助垂下了头,挤出了充满痛苦的话语。

"因为俺老婆就是被他抓走的。"

茂助眼神浑浊、双手紧握、全身发抖,他周身散发出的愤怒让甚夜彻底打消了对他的怀疑。茂助不是试刀杀人犯,这种无法抑制的憎恨毫无疑问是真实的。

"她虽然是人类,但愿意完全接纳俺这个鬼,是个十分温柔的女人。可是她在一个月之前失踪了，十多天后的夜里才在神田川河边发现了她的尸体。据奉行所的差役说，她身上有被强暴过的痕迹。"

杀掉男人，抓走女人，茂助妻子的尸体上有被强暴的痕迹。如果这是真的，那么事件的起因确实不是神隐而是某种更为卑劣的情绪，其中蕴含着的下流欲望简直一目了然。

"难以置信吧。"

"不会，毕竟鬼是不会说谎的，对吧？"

"嗯，那当然。"

茂助大口地喝干了碗中酒，然后用之前从未有过的强烈语气说道：

"俺老婆为人亲切，是个关心他人胜过自己的人，她对谁都很温柔，也愿意爱上俺这个鬼……她绝不该是那种死法，可结果呢！"

仿佛能听见茂助握紧双拳时关节所发出的声音，他心中的怒火可见一斑。

甚夜不敢说自己能够对此感同身受，但他多少可以理解自己喜爱的女人被杀害后的那种懊悔。即便如此，他心中却无法对茂助产生怜悯之情。

"甚夜先生，俺虽然伪装成人类生活，可这并不代表俺喜欢人类的一切。相反，俺因此才更了解他们丑恶的一面。即便如此,俺还是爱着愿意接受俺这个怪物的老婆。老实说,俺恨死了那个奸杀她的试刀杀人犯。"

茂助双眼充血,咬紧牙关,强忍着涌上心头的感情,让人看着都觉得于心不忍。

但甚夜的心情却与眼前的状况格格不入,此刻他心中没有怜悯,反而只有羡慕。他很羡慕茂助,因为与只怀着暧昧的憎恨的软弱的自己不同,茂助能够堂堂正正去恨自己该恨的仇人,甚夜羡慕甚至嫉妒茂助这种充满了正当性的仇恨。

仿佛为了冲淡这份思绪,甚夜端起碗将酒一饮而尽。这酒虽然味道很淡,但滑过喉咙时的感觉却很舒服。

"……这样啊。"

"没错,所以俺想请您不要插手此事,俺想亲手杀掉凶手。"

"这……"

甚夜无法点头同意,他也有必须亲手消灭试刀杀人犯或者说消灭鬼的理由。就算清楚茂助心中的仇恨有多深,他也无法痛快地做出让步。

茂助做了一次深呼吸之后看了一眼甚夜,仿佛想要从他的表情中看出他的态度。

"甚夜先生,您为什么要追查凶手呢?"

"如果凶手真的是鬼,那我要亲手消灭它。"

其实更重要的是消灭它之后的事情,但甚夜并没有把这都说出来。

"……俺明白了，那么俺们一起找它怎么样？两人互不干扰，分头行动并交换情报。最好把杀死试刀杀人犯的机会也让给俺。"

茂助做了让步，甚夜也不好意思再拒绝他了。

甚夜缓缓点了点头，表示同意。

"我明白了，就这么办。但是茂助，你真的打算报仇吗？"

"您还在怀疑俺的决心？"

"不是的，就算你找到了试刀杀人犯，我觉得你也未必能下手杀了他。"

甚夜看着茂助的眼神变得锐利了一些。

"不管是人是鬼，对于夺走他人性命多少都会有点踌躇才对。如果你在憎恨的驱使下杀了人，那么你能接受自己一直背负着这份罪恶吗？"

"这个嘛……"

"我能，毕竟我的过去充满了腥风血雨。但是你不一样吧。如果你想要避免杀戮的话，就放弃亲手报仇的想法。所幸，现在有个现成的帮手，他能毫不迟疑地痛下杀手。就算你想要凶手偿命，也没必要弄脏自己的双手啊。"

茂助屏息思考了一会儿，但很快就摇了摇头，似乎下定了决心。他咬紧牙关，仿佛要咬碎自己心中的懦弱一般。

"非常感谢您这么为俺着想,但是甚夜先生,俺毕竟也是个鬼,既然决定了要为老婆报仇,那么为了完成自己该做的事情……"

"就算为此粉身碎骨也在所不惜?"

"是的,这就是鬼的生存方式,如果不杀了害死俺老婆的仇人的话,那俺这辈子肯定都没法儿好好活了。"

甚夜其实打从一开始就知道茂助的答案。如他所言,鬼就是这样一种生物,但即便如此,甚夜还是忍不住要告诉他,没必要让憎恨吞没自己,更没必要去杀人。

也许,这也是甚夜想对自己说的话吧。

"既然你心意已决,我也就不再多说。不过虽然我同意以你的愿望为优先,但要是我先遇见了试刀杀人犯的话……"

"没事,那是俺命不好,不会恨您的。"

茂助说话间露出了笑容,甚夜不清楚茂助是在逞强还是在照顾他的感受。但是,甚夜很清楚强咽下心中的仇恨是多么苦涩。

所以甚夜没有答话,只是默默地低下了头。

从第二天开始,甚夜和茂助每天夜幕降临后都会分头出发,各自在江户进行搜索。

但其实他们根本没有任何线索,因此只能在试刀杀人犯出现过的地方转悠。

"试刀杀人？我没听说过。"

"这个嘛，我也没见过。"

"你们到底是干什么的？"

四处打听也没有发现什么有用的线索。

就这样，他们已经连续三天都无功而返了。

"今天也是一无所获，太不顺了。"

"真是无可奈何。"

"是啊，可也只能继续老老实实地找下去了。"

虽然两人在搜索的过程中也会相约碰头交换情报，但茂助也和甚夜一样一无所获，所以调查毫无进展。两人没有找到任何线索，最后只能空手而归，迈着沉重的脚步回到茂助的家。到家之后，两人就面对面地坐下喝酒。虽然不是为了借酒浇愁，这种夜间聚会还是持续了三天。

尽管还没找到仇人的踪迹，但茂助好像不想把这份郁闷带上酒桌，表情看起来还算比较平静。甚夜试探着问他，茂助的回答是"和同类一起喝酒的感觉挺好的"。

原来如此，甚夜明白这种感受。他们两个都是混在人类中生活的鬼，因此可以毫不隐瞒地聊天的同伴是非常珍贵的。甚夜意外地发现自己其实也非常享受这种关系。

"……哈，真是好酒啊。"

　　茂助将碗里的酒一饮而尽，看来非常好喝。今天的酒不是以往的便宜货，而是甚夜带来的关西酒，说是偶尔也要喝点好酒。

　　江户一带的酿造技术并不发达，所生产的酒大多是未经过滤的浊酒，而关西、京畿地区所酿造的酒则纯度更高，运到江户之后被称作关西酒，大受欢迎。关西酒对寻常百姓来说是很难有机会喝到的高级品，但甚夜因为前一件工作的收入相当不错，所以花大价钱买下了这瓶酒。

　　"哎呀，让您请俺喝这么好的酒，真是太不好意思了。"

　　"哪里，总不能每晚都让你请客。"

　　甚夜认为独自享用难得的美酒实属浪费，因此才带来与茂助共饮。如今看来这个选择非常正确，着实好喝。

　　尽管没有什么下酒菜，可单凭这瓶酒的味道就足以让两人今晚畅饮一番了。

　　甚夜发觉自己已经很久没有觉得酒有这么好喝了。

　　虽然之前的夜间调查没有获得任何实质性的成果，但两个人的脸上都没有一丝阴霾。

　　"您为什么要杀自己的同类呢？"

　　茂助好像突然想到什么似的沉吟道。

　　茂助追杀试刀杀人犯是为了报仇，而甚夜之前的回答中要杀的对象并不是"试刀杀人犯"而是"鬼"，正是这一微妙的差别引起了茂助的注意。

甚夜闻言一惊，不禁停下了手上的动作。

该如何回答？告诉他自己曾经是人类？人与鬼势不两立，如果让茂助知道自己原本是人类的话，这种舒适自在的时光是不是就要一去不复返了？

甚夜不知道该不该如实相告，一时陷入了沉默，但过了一会儿，他郑重地开口说道：

"我本是人类，在我心爱之人被鬼杀害之后，满心仇恨的我变成了鬼。可直到现在，我的思考方式依然和人类很接近，从某种意义上来说，杀掉伤害人类的鬼对我而言是理所当然的选择。"

说完，他用原本停下来的手拿起碗一饮而尽。正因为甚夜很喜欢和茂助的这种关系，所以他才不想说谎，如果因此搞得这场夜间聚会不欢而散，那也无可奈何。

"原来如此啊，来来，请再喝一杯。"

茂助却表现得不太在意，他重新斟满了甚夜的茶碗。

甚夜对此颇为意外，他原以为茂助的反应会更大一些。

"你倒是很简单地就接受了我的说法。"

"俺们鬼嘛，基本上都是非常自我的，同类之间的自相残杀本来就是家常便饭，况且俺也不是会为了素昧平生的家伙被杀而愤怒的善良之辈啦。"

"比起素昧平生的家伙来，俺当然选择一起喝酒的朋友啊。"茂助开玩笑似的接着说道。甚夜虽然是鬼，却依然站在人类的立场上杀鬼。甚夜认为自己的这种行为就算被茂助厌恶也不奇怪，但茂助却是一副不以为意的样子，仿佛甚夜讲述的故事只不过是一道下酒菜。

"但我原本是人类啊。"

"不管过去如何，如今您就是鬼，那俺们就依然是同类啊。"

"话是这么说没错……"

甚夜自己反而有些难以接受，露出了怃然的表情，茂助似乎觉得他的样子非常有趣，笑着又喝了口酒，之后吐了一口酒气，手中拿着碗，依然用轻松的语气说道：

"您知道吗，布谷鸟会把蛋下在别的鸟窝里哦。"

"……布谷鸟？"

"是的，但是蛋孵出来之后，鸟爸爸、鸟妈妈依然会拼命地养育这只并非亲生的雏鸟，而雏鸟也会把它们当作自己的亲爸妈。哪怕不是自己生的小鸟，只要把它养大就依然是它的爸妈。您看，连鸟都对出身毫不在意，俺们再纠结于此岂不是太可笑了吗？"

茂助说话时的表情看起来特别高兴。他又将酒倒进自己的茶碗，然后带着质朴的笑容美美地一饮而尽。茂助是在用这种方式鼓励自己啊。想到这里，甚夜再次露出了微笑表达感谢。

"不论是天生的,还是由人变成的,甚至是从树杈里蹦出来的,鬼就是鬼,只有人类才会根据出身不同来区别对待。"

"这话真刺耳呀。"

甚夜从人类的立场吐槽道。但他为茂助愿意体谅自己而感到非常高兴。

他的表情也稍微缓和了一些,端起碗将酒倒进喉咙,酒的美味依然没变。

"那么您杀鬼是为了保护人类吗?"

"那不是。"

甚夜马上否认,自己是个既没能保护自己喜欢的人,又伤害了重要的家人的废物,根本没资格说什么保护他人,但是这些话是不能说出口的。

"理由有好几个,不过首先是为了钱。"

"钱啊?"

"人类厌恶鬼,只要听说有鬼出没就想要将其消灭。我就为了收这些人的钱而去杀鬼……你会看不起我吗?"

"不会,俺不觉得甚夜先生是会无谓杀生的人。估计您杀的都是那些害人的鬼吧?您没杀俺不就是最明显的证据,而且您看……"

仿佛要展示给甚夜看一样,茂助又拿起了碗,以夸张的动作将酒一饮而尽,然后大声地感叹了一句"好酒"。

"俺正享用着您用那些钱买来的美酒,哪里有资格抱怨?"

茂助这带有几分表演性质的举止颇为滑稽,两人放声大笑。

啊,好久没有喝到这么好喝的酒,好久没有这么开心了。心情越好酒量也越好,笑完之后两人继续对饮。

就在甚夜带来的酒快要喝完的时候,今晚已经提过很多问题的茂助再次问道:

"既然您说有好几个理由,那就是说还有其他的理由咯?"

"你的问题真多。"

"因为俺已经把话全部说清楚了呀,可您却不让俺问问,这岂不是太不公平了。"

是这样吗?不过对方和自己同样是鬼,也没有什么可隐瞒的。

"……还有一个理由是为了获得力量,我活在世上就是为了阻止某个鬼。"

回想起来,这是甚夜第一次将这个理由告诉他人。他的酒也醒了一些,虽说无可奈何,但要直面自己的软弱还是让人很不舒服。

"哦,但是您是说阻止,而不是杀掉?"

"到底要不要取它性命要等找遇到它之后再决定。不过无论如何选择,我都必须拥有一定程度的实力才行啊。"

"听上去很复杂啊。"

"也不是，是我自己太软弱了而已。"

曾经有个鬼能够预见未来，它说百年之后毁灭全人类的灾厄将会降临葛野，这个在遥远未来被称作鬼神的灾厄名为铃音。铃音既是杀死甚夜心爱之人的鬼，也是他非常珍视的妹妹。

一直以来，甚夜都在寻求能够阻止的力量，但是他至今都不明白到底该如何对待铃音。想要救她，却无法熄灭心中熊熊燃烧的怒火；想要杀她，眼前又浮现过往幸福的时光。甚夜离开葛野已经十三年了，但经历了这么长的岁月之后却依然没有找到挥刀战斗的理由，这让他对自己的优柔寡断厌恶不已。

"茂助，你在为妻子报仇之后又有何打算呢？"

甚夜也向茂助提问道。这虽然有几分转移话题、蒙混过关的考虑，但其中也包含着甚夜的真心。虽然形式不同，但他们两人的爱人都死于非命，因此甚夜很想知道茂助是如何展望复仇之后的生活的。

"俺没什么特别的打算。"

茂助的回答让甚夜有一脚踩空的感觉，他知道茂助这毫无气势的答案既不是敷衍也不是谎言，也正因为如此，他才如此惊讶。

"原本俺就是因为讨厌争斗才混在人类中生活的。做鬼真的很累，人类动不动就要杀鬼，而鬼又太自我，一言不合哪怕是同类也不放过。俺是因为真的很厌恶这些才选择伪装成人类的，俺只想要安安稳稳地过日子……如果不是发生了这种事,俺根本不会想用自己的异能去杀人。"

茂助漫不经心地又喝了一口酒。他的表情看上去依然很平静,但有那么一瞬间皱起了眉头。

这口酒的味道想必很苦涩,但甚夜没有深究。

"只要让俺在没人留意的角落里待着就行了,俺只希望平安无事地度过每一天……如果有老婆陪着俺那就更好了。报仇之后,俺打算还是和现在一样悄悄地生活。"

给老婆守墓的话也不坏——茂助估计是想开个玩笑,但他的笑容里却流露出了疲惫之色。

"人生真是不能尽如人意啊。"

"确实如此。"

此时为他妻子的去世表示遗憾也很奇怪,甚夜只能这么感叹一句。

沉默。两人默默地对饮着,但酒都已完全醒了。

"啊,对了。"

甚夜低头避开茂助的眼神。他此刻情绪低沉,接下来说出的话也带着阴暗的情感。

"之前你说我不会无谓地杀生,其实是太抬举我了。"

他粗暴地又灌了口酒。

"我现在就无谓地恨着妹妹。"

这口酒充满了血腥味。

第二天与茂助出发调查前，甚夜为了填饱肚子，在日落之后来到了喜兵卫面馆。

"哎呀，甚夜，欢迎光临。"

迎接他的是阿风的微笑。她的身姿一如既往的美丽，头发上插着燕子花形状的发簪。

"还是要荞麦面吗？"

"是的，麻烦你了。"

"好——的！父亲，一碗荞麦面！"

"好嘞！"

老板很精神地回应之后就忙开了。甚夜随便找了个位置坐下，阿风就站在一旁，明明店里客人很少，她还是压低了声音问道：

"说起来，你找到试刀杀人犯了吗？"

阿风没头没脑的问题吓了甚夜一跳，自己明明没有和她说过与茂助有关的事情，为什么她会知道自己正在追查试刀杀人犯呢？

"我不记得有和你说过这件事啊！"

"说什么呢，不是你自己说你的工作是除鬼吗？那么追查和鬼有关的传言自然也是你的工作之一吧？"

没什么值得大惊小怪的，看来她只是把之前甚夜的那些谁听了都会当成玩笑的话当真了而已。她虽然说中了真相，但不清楚这是因为她单纯地将甚夜的话按照字面意思全盘接收，还是聪明到能够看透隐藏在话语中的真意。或者说，她仅仅是不谙世事而已？

阿风屈膝低头看着甚夜，等待着他的回答。看来在没得到回答之前，她打算就这么一直盯下去。

"没找到，进展不是很顺利。"

甚夜放弃似的叹了一口气后回答道。因为确实没有取得什么进展，所以也没有什么可以告诉阿风的情况。

"这样啊……请别灰心。"

"我从一开始就认为凶手不是那么容易就能找到的，无论是杀鬼还是做生意，只要想做成一件事就必须付出努力，克服困难。"

店内一如既往地顾客寥寥，除甚夜外，只有一位穿着整齐的年轻武士而已，根本谈不上生意兴隆。

"啊哈哈，我们店客人还是很少呢。"虽然阿风露出了苦笑，但气氛却有几分愉快。

"这么漂亮的女店员都没人来看，看来江户人可真是够忙的。"

"哎呀真讨厌，你别取笑我了。"

阿风羞红了脸，但并没有生气，反而微微地露出了笑容。毕竟是店家出身的女孩，即使工作上还有些笨手笨脚，但对于如何应对客人的玩笑话早已驾轻就熟，总能轻巧地将话题一带而过并抛诸脑后。

"哦，这位客官，您下手挺快的嘛。"

接招的反而是她的父亲。店面不大，刚才的对话大概是被老板听见了，他从厨房中伸出脑袋加入对话。甚夜还以为老板会开口责怪自己，没承想对方却一脸高兴的样子。

"您觉得阿风漂亮吗？"

"……我觉得十个人里面有八个人会认为她是个美人。"

甚夜只是客观地表达了自己的意见，但不知为何，老板却脱下围裙从厨房里走了出来。他不但走到了甚夜身边，还啪啪地拍着甚夜的背，无论怎么看他都是一副非常高兴的样子。

"是吗是吗，哎呀，客官您还真有眼光啊！要不您娶了阿风，那这个面馆也就归您了，意下如何？杀鬼或许是个好营生，但夫妇二人一起经营一家小店也很不错哦。"

这家伙突然在说些什么啊？居然要把女儿嫁给并不是特别熟悉的客人，这话题实在是太跳跃了。阿风看上去比甚夜更受不了，她涨红了脸，对着父亲怒吼道：

"爸爸！您突然间说些什么呢！"

"哎呀，我就是想给你找个夫婿嘛。"

"我自己会找！"

老板之前的兴奋之情瞬间烟消云散，他露出了胆怯的表情，一副坐立不安的样子。

也许是大吼一番之后多少发泄了一些情绪，阿风冷静了一些，可依然在责怪父亲。

甚夜就这么被晾在一边，点的荞麦面自然也没有送来。

"但是啊，你差不多也该去找一两个对象了，我知道哦，你从来没有和男人打过交道吧。"

"没、没有是没有，等年龄到了我自然会认真考虑这个问题，而且甚夜也会觉得你很烦人的！"

"可我只是单纯地在为你担心啊，我年纪也大了，为你找个靠得住的男人也是父亲对你的爱啊。"

看来在老板的眼里，甚夜是个值得托付女儿终身的男子。甚夜不记得自己曾经做过什么值得他如此评价的事情，因此心里只觉得奇怪。毕竟甚夜是个没有固定工作的浪人，把重要的女儿托付给这样的男人很难说是正确的选择。

"我很高兴您有这份心意，但是我也有我自己的打算。"

"好吧，我觉得那位客官就和你很般配啊。"

阿风的训话终于告一段落，老板抱怨似的说了这么一句。阿风不满地低下头，等她重新抬起头时，眼神中隐约流露出一丝寂寞。

"真是的，爸爸总是想把我赶出去。"

她鼓起脸颊的样子看起来比平时显得更加年幼。从她的话中可以推测出父女间并不是第一次发生这种对话，说不定每次看到年轻男子，老板都会询问对方要不要当自己的女婿。

"不是这样的，我只是……"

"我知道，我知道爸爸您一直在为我担心。"

虽然阿风看起来很生气，但从中可以感觉到某种情感，因此她的话绝非单纯的冷言冷语。

她只是因为父亲急着把自己嫁出去的行为而感到寂寞罢了。老板则是希望女儿能够与人结为夫妇，过上普通人夫唱妇随的幸福生活。两人的争吵说到底是因为双方都很为对方着想，所以并不会影响到彼此间的感情。

"您放心吧，总有一天我会真正离开这个家的，所以请让我再多当一会儿您的女儿吧。"

阿风此刻露出的笑容既明艳照人又温柔平静，所谓笑靥如花形容的就是这样的笑容吧。

"对不起啊……"

老板被这份温情所打败，无精打采地走回厨房去了。确认父亲走进厨房之后，阿风诚挚地对甚夜低头道歉：

"甚夜，我父亲对你说了那么奇怪的话，请原谅。"

"没事，我并不在意。"

而且他还看到了颇有意思的场面。

老板回到厨房之后终于开始动手做面条，甚夜偷偷瞄了他一眼，可惜从他的侧脸无法看穿他的内心。但他们很明显是一对父亲关心着女儿、女儿仰慕着父亲的父女。甚夜很憧憬他们这样的父女关系，尤其是他知道有些父女之间并非如此，这让他心中的羡慕之情更加强烈。

"真是个好父亲呢。"

"是，我很为他自豪。"

阿风露出了灿烂的笑容，仿佛被夸奖的是自己一样。甚夜微微移开了目光。

无法直视纯真的事物，这大约就是自己的性格已经扭曲的证明。

也许是察觉到了这一点，眼前如花般的笑容也变得有些刺眼了。

"那个，我有个问题不知道该不该问。"

"嗯？"

"甚夜的父亲不是这样的吗？"

甚夜虽然想要掩饰自己的内心，但阿风却好像看穿了他的想法一般探过头来担心地看着他。

没必要告诉她，只要敷衍过去就行了。甚夜心里虽然这么想着，嘴巴却自然地动了起来，也许他自己也想倾诉一番吧。

"我有个妹妹。"

"妹妹？"

"没错……她名叫铃音，我父亲对她很残酷，总是说她不是自己的孩子，还虐待她，到最后甚至抛弃了她，于是我和铃音一起离家出走了。不过这都是以前的事了。"

甚夜没有把父亲抛弃铃音的理由说出口，因为他不想听到别人得知真相之后说出的"抛弃鬼不是理所当然的吗"这种话。

"你恨你的父亲吗？"

"不恨……老实说，我能理解他的心情，只是……"

没错，如今甚夜已经有点理解父亲的心情了，铃音估计是母亲被鬼侵犯之后所生下的女儿。鬼不但玷污了自己的爱妻，还导致她被自己腹中的怪物之子夺去了生命。

失去了心爱之人白雪之后，甚夜终于明白了父亲当初为什么一直虐待铃音，也终于明白了阴暗而浑浊的仇恨是如何将历经多年孕育而成的爱一笔勾销的。毕竟自己也抛弃了铃音，已经没有资格对父亲当年的行为说三道四了。

"只是？"

"没什么，只是觉得世事无法尽如人意罢了。"

甚夜的表情略微有些扭曲，他假装没有看到阿风投来的关怀的目光。他想到了茂助，想到了阿风与老板，还想到了他自己。大家要么因为所爱之人被杀而被囚于仇恨之中，要么因为互相关心而吵得不可开交。

那么，我也——

"谁也无法独善其身啊。"

世事真的无法尽如人意，单单想要处理好自身的情感就已非易事。爱与恨，生与死，人生在世仅此而已，却又如此之难。

3

"俺这边毫无收获。"

春夜，抬头可以看见阴历十六的圆月。云层笼罩下的朦胧月光颇有情趣，看着月亮渐渐变成新月也很有意思。不过甚夜此刻并没有心情沉浸在赏月之中，因为茂助的语气多少有些消沉。

两人相约在荒布桥会合并交换情报，可双方都没有什么进展。他们每夜都分头在江户搜索，至今却仍未发现试刀杀人犯的踪影。

"您那边情况如何？"

"一无所获。"

"您也一样啊，俺们也许该考虑换个方式去找了。"

这几天没有出现受害者，在某种意义上算是比较安宁，但考虑到凶手依然逍遥法外，情况其实还是不容乐观。

他们两人宛如无头苍蝇一般，但又想不出更好的办法，最后只能采用到处打听、边问边找这种毫无效率的办法。两人都一脸苦相地在夜里奔走搜寻。

"哎呀?"

走了一会儿,茂助突然注意到了什么。

"怎么了?"

"您看,那里。"

茂助指着修整得宛如护城河一般整齐的神田川说道。河边有一片种着一排柳树的草地,甚夜定睛一看,发现柳树下站着一位女性,那是……

"阿风?"

阿风穿着桃色的衣服,那纤丽的身姿令人过目难忘。她抬着头,伸手抚摸着柳树,月光照在她的身上,生出一种超现实的美感,与平时那个笨拙又开朗的姑娘简直判若两人。

"您认识她?"

"是我常去的面馆家的女儿。"

甚夜简短地答复之后,茂助皱起眉头说道:"女孩子家大晚上独自出门可不太安全啊。"

虽然这几天没有发生试刀杀人案,但依然不能掉以轻心。此时要是假装没看见,结果让认识的人变成了受害者,甚夜估计会良心不安到晚上都睡不着觉。

"抱歉,茂助。"

"没关系。"

茂助明白甚夜的想法，笑着点了点头。

甚夜打算去打声招呼，劝阿风早点回去，有必要的话也可以送她回家。如果把这当成是报答面馆平素对自己的照顾，那其实也并不算自找麻烦。

"哎呀，甚夜。"

突然，一阵夜风吹动了柳树，阿风低头望去，仿佛要看清风的去向。结果，正好与过桥朝着自己走来的甚夜对上了视线。

月夜，柳树，亭亭玉立的她，还有她脸上与平日不同的、仿佛会像淡淡的梦境一样散去的微笑。阿风身上散发着与平常在喜兵卫时完全不一样的气质，这让甚夜感到有些疑惑。

"好美的月亮啊。"

阿风轻柔舒缓的语气与月夜美景相得益彰，这种温婉娴静的举止非常适合她，这让甚夜颇感意外，说不定平时开朗有礼的态度只是表象，眼前这位露出梦幻般微笑的纤细少女才是真正的她。

"甚夜，你一个人出来散步吗？"

不，和别人一起来的——

甚夜话到嘴边又吞了回去，因为他发现本应在自己身边的男子不知何时已经消失了，他四处张望，发现眼前除了阿风再无他人。

他琢磨茂助跑到哪里去了的时候，耳边传来了不见踪影的茂助的声音。

"不好意思啊，俺就先不打扰啦。"

茂助放低了音量，但声音中却带着一丝捉弄。

甚夜罕见地大惊失色，事到如今他自然明白茂助是故意用异能躲起来了。

"就把人家送回去吧，要是把她丢在这里，之后遇到试刀杀人犯可就不好办了。"

甚夜觉得茂助肯定是误会了什么，他的语气听上去明显很开心，一定是觉得非常有趣。

就算此时出言与看不见的茂助争辩，也只会被阿风当作和空气说话的怪人罢了。甚夜只能无言呆立在当场。而茂助此时似乎也已经压低了脚步声离开了，但愿他不会无聊到躲在一边偷看。话说回来，甚夜真的没想到他会把异能用在这么无聊的事情上。

"我说，你怎么啦？"

"……没什么，稍微想了点事情而已。倒是你，怎么这么晚了还不回家？"

甚夜调整心情，口吻稍显严厉地问道。

然而，阿风的表情却很淡定。

"我是来赏樱的。"

她缓缓地将目光移回柳树上，并再次伸出手静静地抚摸着它，动作温柔得仿佛爱抚着心爱的孩子。树枝摇动时，树叶互相摩擦所发出的飒飒声蹭过耳朵，非常舒服。

"这是柳树吧。"

"不是哦，你看。"

阿风把一朵白花轻轻地放在甚夜的手上。远看时很难察觉，但垂柳上其实开满了五片花瓣的纯白花朵。

"这种树叫雪柳，它盛开的花朵的重量会把树枝压弯，看起来很像柳树，对吧？它的名字就是这么得来的。但实际上它不是柳树，而是一种樱树哦。"

一团团的白花看上去确实宛如棉花般的积雪，难怪这种樱树会让人想到白雪和柳树。春天的枝头上却缠绕着冬天的气息，更显雪樱姿态宛然，确实别有一番风情。

"雪柳啊……"

甚夜从牙缝里挤出树的名字。

雪柳在夜风的吹拂下摆动着。虽说它是一种樱树，但外表上还是更像柳树，完全符合名字中所包含的"雪白的柳树"之意，因此恐怕很多人都会把这种树当作柳树而不是樱树吧。

"完全看不出来是樱树啊。"

——雪柳难道不会为自己的境遇而叹息吗？

这个疑问在甚夜脑中一闪而过。他本不是那种会想象植物的心情并伤春悲秋的性格，但看着雪柳，甚夜的心绪还是微微有了些起伏。

雪樱既没有和它的樱花同类相似的外形，又不是柳树。这种看似柳树的樱花是如何看待它自己的呢？人无论怎么思考都无从得知植物的想法，但甚夜还是觉得优雅而美丽的雪柳看上去有些寂寞。

"是樱树却不像樱树，像柳树却不是柳树，非樱非柳的雪柳……好可怜啊。"

甚夜心中一阵刺痛，无意间呢喃出了同情的话语。

他一定是从雪柳身上看见了自己才会感到心痛。像柳树却不是柳树的雪柳宛如某个像人却不是人的家伙。甚夜觉得开满枝头的、纯洁的白花正在无言地指责着自己。

甚夜呆呆地站在原地，茫然地看着树上的白花。他明白此刻的感伤其实毫无意义，但还是无法拂去心中的忧郁。

"可是很漂亮啊，不是吗？"

阿风宛如丝绸般流畅且温柔的话语将甚夜从自身情绪之中慢慢拉了出来。不知何时，她的视线已经转向了甚夜，甚夜反应过来，和她对上了眼神，阿风微笑着轻轻地点了点头。

"哪怕不是柳树，哪怕不像樱树，雪柳依然开出了漂亮的花朵。而且不论凋谢多少次，每到春天它都会再次开花，虽然我不知道雪柳心中是怎么想的，但我认为它一定不觉得自己的存在毫无意义，如果讨厌自己的话，怎么会每年都开花呢？"

阿风说的并不是甚夜而是雪柳，她只是赞美了它的美丽而已，可不知为何，她的话语却沁入了甚夜的心田，缓解了他心中的郁闷之情。

"无论是樱是柳，雪柳都会在春天到来的时候开出美丽的花朵，所以不必同情它哦。"

就算不知道自身到底是何物，雪柳依然在季节流转中不停地开了又谢，谢了再开。正是因为明白世上万物都注定会消逝，雪柳才会开出如此鲜活的花朵，证明自身的存在。

"这就是花的生存之道吗？"

可能真如阿风所说，不必同情雪柳。不对，是不该同情雪柳。雪柳恐怕比浑浑噩噩的自己要强得多，同情它简直可以说是一种傲慢了。

甚夜点头，同意了阿风的说法。

察觉到甚夜的情绪有所转变，阿风也松了一口气。

"但你这样好像女孩子哦。"

她故意抬高声音说道。确实，想象着花的心情并心生怜悯，确实是年轻女孩常会有的心境。甚夜自己也察觉到了这一点，因此没有反驳。

可能是觉得他默默无语的样子很有趣，阿风嘻嘻地笑了。甚夜感觉有些害臊，但她的笑容实在是纯真无邪，所以他只能报以苦笑。

"我送你回去吧,否则你那个爱操心的爸爸又要担心了。"

"呵呵,确实呢。"

两人笑了一阵之后并肩走上了回面馆的路。

太阳落山,天色已晚,沿途的商店都已打烊,走在江户的街上也完全没有平时那种人声鼎沸的感觉。

一阵风吹过,春风依然带有几分冷意,但夜里却比之前温暖了一些。

"甚夜啊,我觉得你得再从容一些。"

走着走着,阿风突然这么说道。甚夜用眼角偷瞄她的侧脸,发现她一脸严肃,明明比自己年纪小,却给人相当成熟的感觉。

"我看起来有那么紧张吗?"

"应该说你在和自己较劲吧,有时候会让人觉得你在勉强自己。"

甚夜和阿风其实并没有什么个人交情,虽然面馆老板说要招他做女婿,但两人终究不过是客人与店员的关系而已。尽管如此,阿风居然准确地看穿了甚夜的内心。

不知道是她太敏锐了还是自己太好懂了,甚夜原本还以为自己已经比较擅长掩饰情绪了。

"是啊,可能真是如此。"

也许因为是阿风说的,甚夜并没有觉得反感,他爽快地承认了。

"我活在世上是为了一件我必须去做的事情，也许确实是在和自己较劲吧。"

这十几年里，甚夜心中只有变得更强这一个想法。他杀鬼也根本不是行侠仗义，只不过是为了磨炼武艺而已。可是甚夜并不觉得这样做有什么问题，既然妹妹曾经说过要毁灭世界，那么自己就必须和她做个了断，为此甚夜需要变得非常强大，除此之外的一切对他来说都是多余的。

阿风恐怕是一语中的。甚夜之所以拼尽全力想要变强，就是因为他相信这会成为一座灯塔，引导他在黑暗的人生路上前行。因此，他的心中只有变得更强这一个念头。

"虽然我不知道你必须要做的事情是什么，但是我觉得你最好还是要偶尔放松一下。有自己的人生目标是件好事，可被它赶着跑的话，生活不会很无聊吗？"

"……但是我除此之外已经一无所有了。"

甚夜已经失去了心爱之人，失去了家人，甚至失去了自己，所剩下的只有因为尚存一丝希望而始终拖延的答案，以及不知不觉间充满内心的仇恨。

所以，甚夜才想要变强，变强之后彻底做个了断，他就是为此才一直活到今天的。

无论怎么说，这就是他的一切。

"不好意思，你的忠告我估计是听不进去了。"

甚夜很感谢她愿意开口相劝，可是他原本就没有过任何想要开心度日的想法，因此被说无聊也是无可奈何。他当然也会畅饮美酒，也会笑，但是心中的仇恨却始终如影随形。他认为，像自己这样什么都没能守住的男人，是没有资格享受人生的。

他想，自己今后肯定也改变不了什么，大约只能浑浑噩噩地度过一生了。

"这样啊……"

阿风的脸上没有表情，语气也一如往常，不知她对甚夜的这番话做何感想。突然，她快走了几步，然后在路边蹲了下来。甚夜感到奇怪，连忙追上去一看，原来她正看着路边有着四片花瓣、聚成一团温润如玉的白色小花。

"你知道这是什么花吗？"

阿风岔开了之前的话题，露出平静的笑容问道。甚夜只知道可以吃的野菜和药材的名字，除此之外的植物几乎都不认识，于是摇了摇头。

"这是瑞香花，秋天时它就会长出花蕊，度过冬天之后在春天开花。"

阿风用手指温柔地触摸着花瓣。甚夜稍微靠近一些，鼻腔中就闻到一股酸甜混合的奇妙香气。

"香味好浓啊。"

"很好闻吧？瑞香花是宣布春天来临的花，它的香气就是春天的芳香。"

阿风一边说着，一边站起身来，然后用手指着在民房的阴影中悄悄生长的小花，它就开在路边，花瓣细长，它的外观勾起了甚夜心中的乡愁。

"那是繁缕花，你不觉得它小小的非常可爱吗？"

那确实是繁缕花，是甚夜少数认得的植物之一，他平常都没有留意，没想到江户居然也有这种花。

"我认得繁缕花。"

"真的吗？"

"真的，它的茎煮了之后可以做肠胃药，葛野……我以前住的村子经常用到它。"

阿风露出了颇为意外的表情，甚夜是个身高接近六尺的大汉，身材虽瘦，但隔着衣服都能发现他的身体是经过充分锻炼的，无论如何都看不出是个纤弱到需要经常服用肠胃药的人。

"我的青梅竹马经常要喝肠胃药，她平常深居简出，很少有机会吃甜食，一有机会就会大吃特吃，结果总是吃坏肚子，所以常常需要用到繁缕花。"

"感觉……是个很有趣的人呢。"

"是啊，我总是被她耍得团团转。"

甚夜眯起眼睛，仿佛眺望着什么地方一般。

他回想起了自己的孩童时代——他还是甚太，她也还是白雪的幸福时光。那时候白雪天真烂漫，好奇心旺盛，老是捉弄自己，完全看不出她将来居然会成为巫女。而铃音也总是跟在身边，甚太一直忙着为她们收拾残局……尽管如此，他们总是天真地笑作一团。

但是，现在不行了。甚夜已经无法露出当时那种笑容了。

"你看，什么'一无所有'，果然是骗人的。"

阿风露出了悠然的微笑，仿佛要将甚夜的忧郁拭去一般。

"你喜欢吃面条，又懂得欣赏花的美丽，还拥有宝贵的回忆。所以你现在只是被自己的使命所束缚而对周围视若无睹而已，根本称不上是一无所有。"

甚夜哑口无言，根本无法反驳。看着阿风婀娜的身姿，甚夜有一瞬间被她的微笑给迷住了。

"请偶尔停下脚步看看四周吧，到处都有鲜花盛开，只是你未曾察觉罢了。只要愿意寻找，应该就能找到原本看不见的景色。"

看来阿风是用花为喻在劝解甚夜。甚夜既为她有这份心意而高兴，又厌恶八成要让她白费苦心的自己。

甚夜终究无法像她所说的那样，停下前进的脚步去寻找幸福。比起对他人的情感，甚夜更重视对自己生存之道的坚持，无论别人怎么说，他都要继续追寻足以阻止铃音的力量。

"说起来，我好像从来没有悠闲地赏过花。"

甚夜虽化身为鬼，却没有舍弃人心，他没有冷酷到能够快刀斩乱麻地拒绝阿风的好意。甚夜深感自己依然是个优柔寡断的男人。看着无奈苦笑着的他，阿风也露出了温和的笑容。

"能请你教我认识更多的花吗？"

"当然没问题。"

两人继续迈步前行。

灰白色的月亮高挂在夜空中。

春夜，归家路，身边的女孩一个接一个地报上各种花的名字。

——虽然沉淀在心中的仇恨旋涡并没有消失，但不妨稍微放慢点脚步吧。

在温柔的夜色里，甚夜不禁这么想。

"非常感谢你送我回来。"

两人一边找花一边走，感觉回家之路都变短了。

到了喜兵卫门前，阿风深深低头表示感谢。

"不客气，和你聊天很有意思。"

"下次我再带你去认识其他花吧。"

"下次最好是白天去。"

甚夜调侃阿风明明知道试刀杀人的传言，却还是在晚上独自一人出门。能够开这种玩笑，或许也是因为两人之前的对话让他有了一丝从容，也许像她所说的那样，偶尔停下脚步看看四周也不错。

阿风却不满地对露出微笑的甚夜说道：

"我觉得父亲也好，甚夜也好，身边的男人对我都过度操心了，要是试刀杀人犯来了，马上逃走不就好了？"

"别这么说，即便如此，父母还是会一直担惊受怕的。"

"那你为什么会担心我呢？"

"谁知道呢。"

阿风的问题带着几分提弄，可甚夜并没有正面回答，至于为什么，他自己都搞不清楚。

"不好意思，我差不多该走了。"

"对不起，耽误你这么久。"

甚夜微微摇头表示不必在意，阿风也回以微笑。

他带着平静的心情转身离开，继续搜寻试刀杀人犯，感觉自己的脚步都轻快了一些。

"哎呀，真是个好姑娘。"

身边突然传来的话语惊得甚夜停下了脚步，他转头往旁边一看，发现茂助正一脸怪笑地站在身边。

"茂助，你这家伙该不会……"

"好啦，俺们差不多该出发啦。"

还没等甚夜说出下一句话，茂助就慌慌张张地逃开了，甚至没打算稍加掩饰。这家伙，肯定全程都以隐身的状态在旁边看热闹。

甚夜想抱怨几句，但对方早已不见踪影，他只能带着无法释然的心情注视着夜幕下的街道。

与阿风分别之后，甚夜继续他的调查。

他先来到了日本桥，花了点儿时间在附近晃了晃，但完全没有发现杀人犯的踪迹。他只好先回到桥上，走到桥的正中，靠在桥边的栏杆上。

日本桥白天时非常热闹，到了这个时候，桥上行人就很少了。甚夜只看到一个满脸通红的男人正在过桥，估计是喝完酒正要回家。四下静寂无声，连河里的水流声都清晰可闻，真是个宁静的夜晚。看着摇动的月光，吹着舒适的晚风，甚夜叹了口气——看来今晚又扑空了。

正当甚夜站在桥上发呆时，又有一个穿着暗红色衣服的年轻女子走上了桥，年龄看上去和阿风差不多。大半夜的，女孩一个人走在外面相当危险。甚夜正斜着眼望着她，没想到对方在过桥途中和他对上了视线。

"啊……"

看见甚夜之后，她不知为何睁大了眼睛，发出了小声的惊呼,看上去吓了一跳。甚夜再次打量了这位女子之后稍稍皱起了眉头。

好像在哪里见过。甚夜对那漂亮而倔强的眼神颇有印象。到底在哪儿见过呢?

正在甚夜绞尽脑汁回忆的时候,空气中突然传来低沉的呼呼声。

"呃——"

附近的那个满面通红的男子没能走过这座桥。他的身上突然喷出鲜血,随后就倒在地上一动不动了。

男子身上出现仿佛被利爪剜过的伤口,他还来不及发出临终的惨叫就瞬间一命呜呼。

"……咦?"

女子瞪圆了双眼,还没反应过来到底发生了什么。过了一会儿她才理解到男人已经被杀,接着就瘫坐在桥上惨叫起来:

"呀,呀呀呀呀?!"

此时甚夜已经将手放在腰间的刀柄上了,女人的叫声在他听来仿佛是从远方传来的一样。

这说明他的意识已经冷静下来,并且进入了非常敏锐的状态。

空气再度发出了呼呼的声音。甚夜以左脚为轴,用最快的动作转向声音传来的方向,随后用大拇指顶开刀口拔刀出鞘。

他能如此迅速地做出反应,是因为在听到声音之前就已经察觉到袭击者所散发出的浓厚而浑浊的杀气了。

"唔……"

但是,对手还是更胜一筹,敌人的冲刺速度比甚夜拔刀的速度更快。

幸好甚夜拔出来的刀起到了盾牌的作用,他用刀身防守,接着往后一闪,顺势将刀全部拔出。然而,当他准备反击的时候,却意识到对方已经逃到一定距离之外了。

"咦,怎、怎么了?这是怎么回事?"

突发的状况让女子脑中一片混乱,可是甚夜眼下也没有余力去照顾她。他保持着警戒的架势冷冷地对慌张不已的女子说道:

"别乱动,除非你想死。"

"我、我知道了……"

女子虽然搞不清楚状况,但好像多少冷静了一些。太好了,她要是随便乱动的话就难办了——甚夜一面这么想着,一面拉开和她之间的距离,以免将她卷入战斗中。

有人在身边,甚夜就不便变身成鬼,于是他摆出八双[①]的姿势,防备着敌人的下一次进攻。

---

①日本剑道中的一种姿势。持刀者左脚在前,双手持刀,将其竖举在身体右上方。

轰！伴随着划破空气的声音，敌人再次发动了进攻。甚夜朝声音传来的方向转过身体，斜着劈下一刀——没砍中。敌人中途改变了行动轨迹躲过了这一刀，随即挥动利爪展开贴身肉搏。甚夜用刀镡挡下了敌人的攻击，后退半步之后乘势挥刀反击，但是手上只传来轻微的斩击感，说明这刀即使伤到了敌人，最多也只是微微的擦伤而已。

甚夜严阵以待，预测敌人攻击的方向，一刀砍去——

但挥刀还是慢了一步。

这让他不禁眯起了眼睛。

——太快了。这是甚夜唯一的感想。他发现对方的速度绝非人力可及。虽然还无法看清对方的样貌，但敌人毫无疑问是鬼，从它的动作就能轻而易举地得出这一结论。

鬼在离甚夜大约四间远的地方落地并发出咆哮声。甚夜定睛一看，它长着四肢，有着人形却四肢着地，正紧紧地盯着自己。这怪物浑身长着浅黑色的体毛，看上去仿佛人与狗的杂合体，用"野兽一般的怪物"来形容它恐怕最为贴切。

鬼那浑浊又空洞的红色眼睛正看向这里，看来它没打算攻击在场的女子，浓厚的杀意只朝着甚夜滚滚而来。

"总算找到你了。"

凶手会用利爪攻击男人，但却不杀女人。

肯定没错了，这家伙无疑就是试刀杀人犯。

"你叫……"

他正打算问鬼的名字,可话还没说完对方就已经冲了过来。

甚夜挥刀对着鬼的脑门向下一劈,但鬼却在速度不减的情况下突然横向跳开,躲过了这一刀。

甚夜马上改成反手持刀,顺着鬼的动作向前迈出一步,旋转身体挥刀发动追击。

鬼此时正跳在半空,此时它应该是无法肆意改变方向的,因此甚夜才使出了这一招。没想到鬼居然凭空借力,凌空一蹬就改变了移动轨迹,随后狂奔而去。

它的动作完全不符合常理,而且速度快到让人连吃惊都来不及。

鬼没有停下脚步,它的目标是——

"呀!"

之前那个女子。

上当了!刚才鬼的攻击只是虚晃一枪,它此前都是杀死男人,掳走女人,因此鬼一开始的目标就是女子。

甚夜终于看穿了鬼的企图,但为时已晚。两人距离太远,他已经来不及出手阻止了。

鬼将手伸向女子——结果却扑了个空。周围明明没有其他人影,女子却不知为何好像被人推开一般躲过了鬼的魔爪。

"……茂助!"

是一个看不见的人救了女子。拥有隐身之力的茂助不知何时也来到了现场，并在千钧一发之际救出了女子。

这可帮上大忙了。甚夜一瞬间露出了安心的微笑，但马上换回了严肃的表情，然后压低身体，贴着地面冲了过去。

鬼似乎也没有搞清发生了什么事，它呆立在原地一动不动。

机不可失，虽然没有问出它的名字有些遗憾，但还是趁现在将它斩杀为好。

唔，唔唔……

甚夜一边跑，一边让刀身以跟地面平行的角度前伸，随后左脚蹬地，一口气缩短了与鬼之间的距离。

甚夜横向一字挥刀，这是充满了杀意的一刀——结果却什么都没砍到。

啊啊啊啊啊啊啊！

鬼已经拉开距离躲过了这一刀。

它估计已经发现自己处于劣势，所以转身咆哮着逃走了。以鬼的速度，如果它一心想要逃走的话甚夜根本追不上。看着它瞬间远去不见踪影，甚夜懊恼地咬紧了牙关。

"那种速度根本追不上啊。"

甚夜虽然不动声色，但心中却充满了遗憾。他来江户之后多次与鬼交锋，但已经很久不曾如此落于下风了。

呼——他长出了一口气，让身体的温度稍微降低一些。让鬼逃走固然非常可惜，但后悔也于事无补。他慢慢地收刀入鞘，并深深地将夜晚冰冷的空气吸进自己的肺部，心情也稍微平复了一些。

"甚夜先生。"

耳边传来了声音，这是依然保持隐身状态的茂助在跟他说话，估计是考虑到那个女子还在现场，因此不想让她看到自己变成鬼的样子吧。甚夜也用女子听不见的声音小声回答道：

"不好意思，被它逃了。"

"没关系，俺也没想到会是这么厉害的家伙。"

茂助的身手绝对算不上高强，如果与鬼正面交锋的话估计毫无胜算。大概是想到了这一点，茂助发出了苦涩的呻吟。

"总之俺先往它逃走的方向找找看，说不定能发现它的巢穴什么的。"

"你可别乱来。"

"俺知道，还不一定追得上呢，就算找到了俺也会马上回来的，毕竟俺也不想死。那么甚夜先生，这个姑娘就拜托你了。"

"好。"

空气流动了一下，看来茂助已经离开了这里。

甚夜将视线投向鬼逃走的方向。

茂助虽然无法打败那个鬼，但保持隐身状态找到它的巢穴并平安归来对他而言应该并不困难。问题在于仇敌当前，茂助能不能保持冷静,他会不会明知不可为而为之。甚夜想要相信他,可依然感到不安,不知道该不该先跟上去再说。

"喂,我叫你呢。"

女子颇为不满的喊声打断了甚夜的思路,他斜眼一看,刚才那个女子依然坐在地上,正直直地盯着自己。

"怎么了?"

"……一下。"

她的声音太小,甚夜根本听不清。刚一皱眉,女子又咕哝了一次:

"那个我……我站不起来啦,请你扶我一下。"

她的语气里既有不甘心又有一些难为情,脸也因为出了丑而羞得通红。

甚夜不动声色地伸出手,女子拉住他的手摇摇晃晃地站了起来。看起来她没有受伤,刚才只是吓得全身瘫软而已。

"谢谢。"

"没什么。"

"你这种冷淡的态度还真叫人怀念。"

这句玩笑话让甚夜感到有些奇怪,他认真地打量着女子的脸。

确实曾经在哪里见过她。

"难道你不记得我了?"

女子露出既惊讶又生气的表情，但眼神中又流露着不安，这副可怜巴巴的模样让甚夜想起了几年前的一件事。

"……奈津小姐？"

她是须贺屋店主重藏的独生女，面容上依然看得出几分当年的样子。

看来没有认错。奈津闻言，表情柔和了几分。

"什么嘛，我还以为你真的把我忘了呢。"

"哪里，只是稍微花了点时间才想起来而已，毕竟当时你年纪还小。"

两人上次见面是在三年前，当时奈津只有十三岁，如今奈津长高了一点，身材也稍微圆润了一些，显得有些女人味了。

"没错，毕竟过了三年，所以我也不怪你，不过你看起来倒是完全没变啊。"

那是自然，他的身体就算再过一百年也不会变。虽然被指出了这一点，但甚夜并没有惊惶失色，也不知道是因为年纪大了，还是因为他不再是人了。

"我不太显老。"

"你这句话会得罪这世上一大半的女人哦。"

奈津嘴上说着，脚上似乎还是使不上力，依然有点站不稳。

甚夜走上前去扶住了她，可能是因为与男人身体接触，她露出了害羞的表情，又小声地说了一次"谢谢"。

"你总是这样晚上出来散步吗？"

"怎么可能。今天是出门办事后正要回家呢。我给经常照顾店里生意的客人家里送东西，结果就搞到这么晚了。"

"是给你父亲帮忙？"

"没错，要尽一份孝心嘛。"

甚夜印象中的奈津还是个有些任性的小姑娘，但如今站在自己面前的她，已经不是过去那个焦躁少女了。

"你变了不少啊。"

"是吗？"

"怎么说呢，感觉你笑起来比较自然了。"

以前的奈津根本没法坦率地向别人表达谢意，而现在的她已经能够非常流利地说出谢谢了。

看来她除了外表变化，在其他层面也有了些成长。

"毕竟我不可能永远都是小孩子嘛。"

"不不，您还只是个孩子啦。"

"咦?!"

奈津被突然的插话声吓了一跳，飞一般地逃离了甚夜身边。她还是和当年一模一样，一出事就会吓得缩成一团。

"小姐，我看您迟迟没有回来，就出来接您啦。"

"善、善二？别吓我啊！"

"我只是正常地和您搭话而已啊……出了什么事吗？咦，

你……不是甚夜吗？”

善二慢了一拍才认出甚夜，惊讶地瞪大了眼睛，但他的表情充满了再会的喜悦。

“善二阁下，好久不见。”

“噢噢，确实很久没见了，这到底是怎么回事啊？”

“他在鬼袭击我的时候救了我。”

奈津撇开脸说道。善二闻言露出了不可思议的表情，并将手搭在了她的肩上。

“……鬼？小姐，你怎么又来了？之前不是和您说过了吗，老爷是真的非常疼爱您的，所以……”

“这次不是这样的啦！甚夜你好好地解释一下！”

善二似乎以为之前的鬼又出现了，露出了非常苦恼的表情。

虽然对两人的互动感到哑然，但甚夜还是按照奈津的要求开始说明现在的情况。

“你们听说过有人试刀杀人的传言吗？”

“啊？嗯，听是听过。”

“试刀杀人犯其实是鬼……我现在正在追查它的行踪，奈津小姐会被它袭击只是偶然而已。”

善二总算听到了合理的解释，闻言安心地长出了一口气。

“呼，你还是老样子，总爱瞎掺和到这些莫名其妙的事情里去。”

"……我这么莫名其妙还真是对不起你啊。"

"啊，不不，我不是这个意思。"

"随便啦。"

"听我说啊，我刚才的话绝没有取笑小姐的意思。"

善二刚才的说法确实把之前的事件也归入"莫名其妙"之列了。他还是老样子，总是说错话。

善二慌忙讨好生闷气的奈津。看来三年过去，两人之间的气势对比还是一点没变。看他们还是那么亲密，甚夜多少松了口气。

这边没事了，甚夜不禁又担心起了去追踪鬼的茂助。

"既然有人来接你，那我就先走了。"

甚夜开口告辞，没有理会两人之间的斗嘴。茂助迟迟未归，说不定他已经……如果自己的想象没错，那就不能再耽搁时间了。

"是吗，那今天谢谢你了。说起来，你现在在做什么呢？"

"和以前一样，是个自由自在的浪人。另外我最近经常去深川那边的一家叫喜兵卫的面馆，如果有什么与鬼有关的麻烦事就到那里去找我吧，会给你们算便宜点儿的。"

"还要收钱吗？"

"那当然，我也要吃饭。"

奈津和善二露出了微笑。当甚夜转身正要离开的时候，他却突然被叫住了。

"啊,对了!甚夜,等一下。"

甚夜停下脚步,转过上半身来看着善二,善二用认真的表情说道:

"你知道谷中那里有个'寺町'吗?"

甚夜无言地点了点头,寺町位于江户郊外,有许多寺院集中在那里,可谓名副其实的寺院区,或许是出于这个原因,那里也有很多幽灵鬼怪之类出没的传说。

"那里有座瑞穗寺,虽然在寺里的主持去世之后已经荒废很久了,可是我听客人说,那里每天晚上都会传出女人的声音。"

女人的声音?被掳走的都是女性,这确实有些可疑。

"这个传言我听过好多次了……而且还有人说,有鬼住在里面。"

破庙——想要绑架女人做些什么的话,确实需要找个僻静的落脚点。寺町人迹罕至,就算女人喊叫也没关系,也很便于隐匿行踪,确实是个很理想的选择。

虽然不知道是不是试刀杀人犯,但至少应该有拐走女人的家伙躲藏在那里。而且寺町的位置正在刚才鬼逃走的方向上。

"你不是在追查鬼的踪迹吗?所以我想这个消息你可能会感兴趣……你怎么看?"

"非常感谢,这个信息或许有用。"

"那就好。"

说不定试刀杀人犯就藏在那里。

——总算抓到它的马脚了。甚夜神色冷峻地想。

◆

茂助一路飞奔，最终来到了江户郊外的寺町。

"应该就是这个方向啊。"

谷中一带因为有许多寺庙而得名寺町。这里的气氛在夜色中显得更加诡异，难怪会有那么多妖魔鬼怪的传闻出现。

但是这附近行人很少，对于试刀杀人犯来说也不方便寻找猎物，就在茂助开始怀疑自己是不是又搞错了的时候——

……啊啊啊啊啊……

一阵悲鸣响彻夜空。

"就在附近。"

茂助一面自言自语，一面将身形融进周围的景色之中，隐藏了起来。

他使出异能，压低脚步声，朝着声音传来的方向前进。他克制住心中的焦躁，没有选择奔跑，而只是慢慢往前走。就在这时，身边突然有阵风吹过。

不，那不是风，而是用一只手抱着女人、在黑暗中飞驰的鬼。

与鬼擦身而过时，茂助看见它手上抱着一个浑身瘫软的妙龄女子，那鬼有着仿佛人与狗杂糅在一起的外观，毫无疑问是刚才遇到过的那只鬼。它的爪子上鲜血淋漓，看来是在逃跑的过程中杀了人并掳走了这名女子。

——那个鬼就是俺的仇人。

背上传来阵阵激动的战栗，让茂助意识到了这一点。

他盯着鬼跑走的方向。狭窄的道路尽头是一座破败的寺院，在主持早年去世之后，那寺院就一直荒废至今，寺名应该是叫……

"瑞穗寺……"

终于找到了。

那里就是自己满腔仇恨的终结之处。

4

鬼的诞生有很多种方式。

有由被鬼侵犯取乐的人所生下来的鬼，有怀着仇恨、嫉妒、绝望等负面情绪的人变成的鬼；还有情感聚集凝结而凭空诞生的鬼。虽然诞生的方式各不相同，但同样都被归为鬼。至于茂助，他的父母都是鬼，所以他一生下来就是纯粹的鬼。

茂助几乎没有和父母一起生活的回忆。鬼虽然很重视同类，但同时又非常自我，比起作为父母，他们大多更重视自己。如果生下的孩子影响到了他们自身的生活方式，那么鬼会毫无顾忌地抛弃孩子。茂助的双亲似乎就是这样的鬼，连名字都没起就将他抛弃了。

茂助没有对此心怀不满，因为他知道这就是鬼的行事之道。他并不仇恨自己的父母，但还是觉得自己无法像他们那样生活。他之所以假装成人类，主要就是因为他知道自己与鬼格格不入。茂助认为自尊不值得通过战斗去维护，与其活成一个坚持自我的鬼，还不如装成可以根据情况随机应变的人类，这样生活反而比较轻松。

茂助希望自己能够躲开鬼和人类的视线，不要引人注目，平静地生活，然后平静地死去。他也不需要什么大富大贵，只求获得一些小小的幸福。

他的愿望仅此而已。

于是他开始假装成人类生活，茂助这个名字也是他自己取的。

茂助以平民百姓的身份住在背街长屋里，他很喜欢这种贫困但悠闲的生活。不过长期住在同一个地方自然要和他人打交道，茂助虽然觉得这很麻烦，但也无可奈何，在日常生活中，他还是和邻居保持交流，防止他们起疑。

正是以此为契机，茂助与一位女子相遇了。这位姑娘和他住在同一座长屋里，和家人一起过着和睦的生活，脸上总是带着开朗的笑容。姑娘似乎很欣赏茂助朴实而稳重的性格，随着见面次数的增加，她和茂助越来越亲近，不知不觉中开始关心起独身一人的他。

茂助也被这位天性纯真的姑娘所吸引，两人之间越来越亲密，到了第二年的春天，他们成了一对恋人。

长屋里的人们都祝福着这对人见人爱的情侣，可是茂助心中却充满了罪恶感。虽然他外表像人，但真实身份却是鬼，哪怕两人一起欢笑时，他都感觉自己在欺骗对方，这份自责折磨了他很长时间。

终于有一天，茂助决定向她坦白。他想娶她为妻，所以不能再继续欺骗她了。对于一直想要避开人和鬼的注意悄悄生活的茂助来说，这可算是从未有过的破釜沉舟之举。

在求婚之前，茂助向她坦白了自己其实是鬼。

如果因此被对方拒绝，他也不会心怀怨恨，毕竟人鬼之间是无法互相理解的，自己能接受对方做出的理所当然的选择并就此放弃。茂助抱着这样的决心向她坦白了一切，但对方的反应却出乎他的意料。

——然后呢？

茂助鼓起浑身的勇气坦白了，可是对方却没有什么特别的反应。仅此而已吗？不应该有些更严肃或者更强烈的回应吗？明明她已经认识到自己真的是鬼这一现实，但她的反应实在太过不当回事，这让茂助感到非常不真实。

茂助把自己的感想告诉了她，结果她先笑着说："你在说什么啊！"然后若无其事地继续说道：

——我从一开始喜欢的就不是人也不是鬼，而是你呀。

她的神态是那么纯真无邪，让茂助觉得自己这副紧张兮兮的模样简直像个傻瓜。他不禁笑了起来。看到他这副奇怪的样子，她也笑了。

就这样，他们结为了夫妇。

但之后的日子也没有什么戏剧性的变化,茂助一如既往地过着平静且低调的生活。不过,有了妻子的陪伴,平凡而不断流逝的岁月也增添了一丝温柔。茂助没有大富大贵,但也获得了自己小小的幸福,有些无聊但又平静的日子就这么一直继续着。

身为鬼却选择了人类的生存之道的茂助,真的实现了愿望。

没错,这种无聊但又平静的日子,今后也会一直继续下去。

本应一直继续下去的。

瑞穗寺的土地因为无人打理而一片荒芜,野草树木肆意生长,寺院应有的神圣感早已荡然无存。

春夜的气温很低,杂草在风的吹拂下发出沙沙的声音。

这声音听上去颇为悲凉,除了草木之声外再无其他声响,更让人强烈感受到这个被抛弃的寺院是多么的寂寥。

嚓。脚踩在沙地上的声音在一片静寂中更加突出。鬼消失在了瑞穗寺中,而茂助也追踪着鬼进入了寺院之内。他的外表从软弱的平民变成了有着黑色皮肤和奇怪右眼的鬼,并且发动了自身的异能进行隐身,压低脚步声朝着大殿前进。

茂助手中紧握着的短刀是新买来的,因为之前的那把刀被甚夜折断了,所以这次他花大价钱买下了一把不易折断的短刀。这把刀是葛野锻造的,其刀刃号称连鬼都能斩断,至于这是真是假,估计马上就能见分晓了。

接近大殿之后，茂助微微听见了女人的声音，但他的心中没有丝毫的动摇，毕竟他原本就不是为了行侠仗义而来到这里的。老实说，一个女人命丧黄泉对茂助而言根本无关紧要，最重要的是杀掉此刻正在这里的那家伙，别的他根本毫不在乎。虽然他曾答应甚夜马上回去，但如今仇敌近在眼前，这个约定早就被他抛到九霄云外去了。

茂助穿着鞋走上大殿的木地板，结果发出了嘎叽嘎叽的响声，无论他如何放轻脚步都会发出声音，不过可恶的仇人却完全没有注意到。

鬼的模样宛如野兽一般，奇妙的体形结合了人与狗的特征。也许是为了直立行走，它的手脚都不像动物而更接近人，全身的浅黑色皮肤被黑暗笼罩着，这副模样让人不禁觉得是什么东西的影子直接站了起来。

吧唧……咕噜……

传来的声音既像水声又像木材变形发出的声音，听着十分诡异。直到看见红眼的野兽手中抓着没了脑袋的丰满女尸，茂助才觉察到这是鬼咀嚼时发出的声音。

鲜红的肉还滴着血。鬼又咬了一口，尸体的脖子到胸部就这么消失在了它口中。两条手臂失去了支点，掉在了地上，鬼似乎一口都不想浪费，马上把它们捡起来整个吞了下去。

——但是这些事情根本就无所谓。

为了找到它，俺到底花了多少时间啊。好像也很难说是多是少，但是在看到仇人的瞬间，之前的过程如何全都无所谓了。

鬼依然在吞吃女尸。

——无所谓。

茂助拿着短刀步步接近。

我得……赶快回去……

鬼不停地喃喃自语着。

——无所谓。

鬼不知为何显得有些焦急，它全然不顾鲜血和内脏撒得到处都是，一心一意地吞吃着尸体，这个场面看上去甚至有些悲壮。就像因为挑食而惹父母生气，只好强吞下自己不喜欢吃的蔬菜的孩子一样。

——一切都无所谓了。

就是你，就是你杀了俺老婆吧？

茂助的眼中充满了仇恨，至于鬼为什么要滥杀路人，为什么要吞吃女性，他根本毫不关心。重要的是他的妻子遭到了奸杀，对于茂助来说，这事实就是一切。

已经无法忍耐了。在仇恨的驱使下，他保持着隐身的状态直线冲了出去。

鬼还在吃个不停。

看俺刺穿你的后脑勺，然后把里面的烂肉搅得一塌糊涂！

茂助反手将刀高高举起，已经冲到离鬼只有一步距离的地方。这时，鬼突然转过了头。

茂助因仇人近在眼前而冲昏了头脑。尽管他可以凭着异能隐身，但发出的声音是无法消除的，他那么激动地冲向对方，对方不可能毫无察觉。

看到鬼那双红铜色的眼睛，茂助的脸瞬间失去了血色，双脚也不停地颤抖起来。

冷静点，没事，目前还没事。鬼并不是发现俺要发动袭击，只是听见声音之后回头看看而已，现在只要慢慢走过去杀了它应该就可以了。

茂助略微冷静了几分，开始考虑下一步该怎么办。

回过头来的鬼一动不动。这就是最好的证据，果然它并不知道俺具体的位置，接下来偷偷绕到它背后去吧，小心不要发出脚步声。

他才刚刚迈出一步，脚下的地板就发出了声音，鬼的身形也随之一动。

"呜啊——"

鬼的身影瞬间就从茂助的视野中消失了，而他的身体，从侧腹到胸口连同体内的脏器都被深深地挖走了一大块，甚至伤及了心脏。他双膝一软，摔倒在地。

茂助嘴里全是铁锈般的血腥味。疼痛过于剧烈，反而令他想要发笑。但同时，疼痛的感觉越来越模糊，视野也越来越不稳定、越来越昏暗。

俺没救了——随着身体因失血过多而逐渐变得冰冷，茂助慢慢地体会到了这一点。

虽然在茂助看来，鬼瞬间就不见了踪影，不过实际上并没有这么夸张，鬼只是直直地向前奔跑并挥动爪子而已，它并不是看见了隐身的茂助，而是朝着声音传来的方向胡乱攻击，结果正好击中了茂助而已。但是鬼的速度就是如此快，在茂助看来，它就像突然消失了一样。

茂助再也无力维持异能，他趴倒在地，血流不止，以鬼的模样露出真身。

他的身体上开始冒出白汽。

——看来再过不久俺的身体就要消逝了，不，在那之前俺就会被鬼杀了。

——俺就要这样被杀了吗？俺还没为老婆报仇呢。

比起面对死亡的恐惧，茂助心中更多的还是悔恨。要是刚才自己能再冷静一些，结局也许就会大不相同。但事到如今再怎么后悔也于事无补，他只能狼狈地引颈就戮。

茂助懊悔地咬紧了牙关，但过了好久，鬼也没有给他致命一击。这到底是怎么回事？茂助不可思议地抬起头，只见鬼根本连瞧都没瞧倒在地上的自己，而是继续吞吃着尸体。

咔嚓咔嚓。

它嘴里塞满了尸体的内脏，还把细细的腿咬碎之后一口咽下。将女子的尸体吃得一干二净之后，鬼满足地从茂助的身边走出了大殿，而茂助只能眼睁睁地看着它离去。

也许是因为无论如何茂助都是死路一条，所以鬼觉得无须特意再下杀手，或者是它只是将茂助丢在一边，根本没有把他的生死放在眼里。

"哈哈，太丢人了……"

茂助无力地笑了。

这里确实是仇恨的终结之处。

过度的仇恨最终将会吞噬自身。

就是这么简单。

"……是这儿吗？"

甚夜也来到了瑞穗寺。

多么凋敝的寺院啊。淡淡的月光下，这里静寂无声。尽管看上去一片安宁，却让人心里发毛。甚夜绷紧神经，缓缓地走在这座散发着独特气氛的破庙里。

寺庙占地很广，如果试刀杀人犯真在此处，估计会选择大殿作为藏身之处。

甚夜朝着大殿方向走去。

大殿里铺着木地板，穿着鞋走在上面会发出老房子特有的嘎叽声。因长期无人打理，地板上落了一层薄薄的灰，但也因此可以发现地上随处可见的脚印，说明有人定期使用这里。

甚夜将刀推出鲤口①，一面注意着四周的动静，一面缓缓前进，以防备突然袭击。走进大殿的瞬间，就有股浑浊的空气扑面而来，让人透不过气。

这里有一种甚夜非常熟悉的气味——是尸体所特有的混合了铁锈与硫黄的味道。四处飞溅的脂肪更让人觉得恶心。环视大殿可以发现到处都是血迹，而且还有一只奇形怪状的鬼正无力地趴在地上，那就是与甚夜一起追查试刀杀人犯的茂助。他已经恢复成鬼的模样，身体左半边被挖掉了一大块，就这样趴在地上。他的身体还在不断痉挛，虽然身上已经开始冒出白汽，但似乎仍有一丝意识尚存。

甚夜没有立刻飞奔到茂助身边去。这也许是敌人布下的陷阱，只等他抱起茂助的瞬间发起进攻。因此他保持着随时可以拔刀出鞘的姿势一步一步地靠近茂助。

看来并没有埋伏，甚夜顺利地来到了茂助身边。虽然没有表现在脸上，但甚夜的心情非常苦涩。要是放在以前，他肯定会

① 鲤口即刀鞘的口。为防止刀意外出鞘，收刀状态时有一个金属部件将刀刃卡在刀鞘之中，若在此状态下强行拔刀可能会割伤自己，因此拔刀前须用拇指将刀略微推出刀鞘，之后再完全拔出。将刀推出鲤口，即表示持刀者处于随时都能拔刀应敌的警戒状态。

不假思索地飞奔上前抱起对方，可如今的他却警惕着陷阱，连走到血流满地的人身边都颇为踌躇。他讨厌自己的这种变化。

"茂助。"

甚夜小声地呼唤道。

他总算将地上的鬼翻过身来。茂助喘着粗气，以恍惚的眼神看着甚夜。

"哎呀，真丢人啊……"

虽然勉强挤出了一丝笑容，但茂助的表情还是因为痛苦而扭曲了。

他不惜一切，一心一意地想要为妻子报仇，可结果不但没能报仇，反而被仇人送上了黄泉路。旁人根本无从想象他心中是多么悔恨。

"是凶手干的？"

"没错，它刚刚就在这里吞吃女人，就是那个混蛋……就是它……杀了俺老婆。"

此时茂助估计讲话都很痛吧，但他依然恶狠狠地瞪着眼睛，一吐怨气。

然而，他的话在甚夜听来却有些不对劲。

吞吃。茂助的这　表达不知为何让甚夜感到有些奇怪。这种如鲠在喉的感觉很不舒服，到底是哪里奇怪呢……

"不好意思，甚夜先生，俺要求您一件事。"

茂助提高了声音，把甚夜的思绪拉了回来。如今不是想东想西的时候，必须好好听茂助想要说些什么。

"你说。"

茂助身上正在不断地冒出白汽。他的声音越来越微弱，眼看着大限将至。为了听清这位为复仇而生的男子最后的遗言，甚夜弯下腰，将耳朵凑到茂助嘴边。

传进他耳中的是泫然欲泣而又满心不甘的声音：

"求您一定、一定要为俺老婆报仇……"

茂助一边说着，一边将手中的短刀递给甚夜。

和茂助一样，甚夜也深陷在自己心里的仇恨之中，因此一想到茂助含恨而终时的心境都会让他充满罪恶感。虽然只是认识不久的人——不对——朋友，但还是帮他完成遗愿吧。

甚夜将左手放在茂助的身体上。

"好，我答应你，但也要请你帮我一个忙。"

茂助闻言微微一愣，估计是想不到死到临头的自己还能帮上什么忙吧，但他马上就毫不犹豫地明确回答道：

"没问题，难得有朋友求俺，有什么俺能帮上忙的，千万别客气。"

甚夜平静地点了头。

"你的心愿就放心地交给我吧。"

他握紧右手的短刀，没有一丝表情，也不带一丝感情地回答道。

5

有了明确的自我意识的时候，它就已经是鬼了。眼前，还有数具倒在血泊里的男尸。

从那之后，它就一直在寻找。

它在寻找某个人，虽然不知道是谁，但它一直在寻找。

在寻找的过程中它遇到过男人，并杀了对方。它觉得男人是非杀不可的，每次遇到男人它都会杀死对方。虽然它不清楚自己这么做的具体原因，但也没有放过他们的理由。而且，杀死男人后，心中就会感到一阵痛快，所以它觉得自己的行动应该是正确的。

男人都该死，自己一定就是为了将他们杀光而诞生的鬼。

昨天它也杀了几个男人，但是事后却没有爽快的感觉，反而有些郁闷烦躁。于是，它再一次来到城中，想要甩掉冗余的情绪。

它一直在寻找。

它在寻找某个人，虽然不知道是谁，但它一直在寻找。

必须赶紧行动,赶紧回去。

回去?回哪里去?它自己也搞不清楚。

它只知道一件事。

以目前的情况,自己是回不去的,所以今晚也要捕获女人,然后带回自己的巢穴活生生地吃掉。其实它并不觉得女人有多好吃,但是它必须吃,因为它的身体就缺少这个。

所以它要拼命地抓、拼命地吃,争取尽快回去。

它带着自己抓到的女人回到破庙,并把她扔在了宽敞的大殿里。这女人打扮得花枝招展,估计是个游女,她的名字好像叫作夕凪①。

名字什么的其实无关紧要,赶快吃了她吧,吃够了就能回去了。

虽然还不知道是要回哪里去,但它就是想回去。无论是杀男人还是吃女人都是为了回去。它好想快点回去,好想马上以超越任何人、超越任何事物的速度回到那里去。

所以,现在要赶紧把抓回来的女人吃掉才行……

"居然又回到已经被人发现的巢穴来,看来你不但外形像动物,就连头脑也只有动物的水平。"

突然传来的硬邦邦的声音打断了它的行动。

它吓了一跳,连忙睁大眼睛回头一看,却没有看见人影。

① 该字为日本汉字,读音"nagi","风平浪静"之意。

听错了吗？不可能。确实是有人在说话。肯定有人潜入了这座大殿之中。

又响起了咻的一声，等它反应过来，发现自己的手已经被砍中了。

啊……唉……

它的手臂就这么突然被斩落在地。

怎么回事？莫名其妙。好痛。到底是怎么回事？

它举目四望，发现原本空无一人的大殿中突然出现了一个人影。

不知为何，它兴奋了起来。看来是某个之前侥幸逃过一死的男人又主动送上门来了。

它高兴地瞪着那个人影，却发现站在那里的，是手持太刀的另一只鬼。

◆

……站在那里的，是吞吃女性的鬼。

甚夜用冷峻的眼神盯着眼前的怪物。这座破庙的大殿里除了尘土味还充满了铁锈味。甚夜趁着鬼吞吃猎物的时机，抢先一刀劈下了它的一只手，但鬼却没有惊慌失措，似乎没感到一丝疼痛。不过很明显，回过头来的它已经把甚夜当作敌人了。

啊啊啊啊！

鬼四肢用力，一跃而起，向甚夜发起了攻击。

它以超乎人类常识的速度将地面、墙壁、屋顶甚至空气作为踏板在大殿内纵横奔驰，同时不停地挥舞着爪子。它速度很快，甚夜根本无法追上，恐怕他无论耗费多少时间都无法碰到对手一根毫毛。

"果然很快，甚至还能凭空借力……这种异能还挺难对付的。"

但光明正大地单挑是另外一回事。事实上，这鬼虽然有着惊人的速度，却始终都没能掌握甚夜的位置，它只能一味地冲向错误的方向，朝着空无一人的地方发起攻击，发现扑空之后再胡乱地换个方向重来一次，就这么毫无意义地疯狂循环往复着。

"不过，我们这边可有两个人啊。"

鬼听到声音马上再次挥爪出击。这次它冲到了离甚夜很近的位置，但攻击却依然杂乱无章。不是鬼不小心打偏了，而是因为它根本看不见甚夜，自然更不可能击中他。如今的甚夜在茂助的帮助之下，已经拥有了隐身的异能。

啊啊，啊啊……

不知道是因为焦躁还是混乱，鬼发出呻吟声，停下了动作。甚夜走到它的正前方，暂时解除异能，故意现出了真身。

从他的袖口可以看见异常隆起的左手，眼睛也变成了怪物般的红色。甚夜此刻已化身为鬼，但模样和之前略有不同。他的右半边脸仿佛罩着黑色的铁面具，形状奇怪的右眼连眼白都变成了红色，看上去非常显眼，这些都是茂助变为鬼的时候才有的特征。

……你也……吃了？

吃女人的鬼一面发问，一面杀气腾腾地冲了过来，眼里充满了无尽的仇恨和纯粹的杀意。

但它依然没有伤到甚夜，甚夜只是稍微动了一点位置就让激动的鬼失去了目标。只要看不见敌人，速度再快也没有意义。甚夜闪过鬼的猛攻，并看准它停下脚步的瞬间斩断了它的双腿。

咦？啊、啊啊……

这也许是鬼第一次露出了慌张的模样。鬼原本还想再次冲刺，却发现自己已经摔倒在地，这才注意自己的腿已经被斩落，不禁露出了惊讶的表情。脸上的神情与其说是疼痛还不如说是悲伤。它仿佛搞不清楚为什么自己失去了腿脚，失声痛哭起来，把那张丑陋的脸都哭歪了。

"'隐行'……这就是要了你的命的异能。如果不是被仇恨蒙了心窍，茂助应该已经取你性命了。"

甚夜不带感情地举起了自己的爱刀夜来。鬼完全没有抵抗，仿佛对它来说双脚比生命还重要，它没有试图逃走，连动都没动一下。

啊……

它仿佛小女孩一般发出低微的哀鸣。

甚夜斜劈一刀，深灰色的刀刃劈开了怪物的身体。方才还横冲直撞的鬼，现在轻松地就被砍翻在地。

甚夜俯瞰着倒在地上的鬼，解除了"隐行"。

废寺之中又恢复了宁静。寺中有两只鬼，在旁人眼中，它们哪一边都是怪物。想到这里，甚夜完全没有了获胜的喜悦。何况他汇聚了两人之力才打败了对方，夸耀自己的胜利只会更显滑稽。

甚夜在尚为人身之时及变成鬼之后都曾多次在与鬼怪的战斗中取胜。行动如此快速的对手确实让他感到颇为棘手。可他如今已经获得了隐身的异能，而对手只有速度这一个优势，本身也没有什么战斗经验。只要甚夜不暴露自己的位置，对手根本束手无策，结果可以说是理所当然的。

之前的战斗让大殿中尘埃四起，地板、墙壁、屋顶上都被踩出了窟窿，简直一片狼藉。甚夜擦去刀刃上的血，将爱刀收进刀鞘，然后俯视着扑倒在地、身上不断冒出白汽的鬼，问道：

"如果你听得懂我说的话，那么请告诉我一件事。"

气若游丝的鬼支起身体，用红色的瞳孔看向甚夜。失去焦点的双眼目光呆滞，眼神中没有憎恨，它看起来已经没有任何挣扎反抗的企图了。

"我一开始就听说了，这次试刀杀人事件的受害者的'尸体数量对不上'。"

试刀杀人犯的受害者的尸体在发现时都已经被残忍地撕裂了。但是尸体的数量与失踪者的人数并不一致，人们猜测这些失踪的人到底是被凶手掳走了还是神隐了。不论真相如何，由于找不到失踪者，凶手是鬼的传言开始四处流传。

"但是茂助却说'找到了老婆的尸体'。"

仔细想想，能找到尸体是非常奇怪的。因为就算是被犯人掳走，只要之后能被找到，那么"尸体的数量"就应该是对得上的，也就是说，喜兵卫老板的话与茂助的话产生了矛盾。但是甚夜不认为其中任何一方说了谎，面馆老板骗他没有好处，而身为鬼的茂助也不会骗人。那么，这到底是怎么回事呢？

"按照茂助的说法，你就在这里吞吃女人。那么你无疑就是本次事件的元凶，不过……"

这只鬼吃女人，那么就不应该剩下女人的尸体，但是茂助的妻子遭性侵后的尸体却真的被找到了。也就是说，必须在假定无人说谎的情况下解开这一矛盾。

"于足，很白然地就能想到，闹得满城风雨的试刀杀人犯其实和茂助在寻找的仇人并不是同一个家伙。好了，你到底是谁？"

茂助的妻子不是这个鬼杀死的。

茂助的妻子被掳走是在一个月前，十天之后才发现了她的尸体。但是试刀杀人犯的传言却是最近才出现的。也就是说，一开始那个"杀死男人、侵犯女人的杀人犯"不知何时消失了，取而代之继续杀人的是"杀死男人、吃掉女人的杀人犯"，也就是眼前的鬼，这是比较合理的推测。那么最早的试刀杀人犯为何消失了？而这鬼又是从哪里冒出来的呢？

甚夜等待着，但鬼没有回答，这沉默的场面不知要持续到什么时候。

身……体……

鬼微弱地咕哝道：

没有……身体……的话……

鬼口中吐出的只是些意义不明的音节。也许是它智力太低的缘故，只能发出这样不得要领的呻吟。

之后它又闭上了嘴，沉默再次降临。甚夜估计再追问下去也不会有什么收获了。

"最后，告诉我你的名字。"

他呼了一口气，虽然不知道它会不会回答，但还是要问一声。

……初……

尽管上气不接下气，但鬼还是回答了甚夜的问题。

"初……这就是你的名字吗？"

甚夜将它的名字铭记在心。好好背负着从他人那里夺来的一切，怀抱着被自己摧毁的生命活下去，是甚夜所能表示的最基本的礼貌。他用左手扶起倒在地上的鬼的头，单手将它托到与自己的视线平齐的高度。

啊……

鬼的双眼没有任何情感，只是呆呆地盯着甚夜，其中再也看不见憎恨与恐惧。这反而让甚夜感到难过，因为他接下来要做的事情比试刀杀人还要下作，所以他宁愿对方恨着自己，这样心里反而好受一些。

"之前你问过我，是不是也吃了什么。"

甚夜面不改色。不过，他并非心中毫无波澜，只是没有把感情表现出来而已。既然这是自己的决定，将痛苦表露在外就是一种逃避，无非是在表达"我也很痛苦，所以请原谅我"而已。因此，在这种时刻，甚夜决不允许自己有任何表情。

"是的，就像你吞吃女人一样，我会吞吃鬼。"

其实甚夜在战斗中就明白了它并不是茂助的仇人，之所以仍将其斩杀，就是为了此刻。

呃啊……

甚夜的左手像心脏一样怦怦地跳动起来。全身冒着白汽、正在慢慢消失的鬼，因为刀伤之外的痛苦而扭动着身体。

"就让我吞下……你的异能吧。"

呜……啊！

鬼似乎理解了自己正在被吞吃这一现实，但是它已无力抵抗。

"'疾驱'……可以在短时间内提升速度，发动这一异能之后，即使身在空中也能凌空一蹬，借力奔跑、弹跳。原来如此，似乎挺好用的。"

鬼所拥有的知识流入了甚夜脑中。他怪异的左手上有着异能"同化"，可以将其他生物吸收进自己体内并加以同化。而在双方"连接"期间，他多少会接触到被同化者的知识和记忆，因此鬼的记忆片段也通过左手传到了甚夜脑中。

看来它是诞生不久的鬼，一般来说鬼需要上百年的时间才能领悟自身所固有的异能，但是甚夜那只怪异左手原本的主人曾经告诉过他，会有少数特例在出生时就已身负异能。

鬼的记忆还在不断涌入。

然后，关于"它到底是谁"这个问题的答案也进入了甚夜的脑海。

首先传来的，是令人眩晕的恐惧。

两个男人正在侵犯一个女人，他们撕开了她的衣服，捂住了她的嘴巴，女人根本无力抵抗。被手触碰的触感，被侵犯的疼痛，男人们的笑声。他们根本没有把她当作女人，甚至没有把她当作是人，只是把她当作发泄自身兽欲的工具，最后还将她杀死，丢进河里。

一切都结束了。

不, 只是鬼作为人类的记忆结束了。

痛彻心扉的绝望。沸腾的憎恨。女人的情感抛弃已经死去的身体, 化成了鬼。

"原来是这样, 你……"

鬼原本是一个被男人侵犯并杀死的女人, 准确地说是女人的遗恨。已经死去的她的绝望和憎恨凝结成了鬼。

她杀男人。对于沉浸在仇恨之中、失去了自我的她来说, 大概全天下的男人都和侵犯自己的男人一样。所以她寻找着侵犯并杀害了自己的男人, 找到之后就将其杀死。之后再继续寻找, 继续杀死, 就这样重复再重复。

必须找到……

而且她还吞吃女人。

这也许是一种归巢本能吧。她是纯粹由仇恨化成的鬼, 因此她想要变回人, 变回自己横尸荒野之前的样子。但是如今只剩下她的情感还留在人世, 没有了最关键的身体, 她就变不回人。

既然如此, 那找些替代品不就行了? 怀着这样的想法, 她开始寻找并掳走年轻女子, 将她们吞入体内, 希望能以此补允自己所缺少的肉体。她吃啊吃啊, 执拗地相信只要这么一直吃下去, 总有一天自己会重新获得已经失去的女性身体。

要赶紧回去……

所以,她才不断地杀死男人,捕食女人。

鬼的心中充满了"想要回去"这个念头,却不知道到底要回哪里去。不过,她应该也很清楚以鬼的模样是没法回去的,所以她才杀死可恨的男人、吞吃女人,她想要变回自己原来的样子,想要回去。

这就是杀死男人、吃掉女人的试刀杀人犯的真身。

也就是说,这鬼——

"你就是想回去,对吧?"

——想要回到曾经的幸福中去,她相信这一天迟早会到来。

"可这明明是根本不可能的啊。"

凡是失去的都再也无法挽回,无论如何渴求,它们都将一去不复返。可哪怕要违背天道,鬼还是不断追寻着曾经的幸福。

这让甚夜感到既悲哀又羡慕,也许像她这样彻底陷入疯狂反而是种解脱。一股他自己也分不清到底是怜悯还是羡慕的强烈情感席卷了甚夜的内心。

……为什么?

甚夜回过神来,发现鬼红色的眼瞳中充满了不安。

你……为什么……吃了鬼……要做……什么?

鬼并不是出言讽刺,而是单纯地感到疑惑而已。她不断吃人是为了变成人,那么这个男人为什么吃鬼呢? 可能在她看来,甚夜才是个无法理解的怪物吧。她的眼神中露出了一丝悲哀。

啊……啊啊……

这眼神没能持续太久，鬼的意识正在不断消散，但她依然用痛苦的表情不断地嘟囔道：

我要……赶紧去找……赶紧回去……

回到那个人身边去。

鬼彻底消失了，只留下了这个直到最后都未能实现的愿望。

大殿里只剩下了甚夜。

他看向自己的右手，皮肤已经变成了仿佛微黑的铁锈一般的褐色……恐怕全身的皮肤都已经是这个颜色了吧。这应该是吸收了刚才那个鬼的缘故，自己又做了一件无法挽回的事。

大殿里既寒冷又寂静，甚夜不禁将眼前的景象与过去的情境重叠在了一起，回忆在他脑中复苏。

人类啊，你为何挥刀？

经历了这么多年的岁月，刀下的亡魂也越来越多，然而时至今日，甚夜依然无法回答这个问题。

他心中依旧怀着憎恨，可他仍然想要原谅铃音，他希望自己作为一个人类去阻止她，因此他需要获得足以阻止她的力量。为此，甚夜不惜践踏他人的心愿，让自己的身体变得越来越像鬼。他不知道自己真正应当挥刀所向的，到底是什么。

"是啊，我到底想要做什么呢？"

他不禁自嘲地笑了。

白雪啊。

我不断重复做这种事，真的能找到答案吗？

没有人回答他的问题。

回过神来的时候，自己总是孤身一人。

几天后，甚夜来到了茂助居住的背街长屋。

他的右手拿着酒瓶。这瓶关西酒是他买的礼物，他也没有什么特别的意思，只是觉得拜访茂助家的时候必须要带着酒来才行。

甚夜拉开长屋里茂助房间的拉门，发现狭小房间内的摆设一如往常。因为和之前没有什么变化，他甚至有一种错觉，觉得茂助马上就会带着质朴的微笑，说着"哎呀，甚夜先生，欢迎您"出现在自己面前。

"哎呀，小哥，你认识茂助吗？"

甚夜吓了一跳，还以为自己的错觉成真了。转身一看，原来是一个完全不像茂助的女性在向自己搭话。她的年纪有三十五六岁，给人的印象是个胖乎乎的母亲。

"嗯，算是认识。"

"他好像已经好几天没回家了，你知道他去了哪儿吗？"

甚夜自然不能告诉她真相，于是低下了头。这位女性估计把他的这一动作理解为"不知道"，于是叹息地说道：

"这样啊……在阿初去世之后他一直都很消沉，希望他可别自暴自弃啊。"

"阿初？"

"咦？哦哦，原来你不知道啊，阿初是茂助老婆的名字，他们可是这长屋里出了名的恩爱夫妻哦。"

说起来甚夜确实从没问过茂助妻子的名字，但他好像在哪里听过这个名字……甚夜想要装傻，但根本无法骗过自己。他清楚地记得鬼的名字也叫作"初"。

"阿初她真的非常喜欢茂助，大家一起聊天的时候，她会突然说什么'我得赶快回去找茂助了'然后就直接回家去了。谁知道她居然遇到了那种事……啊，对不起，我说了些奇怪的话。"

"哪里。"

"那种事"指的就是阿初被人奸杀一事吧。

初，被人侵犯后杀死的女人，真是令人讨厌的巧合。

甚夜想起来了。

鬼不停地重复着"我要赶紧去找""我要赶紧回去"。

甚夜一直以为鬼所寻找的是侵犯并杀害了自己的男人，可说不定不是这样，说不定她所寻找的人与她想回去的地方其实是一致的。

　　鬼真正在寻找的并不是她的仇人——算了，多想无益。无论真相如何，结局都已经不可能改变了。凡是失去的都再也无法挽回，无论如何探寻过去，都于事无补。

　　"我说小哥，这是？"妇人用手指着酒瓶，一脸奇怪地歪着头问道。

　　"是酒，本想带来和茂助喝一杯的。"

　　这绝非谎言，而是甚夜的真心话，说到底这也是他来这座长屋的理由。和茂助一起喝酒是如此畅快，竟能驱使甚夜为了满足心中的一丝留恋而特意再次来到这里，看来他比自己想象的更看重与茂助的交情。

　　"对了……我想麻烦您将这瓶酒供在阿初夫人的墓前。"

　　他不由自主地说出了这句话。

　　"咦？可是阿初应该并不怎么喜欢喝酒啊。"

　　"没关系。"

　　甚夜摇了摇头，几乎是强行将酒塞进了妇人手里。

　　没人知道茂助已经死了，因此也不能为他吊唁，那么至少在他妻子的墓前备上他喜欢的美酒吧，甚夜不知道被自己奇异的手臂吸走了身体与异能的鬼的思念最终将去往何处，但是如果，如果茂助的思念还留在这个世界的话，他迟早会回到妻子所在的地方的。

　　就像阿初始终想着赶紧回家一样，茂助的思念也总有一天会回到阿初的身边吧。

"这是难得的关西酒,希望她能喜欢。"

真是无聊的感伤,这份想象对茂助和阿初没有任何助益,仅仅对甚夜而言是一种救赎。

甚夜自己心里也明白,但他还是无法停止这种想象,可能这已不是幻想而是他的愿望,他希望至少能是这样,至少茂助的思念能一直伴随在他妻子身旁,他强烈地这么希望着。

"不好意思,就拜托你了。"

"喂,你等等……"

微微一笑以示告别之后,甚夜头也不回地离开了背街长屋。

屋外的春日艳阳颇为炫目,阳光暖暖地照在身上,冬天的痕迹在不知不觉间彻底地消失了,整个江户已被春天所占据。

"永别了,茂助。"

他轻声地与茂助告别。

虽然与茂助交往的时间不长,但这却是一段很棒的友谊。甚夜想,将来喝酒赏月的时候,一定会回忆起自己曾经有过这么一位能一起开怀畅饮的朋友吧。

◆

两个人影在黄昏中大摇大摆地走着。

"喂,风头差不多也快过去了,接下来我们怎么搞?"

"嗯,是啊,这次我们找个更年轻的下手吧。"

两名男子满脸坏笑地交谈着,对话里全都是些不堪入耳的内容。

他们之前曾经多次绑架、侵犯女性,但却逃过了捕吏的抓捕,至今逍遥法外。

"这世上傻瓜真多啊,居然到处都在传说凶手是鬼,失踪的女人都是神隐了。"

"这不正好嘛,也就是说,无论我们干什么大家都会以为是鬼做的。真是要感谢鬼啊。"

"你说得对!"

两人发出了粗鄙的笑声。

无论什么时代都会有这种无恶不作的混账。

"所以到底怎么搞?"

"我还是觉得之前那种比较好啊,有夫之妇真是太带劲了。"

"啧,你的口味太奇怪了吧。"

"难道不是吗?搞那些想要守身如玉的女人真的很爽啊,该说是征服的快感还是啥来着?之前那个女的真的太棒了,临死之前还一边抵抗一边喊着老公的名字呢,'茂助、茂助'……"

男子吹嘘着自己的恶行。不过他话还没说完,人头就已经落地了。

"——啊？"

咻的一声，仿佛一阵风吹过，结果走在自己身边的另一个男子的首级已经落在了地上。明明四周没有其他人影，同伴的脖子却被利刃斩断了。

无法理解的事物是最恐怖的。男子被眼前无法理解的情况吓得发起抖来。

"呜……呜哇哇……啊……"

男子正要发出惨叫，但为时已晚。转瞬间，他的身体也已经被劈开了。

"茂助，你的愿望我已经帮你实现了。"

仰面倒地的男子在临死之前，听见有人冷冰冰地如此说道。

扑哧。

一把短刀插进了他的胸口，宛如一块矗立着的墓碑。

两名男子被杀之后，一时闹得江户满城风雨的试刀杀人事件就再也没有出现新的遇害者了。

直到最后还是没人搞清楚真凶是谁，失踪的人最终也都没能找到，事件就在满是谜团的情况下落下了帷幕。有传言说凶手是鬼或者失踪者是遭遇了神隐，由于嫌犯最终没有落网，本次事件最终被当作奇闻逸事流传了下来。

江户时代后期的《大和流魂记》一书中简略提到了本次事

件：有个看不见的试刀杀人犯接二连三地砍下路人的首级。由此，这个"寺町隐行鬼"的故事在无人知道真相的情况下世代相传。

　　时光不断流逝。

　　春天也即将过去。

幸福之庭

1

有声音。

砰……砰……

同时传来的,还有女童唱着数数儿歌的声音。我听到之后才意识到,这是拍球时发出的声音。

周围笼罩在一片暮色之中。

我朝着远处传来声音的方向迈步前进,最终来到了一座破败的院落前。

砰……砰……

声音变大了。

看来离声音的源头越来越近了。

女童的歌声挠动着我的耳朵。

歌声既好听,又让人莫名地感到害怕。

……一呀一,眺望彼岸眼迷离。

……二呀二，故乡已远心忐忑。

仿佛被歌声吸引一般，我悄悄地走进正门，以宛如幽鬼一般无声的脚步走向庭院。

我来到了一个有着小小水池、盛开着水仙花的明亮庭院。

庭院里充溢优雅而馥郁的花香。

那香气让我感到一阵晕眩。

传来了扑通的水声，是池塘里的鲤鱼跃出水面了吗？

……三呀三，天人永隔父母散。

……四呀四，共赴黄泉烈焰炽。

光轻轻地摇曳着，还有白色的小光点在庭院里四处飞舞。

这是萤火虫吗？还是什么人的灵魂？

我感觉自己此刻正眺望着现世彼岸的风景。

此处恐怕已经不是阳间了吧。

……五呀五，魂牵梦萦向谁诉。

……六呀六，不复往昔怎堪留。

这座老式的武士宅邸中虽然鲜花怒放，却依然给人破败的印象。宅邸的庭院呈亮灰色，有个女童正在庭院中央拍球。

这是个留着整齐短发的美丽女童，或许因为她紧绷着脸，看起来仿佛是动起来的人偶一般。女童独自一人在庭院里，边拍球，边唱着数数儿歌。一个小姑娘，玩这样的游戏倒也没什么古怪的，但她身上却散发出一种很奇妙的哀愁的气息。她的脸上不见笑容，嘴里吟唱着儿歌，视线却飘向远方。

砰、砰、砰。拍球声与我的心跳声重叠了。

寂寥的庭院充满了幽冥之美。

心中涌上一股没有成型的思绪。

我一动不动地盯着那位小姑娘。

眼前的景色实在太奇怪——不，太诡异了，但我心中却毫无转身逃走的念头。还是说，从看到她的第一眼起，自己的魂魄就已经被吸走了？

……七呀七，柔肠寸断泪已尽。

……八呀八，如梦初醒……

拍球的声音还在继续，但儿歌却戛然而止。

为什么不继续唱下去了呢？就在我感到奇怪的瞬间，耳边传来了一个非常清晰又稚气未脱的声音。

"到这里就结束了哦。"

因为，已经无路可回了。

◆

嘉永六年（1853年）秋。

度过了繁花绚烂的春天，又熬过了海天云蒸的夏天，身边的景色逐渐染上了秋天的气息。偶尔吹过的阵风将树叶卷起，不知将把它们吹往何处。

虽然秋天充满了抒情诗一般的情趣，但忙于应付日常生活的百姓们根本无暇驻足欣赏它的风情。江户还是一如既往的人声鼎沸、热闹非凡。

有一个面色忧郁的男人走在摩肩接踵的人群中。

他名叫三浦直次在卫，今年十八岁，是三浦家的嫡子。此刻他心中有着一个巨大的烦恼。

三浦家虽然贫穷，但却是个旗本武士家族，所以尽管直次还很年轻，就已经以表右笔之职进入江户城为幕府工作了。与负责处理机密文书的奥右笔一职不同，表右笔主要负责撰写公文、判文并整理幕府家臣名单等重要度较低的文书。

直次衣着笔挺，一丝不乱。前额和头顶剃成了光溜溜的月代头，头发也绑成了银杏髻，从外表就能看出他是个性格严肃认真的武士。

由于总是忙于工作，直次一直没有什么机会和女性交往。不过除此之外，他的生活可谓是一帆风顺。父母正在安享晚年，而且直次没有兄弟，将来无疑可以顺利地接过家主之位。

之前也已提过，三浦家虽然是旗本武士家族，但俸禄并不高，生活也谈不上富裕，不过仅凭世袭俸禄就足以应付普通生活的日常所需，他的人生可说已经是无忧无虑了。

尽管如此，直次心中始终有个巨大的烦恼，或者说是迷惑。虽然在旁人看来，他身处优渥的环境之中，但他却对这个环境本身感到有些奇怪。

没有兄弟的他将来会继承家主之位。

因为他是三浦家的嫡子。

而自己身为嫡子这一事实，正是他烦恼的根源。

正值午餐时段，奈津将碗里的荞麦面吃得干干净净，然后呼了一口气。

砰，餐桌上又换上了新的茶碗。

"给您添茶了。"

"谢谢。"

向特意从厨房出来奉茶的老板道谢之后，奈津环顾四周。尽管是大白天，店里却没有其他客人。明明面条的味道并不差，生意居然如此寡淡，真是不可思议。

"完全没有客人呢。"

"哈哈，不要说出来啊。"

喜兵卫面馆依旧门庭冷落，虽说顾客比起之前有所增加，但还是称不上生意兴隆。不过老板对此似乎倒是不太在意，被客人点破之后也只是哈哈一笑，然后马上换上了一副小孩子恶作剧时的表情。

"不过真遗憾啊，没有遇到那位客官。"

"没关系，我又不是为了见他才来的。"

"真的吗？刚才您进来的时候不是还说'那家伙怎么还没来'吗。"

"那是因为他平常都在嘛，今天没看到，觉得有些奇怪而已。"

"哈哈，那就算是这样吧。毕竟那位客官已经是我女婿的候选人了，所以是不能让给小奈的。"

奈津的眼神动摇了一下。

"莫非，他和阿风小姐是那种关系？"

"那倒不是，不过我觉得他们对彼此都有好感就是了。"

"这样啊……"

我不是安了心，本身也没必要为此不安，松的一口气也没有什么特别的含义——奈津想。

但是老板却不这么认为，反而取乐似的看着奈津。要是做出反应的话又要被他调侃了。想到这里，奈津不再说话，而是慢慢地喝起茶来。不过老板要是继续这个话题也是挺麻烦的，所以奈津主动挑起了另一个话题。

"说起来，阿风小姐呢？"

"她送外卖去了。有个从京都来的客人住在附近，时不时会拜托我们送餐过去。"

"噢，看来客人还多了些。"

"话虽如此，不过那位客人迟早要回去的，所以也不能说我们经营得很顺利吧。"

"做服务业不就是这样的吗。"

"唉，是啊。"

奈津从小看着苦心经营的父亲与忙得不可开交的善二，因此她非常理解与人打交道做生意是多么困难。

两人正在聊着天，店门口的暖帘被掀开了。

"我回来了……哎呀，这不是奈津小姐吗，欢迎光临。"

走进店里的是老板的独生女阿风，她穿着浅桃色的衣服，身材娇小苗条，扎好的头发上插着山茶花发笄。

"嗯，阿风小姐，午安。"

"最近你经常来呢。"

奈津坐着微微施礼，阿风则报以温和的微笑。虽然阿风的身高不如奈津，看上去也比较年幼，但不知为何，她的笑容中却透露出几分成熟，唯独她的手脚比较笨拙，与那成熟的气质不太相称。总的来说,奈津与阿风,两人的关系还算亲密。

"你回来啦,阿风。还顺利吗?"

"我已经不是小孩子了,请不要那么为我担心了嘛。"

"说什么傻话,孩子就算长大了,父母还是照样会担心的。"

看着父亲失落的表情,阿风有些害羞地笑了。她将送餐时用的手提食盒放回店内,接着套上围裙,准备重新开始干活。这时,她无意中与奈津对上了眼神。

"我们都有个爱操心的父亲,真辛苦啊。"

"哈哈,真的是。"

两人相视一笑。她们的父亲虽然性格不同,但确有相似之处,因此她们颇能互相理解。

"你们这是在若无其事地说我的坏话吗?"

"没有哦,我很以父亲为荣的。"

"嘿嘿,是吗?"

看着这对感情很好的父女,奈津的心情也平静了下来。她觉得自己再留在这里打扰也不好,于是将钱放在桌上就起身要走。

"我走了,饭钱就放在这儿了哦。"

"哎呀,这就要走了吗? 好像他还没来呢。"

"别和你父亲说一样的话啊。"

但他们并没有说错,奈津之所以会来光顾喜兵卫,就是因为他们口中的那个男人——甚夜。她今天来店里也确实是想要见一见甚夜。

前几日，奈津偶遇甚夜，他们已经三年没见了，甚夜那一如既往不苟言笑的表情让她颇为怀念。奈津觉得，要是就这么各奔东西，不免有些寂寞，于是想起了甚夜提及过他时常光顾的店家，这成了她初次来到喜兵卫的契机。

有了这么一层因缘，奈津开始时不时地光临喜兵卫。

过去的奈津任性妄为，没给这个被雇来保护自己的男人什么好脸色。之后她稍微成熟了一些，如今已经能用很平和的心态与人交流了，这让她非常高兴。

"那么我先告辞了。"

留在这里被人消遣也挺羞人的，于是奈津逃一般地快步走向玄关，结果由于回头打招呼时没有看着前方，和正要走进店里的人撞了个正着。

"啊，对不……"

奈津正要道歉，一看到对方的模样，不禁当场吓呆了。来人是个年轻男子，腰间挂着刀，头上梳着发髻，穿着整齐的高档衣服。这明显是武士的打扮。

"哎呀，武士大人，真是非常抱歉！"

奈津后退一步，深深地低头道歉。尽管奈津是富商的女儿，但说到底也只是一介平民，身份与武士相比可谓是云泥之别，一些性格比较恶劣的武士甚至会以受到无礼冒犯为由直接将平民斩杀。奈津害怕得全身发抖,拼命地为自己的失礼道歉。

"没事,是在下没注意,真是不好意思。"

对方的回答让奈津颇为意外,她抬头一看,发现对方也带着为难的表情微微低下了头。

明明是自己撞到了身份高贵的武士,结果对方还向自己道歉,奈津一时不知如何是好。

"哈哈,没关系啦,奈津小姐,这位是三浦直次大人,虽然是武士,但却是个出了名的老好人哦。"

不知为何,直次脸上挂着疲惫的笑容,不过看起来确实没有生气。阿风进一步解释说,直次觉得老板待人接物非常亲切,因此时不时会来店里用餐。

父女俩和直次已经很熟悉了,因此完全不会感到紧张。从遣词用字和言行举止都能看出他确实是个好人。

"请别取笑在下了,老板。总之,请别在意。"

"好、好的,真是非常抱歉。"

奈津再次深深低头致歉之后才走出了店门。

◆

直次对之前发生的小插曲并不太在意。他找了个位子坐了下来,接替刚才离开的姑娘,成了目前店里唯一的客人。他原本就不是那种被人不小心撞一下就会发怒的性格，更何况，此刻他根本无暇顾及这些小事。

"请给在下一碗荞麦面。"

"好的。父亲，一碗荞麦面！"

"好嘞！"

直次点单之后，已经回到厨房的老板便开始忙碌起来。与之相反，直次则是满脸阴沉地低头叹气，几乎一动不动。

"怎么了？唉声叹气的。"阿风一面奉茶，一面看着直次。直次意识到自己似乎表现得比想象中还要消沉，让阿风也非常担心。

"啊，没什么……应该说是有点烦心事吧。"

直次无论和谁说话都使用敬语。尽管这些年来日本的身份制度出现了崩溃的迹象，经商的平民甚至比无能的武士更加富裕，但武士阶层依然有着很强烈的特权意识，很多武士仍旧对自己的身份洋洋自得，完全不把平民放在眼里。虽然直次的母亲曾经多次批评直次，要他拿出武士该有的威严，可他始终做不到。但也多亏了他的这种性格，总有人愿意与他轻松交谈，因此他并不觉得没有所谓的威严是件坏事。

"烦心事？"

"嗯，稍微有点儿……"

直次很感谢阿风的关心，但具体情况并不适合在公众场合提起，所以他含糊其词。阿风似乎也察觉到了这一点，她没有追问，只是难过地低下了头。

"阿风，面好啦！"

"啊，真不好意思。"

阿风慌慌张张地用盘子将面条端了过来，虽然看上去还是笨手笨脚的，但她已经习惯了面馆的工作。如今的她基本已经能够做到毫不慌张且轻柔无声地将面条放到客人面前。

"荞麦面，请用。"

"非常感谢。"

直次虽然出言道谢，但半天都没动筷子，他呆呆地看着面条冒出的热气，又叹了一口气。

"您怎么啦，直次大人？面一口都没吃呢。"

在确认了店内没有其他客人之后，老板走出厨房向直次搭话。

真是个好人啊，老板应该是看到直次这么消沉而感到于心不忍吧。直次之所以时常光顾味道一般的喜兵卫，就是因为他喜欢老板这种不太在乎身份差别、大大方方的待人之道。

这个人是值得信赖的。想到这里，直次顿了一顿，然后下定决心坦诚相告。

"老板，有件事在下想和您商量一下。"

老板似乎看出直次是认真的，所以他点了点头，没有露出任何惊讶的表情。

"如果您不嫌弃，我一定洗耳恭听。"

"太好了……其实在下有个哥哥。"

"停停停，稍等一下。"

话才刚开头，老板就喊停了。但直次并没有感到不满，因为他自己都觉得刚说出口的话非常奇怪。

"喂喂，您可别说傻话哟，您是三浦家的嫡子，怎么可能有哥哥呢？"

"嫡子"一般指的是由正室所生下的男子中的最年长者，既然如此，那就不可能有哥哥。老板所言极是，但也正出于这个原因，直次才烦恼不已。

"可是在下确实有个哥哥。"

直次真的知道自己有个字定长、名兵马的哥哥。定长比直次大两岁，性格也与直次不同，十分开朗。这既不是谎言也不是幻想，自己有个哥哥，这是毋庸置疑的——本该是毋庸置疑的。

"可是在下的父母却说'你没有哥哥，你就是三浦家的嫡子'，您说在下是不是疯了呢？"

直次非常伤心。但他知道，就算告诉别人自己有个不存在的哥哥，对方也不知道该如何回答。实际上，老板确实也露出了不知所措的表情。

"直次大人，请别这么钻牛角尖了，您看，面都坨了。"

啊，真的。

直次拼命地寻找哥哥，但无论什么人都报以和刚才老板一样的态度。直次无言以对，不甘心地咬紧了牙根。

哥哥是在去年冬天结束、今年春天就要到来的时候消失的。如今春天早已过去，烈日当空的夏天也被忧愁的秋天所取代，江户被一片秋色笼罩着。在这期间，直次多方寻找哥哥的行踪，却毫无收获，甚至连他存在过的痕迹都没有找到。

若是问陌生人，他们只会回答说"我没听说过这样的男人"。而问那些原本见过哥哥的人，他们则回道："你有哥哥？"直次的母亲更是顽固地一口咬定"你就是家里的长子"。

为什么没人记得哥哥呢？

"阿风小姐。"

"我、我在！"

"在下有个哥哥，您听说过一位叫三浦定长的男子吗？"

直次怀着一丝希望问道。但是，阿风可爱的脸上露出了黯然的神色，她低下头回答道：

"……很对不起。"

她只是非常愧疚地道歉。

虽然直次大致也预料到了答案，但阿风的反应还是让他颇为惊讶。是不是自己真的疯了呢？哥哥是不是只存在于自己脑中的幻想？说不定他们才是对的？

也许是觉得垂头丧气的直次太过可怜，阿风关心地说道：

"那个，三浦大人，也许是多管闲事，但能否允许我为您介绍一个合适人选呢？"

"合适人选？"

"是的，说不定他能帮上三浦大人的忙。"

直次稍微有了点精神。他抬头一看，发现阿风的表情也变得柔和了一些。

"对哦，这种事情确实是那位客官擅长的领域。哎呀，真的有那种喜欢稀奇古怪的事情还主动掺和进去的人啊。"

看来老板也想到了女儿所说的人选。他重重地点着头，还一脸窃笑，一副等着看好戏的样子。

直次用右手的大拇指轻轻地抚摸着自己的嘴唇，这是他考虑事情时的习惯动作。

喜欢稀奇古怪的事情，还主动掺和进去……世上确实是有阴阳师或者退魔师这种专门对付妖异的人，他们所说的人选应该也属于这一类吧。

"他是像阴阳师那样专门以驱魔除妖为业的人吗？"

直次的提问被老板爆发出的大笑所淹没，阿风也掩着嘴巴呵呵直笑。直次暗忖，自己的问题有这么可笑吗？

笑了一阵之后，老板带着欢快的语气解释道：

"不是，他只是个浪人而已。不过，也有人称他夜叉什么的。"

"浪人……"

"没错，他一听说有鬼出现之类的妖异传闻，马上就会主动插手，然后第二天又一副什么事都没发生的样子来吃面。听说他只用一把刀就斩杀了不少恶鬼……不过我是没有亲眼看见过他拔刀战斗的场面就是了。"

凭着一把刀斩妖除魔的剑士——啊啊，确实听说过。如今局势动荡，"每天夜里都有鬼出没"的传言正绘声绘色地在江户流传。随之而来的另一个传言则说，江户出现了专门斩杀恶鬼的夜叉，这位突然出现的夜叉站在百姓这边，凭着手中的一把宝刀斩杀了许多鬼怪。

"不过这些都不重要啦，重点是他好像确实有解决各种怪异事件的能力。当然，他办事是要收钱的。我也是从其他客人和阿风口中听来的，不知道实际上到底是什么情况。"

看来传闻并不是毫无根据的，但是部分内容依然让直次感到难以置信。仿佛为了消除他心中的疑惑，阿风带着平和的微笑接着说道：

"那个人虽然看上去不好相处，其实也有可爱之处哦。您不妨试着和他商量一下吧。"

"他每天都会来吃面，大概今天也会来的……啊，说到就到。"

直次随着老板的视线回头一看，正好有人掀起店门口的暖帘走了进来。

进门的是一位身高接近六尺的壮硕男子，他锐利的眼神让人过目难忘。此人年龄看上去和直次差不多，衣着还算整齐，但发型非常随意。他头发的长度大约及肩，不过并没有把头发梳成发髻或扎在头顶，而是绑在了脑后。他身上有一种与其说是粗犷不如说是朴素的气质，与其严肃的面容颇为相称。他腰上挂着一把收在铁鞘里的太刀，其朴素程度毫不逊于其主。

此人看上去确实是一副浪人模样，但他的步态却引人瞩目。直次也是一名武士，对剑术颇为了解，因此他知道对方那种步态的稳如泰山是磨炼了数十年剑术的老练剑客才能达到的境界。

武艺的根本在于步法，而这名男子在行走时，身体的中轴线完全没有任何晃动，恐怕相当不简单。

"这位是？"

其实直次透过这男子散发出的压迫感就已经知道了对方的身份，但为了掩饰还是故意问了一句。阿风带着非常柔和的微笑回答道：

"这位就是甚夜……传闻中的夜叉大人。"

◆

甚夜和往常一样来到喜兵卫，出乎意料的是今天店里居然还有别的客人,不过也就只有一位而已,还远远谈不上生意变好了。但这是很值得庆幸的,看来自己还能继续光顾这里一阵子。

"来一碗荞麦面。"

"好嘞,客官您总是吃这个呢。"

老板笑了。甚夜不到三天就会来店里吃一次荞麦面,在老板看来,他想必确实是个奇怪的客人。

"您这么喜欢吃我们店的荞麦面吗?"

"不,也没有。"

"真是老样子,说话一点都不留情面,稍微说几句客套话也好嘛。"

"……哦,这家店的面条虽然味道一般,但我还挺喜欢的。"

"我就知道您会这么说。"

老板似乎一开始就没抱任何期待,苦笑着听完甚夜那不得要领的"客套话"。甚夜也觉得自己说得不好,他真的很不擅长人情世故。

"好了,荞麦面一碗。"

老板好像从他一进店就开始做面了,所以很快就端了上来。

"请用,久等了。"

"你已经很得心应手了啊。"

"那当然,我也是每天都在成长的。"

回想不久前的春天,阿风连端着一碗面走路都很费劲,可如今却很习惯这项工作了，上菜的时候非常从容。她满意地点了点头。看来，她对自己之前笨手笨脚的样子还是颇为在意的。

"那么甚夜，你又有进步吗？"

"秋天是桂花的季节，接下来美丽的桂花就要开了，它的花香既甜美又浓郁。"

"很好，完全正确。"

阿风的语气好像正在表扬小孩子的私塾老师一样。不过甚夜确实算是阿风的学生，这么认为也没什么错。

最近甚夜开始向阿风学习花卉知识。之前的某个春夜里，阿风告诉甚夜"要再从容一些"，虽然并不完全是因为这句话，但甚夜开始有意识地多去接触一些事物，而学习花卉知识正是其中一环。

"学了之后感觉还是挺有意思的，会自然地去看路边的花。"

"我就说吧。"

阿风露出了平静的微笑，这个笑容和她在那个如梦似幻又如水般透明的夜晚欣赏雪柳时露出的笑容一模一样。也许是相识已久，彼此之间更加熟悉的缘故，最近，除了女店员这一面，甚夜开始看见阿风不加掩饰的真实一面。

"而且最近你的神色也显得比较平静了。"

"是吗？"

"是的。"

甚夜自己并没有感觉，既然阿风这么说了，那么应该不假。尽管如此，憎恨依然炙烤着甚夜的内心。一直以来，他都想不清楚自己究竟为何而战，只是一味追求更强大的力量。那么多年过去了，甚夜始终没有找到这个问题的答案，他依然抱有和当初一样的执着，不可能有任何改变。

"总之你已经记住春夏秋冬各个季节的花了，下次我就教你各种花所蕴含的花语吧。"

但是，眼前的这位少女依然像那个晚上一样，通过花的相关知识来安慰自己。对于她这份不变的温柔，甚夜觉得自己应该有所回应，如今的他已经有能这么想的余地了。

"麻烦控制在我能记住的范围内。"

尽管没有表现出来，其实甚夜的心情已经舒畅了不少。他来江户已经十九年了，虽然心中的坚持无法改变，但依然保有一颗可以感受温情的心。这是他被憎恨所充斥的心中尚存的一线希望，也许有朝一日，他真的会原谅铃音。

"对了，甚夜，有件事想麻烦你……"

"不好意思，打扰二位说话了。"

店里的另外一个客人径直走到了甚夜和阿风之间。甚夜曾经在店里看见过这个男子几次，名字好像是叫三浦什么来着，虽然认得他的脸，但从没说过话。甚夜诧异地看着对方，男子深深地低下头，解释道：

"啊，对不起，在下名叫三浦直次，那个……恕在下冒昧，听说您对那种不可思议的事件或者恶鬼出没的传闻很感兴趣……"

甚夜知道自己的事情已经传开了，有不少人不知从哪里听到了他的传闻而来委托他办事，看来这次也是如此，于是他毫不隐瞒地回答道：

"没错，我以除鬼为生。"

"就是说只要拜托您，就能解开奇异事件的谜团，对吗？"

年轻武士明显地兴奋了起来，语气也愈发激动。甚夜微微皱眉，他并不是因对方的态度而感到不快，而是因为对方对自己有些误解。

"稍微有点不一样。"

"咦——"直次咕哝了一声，表情也僵住了。

甚夜心中虽然有一些罪恶感，但还是不得不纠正一下对方错误的认识。

"很抱歉让你失望了，但我能做的只是除鬼而已，如果奇异事件是鬼造成的，那么杀了鬼确实可以解决问题。但是'解开奇异事件的真相'本身并不在我的工作范围之内，最好别对我抱太大期待。"

引发奇异事件的元凶未必都是鬼，而且即使是鬼造成的怪异现象，甚夜也无法让已经产生的后果消失。说到底，过了这么多年,自己能做的还是只有挥刀战斗而已。甚夜不露声色地在心中嘲笑着自己。

"原来如此……"

直次明显地垂下了肩膀,显得非常失望。他将一些钱放在桌上之后,就晃悠悠地离开了面馆,桌上的面他一筷子都没动。

沉默一时笼罩着店内,所有人都在直次离开之后依然盯着门口的暖帘。过了一会儿,老板战战兢兢地说道:

"客官,不好意思,能不能请您帮帮直次大人呢?"

作为店里少数几个常客之一,直次和老板的关系颇为不错,或许正因如此,也不忍心看到直次那副消沉的模样,他连表情都和刚刚离开的直次一样,显得颇为阴郁。

"听说直次大人的那个傻哥哥凭空消失后他就一直烦恼不已。老实说,我很担心他。"

"我也拜托你了。"

阿风双手合十,仿佛祈祷一般地恳求甚夜。

"三浦大人他……失去了至亲,我想他的情绪一定很不稳定吧。所以请你无论如何都……"

阿风再也说不下去了。

此刻她抱持着怎样的心情呢?如花般的笑颜被阴霾笼罩,明眸也染上了一层忧伤。感觉他们父女俩都对直次怀着某种超出同情的感情,如果他们坚持到这种地步自己还拒绝的话就太不近人情了。毕竟自己平常也受了他们很多照顾，此时报答一下他们的恩情也不是什么坏事。

"我知道了。"

甚夜垂下视线，短短地回答道。听到他的回答，父女俩都显得很是高兴。

"太感谢啦！真不好意思，给您添麻烦了。三浦住在南边的武家町。他们家在当地也是非常古老的宅邸，很容易就能找到的。"

"甚夜……真的非常感谢你。"

父女俩的感谢让甚夜感觉有点于心不安，毕竟到底能不能解决问题还未可知，但他们却已经放下心来了。甚夜觉得自己难以背负如此大的期待。

"没什么，就当作我报答你们平常对我的照顾吧。这么一想就不觉得麻烦了。不过，你们还真是很替他担心啊。"

"毕竟是店里少有的常客，希望他能打起精神来，也是人之常情嘛。"

老板语带调侃，但恐怕是为了掩饰心中的真实想法。

说完，他耸了耸肩，不好意思地笑了。

2

我仍然记得。

我仍然记得温柔的父亲与爱笑的母亲。

那时,我正在院子里拍球。

"你真的很喜欢拍球啊。"

这个球是父亲买来送给我的。父亲是个严肃的武士,在我记忆中,他带着笑容的场面少之又少,可是他却红着脸将这个球送给了我,所以我知道,虽然他不爱说话,却非常疼爱我。

一阵风吹过。

此时还是一月,天气虽冷,但空气却非常清新,让人觉得很舒服。庭院里的水仙花随风摇曳,仿佛在和风玩耍一般。

母亲负责打理这个庭院。她否决了专业园艺师的意见,强硬地决定"就种这种花",这份坚决让父亲都惊讶不已。母亲很喜欢花,也教给了我许多与花有关的知识,她打造的这个庭院对我而言是很重要的地方。

在父亲的球与母亲的花的陪伴下，哪怕在一月的冷风中，我也能感受到丝丝暖意。我很喜欢这里，甚至爱屋及乌地喜欢这个庭院里所能见到的一切。

没错，这里就是我的幸福之庭，是我童年时的游乐场。

但是绝不能忘记，时间流逝的速度不是恒定的，痛苦的时光总显得无比漫长，而幸福的日子则无情地转瞬即逝。

是的，总是如此。

越重要的事物就越容易失去。

——眺望彼岸眼迷离，故乡已远心忐忑。

◆

"你大白天的在做什么呢？"

三浦直次光顾喜兵卫的次日，时刻刚过正午，甚夜在深川的某间茶屋里休息，结果奈津正好路过此地，遇见了他。

"如你所见，正在休息啊。要吃吗？"

甚夜打算黄昏时再去南边的武家町与直次见面，在此之前先在这间茶屋里消磨时间，不过他一看到店里摆着矶边年糕①就不假思索地点了一份。

他在店外的长椅上坐着，一边欣赏着晴朗的秋日风景，一边

---

① 年糕烤好后涂上酱油，再用海苔卷起来。

品尝着矶边年糕。他已经很久没吃矶边年糕了，味道真不错，比起面条，他更喜欢这东西。

"我不吃啦……你看起来好闲啊。"

"并没有，我接到工作了。"

"哦……"

甚夜的工作就是除鬼。奈津可能是想起了和鬼有关的那些不愉快的回忆，微微皱起了脸，但或许是考虑到甚夜的感受，她没有说出什么难听的话。

"难道你喜欢吃这种点心？"

甚夜不认为自己有什么特殊的表现，但估计在旁人看来，自己的心情比平常更好吧，所以奈津看着正在默默吃矶边年糕的自己才会有此一问。

"是啊，我是在踏鞴场长大的，小时候很少有机会吃到矶边年糕。"

"所以长大了才这么喜欢吗……比面条还喜欢？"

"是啊，毕竟是回忆中的味道。如果你现在问我喜欢吃什么的话，我首先想到的肯定是矶边年糕。"

甚夜一边喝茶，一边怀念地眯起了眼睛。在很久以前，有个茶屋的姑娘不须交代就会给自己端来矶边年糕。以后也许不会再相见了，不知道她现在过得怎样。

浮上脑海的往昔让甚夜的嘴角微微上扬，奈津对此似乎颇感意外。她含糊地回了声"哦",然后在甚夜的边上坐了下来,向女店员点了茶与矶边年糕。

"你没关系吗?"

她看上去是在去某处的途中,不知道坐下来喝茶会不会耽误事情。

奈津一瞬间似乎不明白甚夜在问什么,反应过来之后,她用颇为微妙的表情回答道:

"嗯?啊——没关系的。我本来打算去喜兵卫吃个饭,不过现在觉得去那里好麻烦,干脆也用矶边年糕来当午饭好了。"

"只要你不介意就行。"

"那就这么定了。"

最近奈津和善二都偶尔会光顾远远谈不上生意兴隆的喜兵卫,顾客的增加让面馆老板很是高兴,不过今天看起来又要门庭冷落了。

奈津微笑着接过了店员送上来的茶与矶边年糕。

她非常自然地说了句谢谢,看来她确实成熟了一些。

"嗯,好久没吃了,味道挺不错的。"

奈津一小口一小口地吃着年糕。从前他们曾经也这样并肩坐在须贺屋的庭院里吃饭团。当年那个浑身带刺的小姑娘,如今已经成长为态度从容的好姑娘了,岁月的力量真是不可思议啊。

"说起来，你和善二阁下还没结婚吗？"

既然长大成人，那么自然就要谈婚论嫁了。甚夜本想找个轻松的话题来闲聊，但奈津似乎对此毫无准备，结果被年糕呛了一口，开始咳嗽起来。

奈津赶忙用茶将哽在喉咙里的年糕吞咽了下去，待到呼吸平顺之后，她瞪着甚夜说道：

"……你突然说些什么呀?！"

"你应该已经十六岁了吧，是时候了。"

这个时代，女性的婚龄一般都在十五六岁，在奈津这个岁数有过一两次恋爱或相亲经历也不奇怪。甚夜觉得这只是个极为正常的问题，但不知为何，奈津却非常生气。

"我和善二是不可能结婚的！"

她很明显不高兴了。

甚夜有点意外，他还以为他们肯定是一对恋人呢。

"是吗？我觉得对于重藏阁下来说，善二是个值得放心的女婿人选啊。"

"善二他……是啊，他对我来说就像兄长一样。而且父亲确实也有为我介绍相亲，但是他也说要不要嫁人由我自己决定。"

如果考虑到店铺未来的经营，应该要设法嫁到更大的商家或者武士家才对。

奈津不好意思地笑了，她不坦率的话语中明显蕴含着对父亲的感谢与爱。

而甚夜也很开心,既因为奈津如此仰慕她的父亲,也因为她愿意把那个人当作家人。

"对了,你成家了吗?"

"没几个怪人愿意嫁给我这种无业游民吧。"

"这样啊……嗯,确实。"

奈津的怒气似乎消了一些,她露出了微笑,摇动双脚,仰望天空,不知为何看上去挺高兴的。甚夜也带着轻松的心情喝起了茶。

"那么我们暂时都是孤家寡人咯。"

"是啊,在家人面前都抬不起头了。"

"呵呵,确实是。"

看见甚夜非常认真地点头称是,奈津呵呵地笑了。

其实甚夜并没有家人,因此没人会唠叨他尚未娶妻。但他不想破坏这难得的闲暇时光,所以并没有将此事告诉奈津。

"不过我也确实到了要认真考虑这个问题的年纪了啊……说起来,你到底几岁啊?"

"三十一了。"

"骗人的吧?! 比善二还大?"

奈津惊讶地瞪大了眼睛,不过这也是理所当然的,毕竟甚夜的外表看上去和十八岁时几乎没有什么区别,所以奈津的这种反应也不奇怪。

"咦,真的吗?"

"我不骗人。"

"哇……快比我大一倍?难怪你会说自己不太显老。有什么保养的秘诀吗?"

"谁知道呢。"

总不能回答说因为自己是鬼吧,看来差不多要在这里打住了。甚夜从怀里掏出钱来放在长椅上,并和女店员打了声招呼。

"我把钱放在这里了哦。"

"这就要走了?"

"是的,有工作。"

"……又是鬼?"

甚夜无言地点了点头。站起身之后,他重新绷紧了表情。

不知为何,奈津一脸阴沉。她带着几分踌躇问道:

"我说,你为什么要以除鬼为业呢?就凭你的武艺,应该能找到其他工作才对啊。"

"你太看得起我了。"

"不要岔开话题。"

奈津似乎生气了,但甚夜知道她纯粹是在为自己担心——明明没必要去做这么危险的事情。所以,他没有继续掩饰。他不想继续掩饰。

"……我自己也不太明白。"

可是甚夜自己也没有找到答案，只能回以一个无力的笑容。他一改平时一板一眼的态度，面带愁容地说道：

"我有时候也不清楚自己为什么要做这种事。"

"太怪了吧。"

"可实际情况就是这样啊。如果硬要说个理由的话……大概是我除此之外什么都不会吧。"

——人类啊，你为何挥刀？

甚夜至今没有找到能够回答当初这个问题的答案。

"这样啊……总觉得放心一点了。"

奈津安心地松了口气。甚夜对她的反应颇为意外，不禁皱起了眉头，可是奈津却平静地微笑着。

"因为你平时看上去都很冷静，感觉有点不食人间烟火嘛。老实说，我原本觉得你是个莫名其妙的人，但没想到你也有烦恼，也会说丧气话呢。"

"老实讲，我心中全是想不通的事情。"

"所以我安心了，你也是个普通人。"

奈津开心地晃动着双脚，看上去就像孩子一般，从她的侧脸能看见愉快的表情。

"奈津小姐——"

一股奇异的情绪让甚夜脱口叫了奈津的名字，但奈津却纠正了他：

"叫我奈津就行了，毕竟我们都认识这么久了，一直小姐小姐的也太见外了。"

"……叫奈津？只要你不介意就行。"

奈津露出了放松的表情，这是甚夜第一次看到她露出这种表情。她似乎因为甚夜对她直呼其名而颇为高兴，满意地点了点头。

"嗯，以后就这么叫我吧。我差不多也该回店里去了。"

"是吗？"

"你也别太烦恼啦，眉间的皱纹会越来越多哦。"

奈津随口安慰道。虽然她的话无法改变什么，不过甚夜并不反感。

尽管没有坦率地表达感谢之意，但甚夜那别扭的样子还是逗乐了奈津，他自己也露出了微笑。两人就这样在茶屋道别了。

也许是喝了茶的原因，甚夜感到胸口暖暖的。

"——好了。"

身体也暖和了，差不多该出发了。

甚夜朝着三浦某人居住的南武家町走去，他的脚步异常轻快。

江户近八成的面积都被武士们占据了。江户城周围挖了护城河，而沿着护城河形成了武家町，仿佛要将江户城围在正中一般。三浦家的宅邸坐落于江户城南边的武家町，虽然比较古老，但在地震频发的江户一直幸存至今。

在光顾喜兵卫的次日，直次正准备着在太阳落山后外出，目标自然是寻找失踪的兄长。

虽然心中的恐惧和不安依然挥之不去，但直次还是强迫自己行动起来。他将打刀和胁差①别在腰上，穿好草鞋走出了主屋。

"在卫，你今天也要出门吗？"

一脸疲惫的直次正要走出家门，却被母亲从身后叫住了。

"我和你说了多少次了，你就是三浦家的嫡子，没有什么哥哥。"

母亲话中带刺，看来对他每天夜里都跑到外面去很不满。

母亲的态度让直次的口气也粗暴了起来，他回嘴道：

"孩儿真的有个哥哥。"

"我听说了，你甚至还跑到游郭②和贫民区里去找。身为一名武士，成何体统？"

"找到哥哥之后，孩儿自然就不去了。"

这种争执最近已是家常便饭。母亲非常注重门第和社会形象，因此曾多次劝阻直次不要再执着地寻找那个根本不存在的

———————

① 日本武士腰间一般佩有长短两把刀，长刀叫打刀（又称太刀），短刀叫胁差（又称小刀）。

② 妓院集中的区域。

哥哥。

在三浦家里，母亲比父亲更像个严格又老派的"武家之人"，她笃信为人要忠义、勇武、仁爱、有礼，她教导直次，身为武士应该为德川将军尽忠，危难时刻要成为将军手中的刀，奋勇杀敌。武士家族就是为其宣誓效忠的主人而存在的，能因此不惜流尽最后一滴血才是真正的武士。

三浦家虽说是旗本武士，可是实际上并不特别富裕，门第也谈不上多高。不过直次的母亲还是严格地教育自己的儿子：既然出生在武士家庭，就必须始终将自己的武士身份铭记在心。对于这样一位母亲来说，未来将要成为家主的直次频繁出入游郭和贫民区，想必让她非常难以接受。直次勤勉地向母亲学习，而哥哥定长则和母亲不太合得来。

——不是有家才有人，而是有人才有家。

定长经常这么说。武家大多都很重视家庭，因此他的观点可说是相当罕见。不管好坏，哥哥定长是个非常自我的人，他能理解为家族、为幕府而活的想法，但并不想为此扭曲自己的志向——这种活泼又奔放的性格，让个性严肃认真的直次颇为憧憬。

直次从母亲那里学到了很多，他很重视家族，想法也与老派武士相近，所以他十二分理解母亲想要表达的意思，他自己也认为身为武士就必须守护自身的名誉。

"你不要再继续寻找根本不存在的什么哥哥了！"

但只有这个问题，直次不愿妥协。他非常尊敬那个自己无法效仿的哥哥，因此无法对母亲的话点头称是。

哥哥为什么不见了？为什么所有人都忘记他了？为了找到这两个问题的答案，哪怕做出武士不应有的行为，直次也在所不惜。这是直次首次对母亲展现出叛逆的态度。

"孩儿去去就回。"

"在卫！"

直次无视身后传来的母亲愤怒的声音，走出了家门。

秋月躲在云层里，夜幕笼罩在四周。借着云缝中露出的微微星光，直次在黑夜里迈步前行。

今晚要去哪里找呢？直次一面认真地思考着这个问题，一面朝通往武家町之外的桥走去。结果，半路上突然出现了一位身高将近六尺的壮硕男子。

"你这就要去找了吗？"

直次惊讶地睁大眼睛一看，这位站在黑暗中的男子就是自己昨天初次对话的那位浪人。

"您是……"

"在下甚夜，是个微不足道的浪人。"

男子神色一丝不变，用钢铁一般坚定的声音报上了家门。

◆

受面馆老板之托的甚夜正走在前往三浦家的路上。

前方的黑暗中走来一个人影，是个表情僵硬的男子。在确认这个人影就是昨天那位武士之后，甚夜上前和他打了声招呼。对方看上去颇为惊讶，但甚夜还是毫不在意地继续说道：

"我听说你无论如何都想找到令兄。"

"是，是这样的。"

"而且听说周围的人都说你其实没有哥哥。"

这确实很不正常，是超出人类常识的怪事。虽然目前还不知道原因，但可能有鬼牵涉其中，甚夜的决定也就不言而喻了。

"请让我也参与调查本次事件。"

这并不仅是因为受人之托而已，甚夜还考虑到了，如果有鬼牵涉其中，那么自己就有可能获得它的异能。

直次似乎对此感到很是意外，看上去有些将信将疑。

"您愿意帮忙吗？"

"是的，但是我无法保证一定能够解决，请你理解。"

"……好的！这没关系。不对，只要您愿意相信在下的话，在下就非常感激了。"

他感激涕零地说道。

直次不停地寻找哥哥，但周围的人却都说他没有哥哥，这种不安的感觉想必极其沉重。也许他也怀疑过，说不定其他人才是对的，是自己发了疯。如今，终于有人愿意相信自己了，直次露出了安心而柔和的笑容。

"那么事不宜迟，三浦阁下，请将令兄失踪前的情况告诉我。"

"明白了，那么请到寒舍……不行，家母肯定会啰唆的，还是找个别的地方吧。"

看见直次抱着手腕苦恼着，甚夜随口说道：

"那我正好知道个好地方。"

甚夜领着直次到了地方，两个人面对面在椅子上坐了下来。

"说起来，阁下是位浪人，对吧？"

"是的。"

"但您腰上的刀，看上去可不是批量制造的寻常之物，您原本也是武士出身吗？"

"这倒不是。"

直次惊讶地看着甚夜。这也难怪，毕竟拥有姓氏和可以佩刀都是武士阶层的特权，不是武士的人是不许拥有包含姓氏在内的正式名字或随身佩刀的，也就是说，平民擅自佩刀是有罪的。直次这种不礼貌的眼光也表达出他的怀疑。首先必须打消他的警惕才行。于是，甚夜决定从自己的过去开始讲起：

"我以前住在山里的踏鞴场里，那里自古以来就经常被鬼怪和山贼骚扰，所以获准设置了可以佩刀的职务以自卫。"

在江户时代，统治地方的各个藩主在某些情况下会允许非武士阶级拥有佩刀的权利，这种特例其实还不少。比如通过援助开发新的田地或以捐献金钱等方式为幕府作出贡献的商人，就会获得拥有姓氏和佩刀的权利作为奖赏。而踏鞴场对于幕府来说更是非常重要的场所，因此在无法派出守护人员的情况下，就会允许当地人佩刀，而巫女守正是其中一例。

"我就担任这样的职务，所以我佩刀的权利是幕府直接授予的。"

但这已经是过去的事了——自然不必说得那么具体。按照某位朋友的话来说，鬼不会说谎，但会隐瞒真相。确实如此。

也许是接受了甚夜的解释，直次收起了警惕的眼神。

"您的故乡莫非是葛野？"

一下子就说中了。甚夜虽然表面上不动声色，但心中暗暗吃了一惊。

"你这么清楚啊。"

"哪里。您提到了踏鞴场，再看看您佩刀的铁鞘，在下就想会不会是这样。"

甚夜以前居住的葛野离江户大约一百三十里①，那里不但产铁，同时也以锻造刀剑而闻名。当地所产的太刀号称连鬼都可以一刀斩断，其特征就是铁质的刀鞘和为了追求坚固而加厚的刀身。这种刀在战乱不止的战国时代②时都很少见，到了江户时代，依然坚持以实战为出发点锻造刀剑的地方更是屈指可数。因此，对于拥有一定刀剑知识的人来说，要得出葛野这个答案其实并不困难。

"说起来不好意思，在下的好奇心比较旺盛，研究刀剑知识是在下的兴趣所在。不过也许有人会觉得，这只是贫穷旗本武士家孩子的无聊消遣而已。"

直次挠了挠自己的脸颊，不好意思地笑了。

"在下听说葛野产的刀所配的都是毫无修饰的铁刀鞘，但阁下佩刀的刀鞘却似乎有精致的装饰。"

"这是因为它原本是供奉在村子神社中的御神刀，后来由于一些机缘才变成了我的佩刀。"

"噢噢，既然是御神刀，那么在外观上下点功夫也不奇怪。请问这把刀的名字是？"

直次一开始还有些不好意思，不过马上就兴致勃勃地对甚夜的刀打听个不停。虽然他外表看上去严肃认真，可个性却颇

① 日里，1日里约为3.9千米。
② 指公元1467年应仁之乱至1568年织田信长入京这期间大约一个世纪的战乱时期。

为强势。某方面的爱好者，大抵都这样吧。

"它叫夜来。"

"'夜来'……原来如此，叫'夜来'啊，传说葛野的太刀能将恶鬼一刀斩断，而傩也叫'驱鬼'，说不定这把刀的名字就是这么来的。①或是这把刀曾经有过驱鬼的传说，因而获得了这个名字……您有听过相关的传说吗？"

"没听说过，不过村长曾经说这是把经历了千年的岁月都不曾锈蚀的灵刀，也不知是真是假。"

"嚯，这可真厉害！"

这反应大得也太夸张了吧。就在甚夜这么想着的时候，直次喃喃自语了一阵，之后突然下定决心似的直视着甚夜的眼睛。

"能请您将它拔出来看看吗？"

"不行。"

甚夜毫不犹豫地加以拒绝，然后用冷漠的目光看着直次。

——你不是要找哥哥吗？

直次好像察觉到了甚夜这份言外之意，露出了尴尬的神情。虽然他看起来是个不苟言笑的人，但似乎只要聊到自己的兴趣就会忘乎所以。

"不好意思，在下离题了。"

---

①傩是古代驱赶疫鬼的一种仪式，后来演变为一种舞蹈，在日语中也称作"驱鬼（鬼遣らい）"。其中"遣らい"和"夜来"在日语中发音相同，均为"yarai"。

"没关系，不过差不多该开始聊正事了。"

直次深深低头致歉。甚夜催促他进入正题，直次重重地点了点头。

"那么，如您所知，在下正在寻找家兄……三浦定长。"

终于进入正题了。直次的表情看上去有几分僵硬，声音也低沉了许多。

甚夜也正襟危坐，听他诉说。

"家兄失踪之后，在下就一直在寻找他的行踪，可无论怎么找都找不到，不对，应该说根本没有人认识他。"

"没人认识他？"

"是的，真的很奇怪，就连家父家母都认为他并不存在。他们说在下才是三浦家的嫡子，他们不认识叫定长的人，也没有其他儿子。在下向身边的其他人打听，虽然有几个人隐隐约约有点印象，但最终的回答和在下父母差不多。只有在下一人把家兄记得清清楚楚。"

谁都不记得的哥哥，确实很奇怪。

气氛变得愈发沉重，就在直次正要开口再说下去的时候，谈话突然被打断了。

"我说，两位客官……"

好不容易进入正题，结果边上传来了搭话的声音。前来搭话的男子脸上带着"我真不知该如何是好了"的表情。

"为什么要在这里谈似乎很重要的事情呢？"

是面馆的老板。

原来甚夜和直次最终选择了喜兵卫作为谈话地点。

"哎呀，因为在家里聊这种事的话，家母又要念叨个不停了，然后甚夜阁下就建议说这里挺合适的。"

"不对，您听我说，我认为那种没有什么人的地方才适合进行密谈。"

老板的视线转向了甚夜。

"这店里不就是没什么人吗？"

"您说话可真刻薄啊，客官……"

老板仿佛头晕一般地用手遮住了脸。虽然店里每天确实都是门可罗雀，但被人当面点破，老板似乎还是很难接受。

"爸、爸爸，振作点啊！"

"哦，哦，对啊，这位客官迟早是要当我女婿的，现在还是应该和他保持良好关系才对。"

还在说这事啊。但甚夜不想纠缠此事，于是决定充耳不闻，反正之后阿风会狠狠地批评老板一番。

根本没有等到之后，阿风已经开始教训老板了。这对父女还是老样子。

"不开玩笑了，不过看来二位都很关心三浦大人，所以我才带他到这里来。"——甚夜低声说道。

阿风闻言停下了训话，向甚夜投来柔和的目光。

"怎么了？"

"没什么，只不过是发现你也会开玩笑了，有点高兴而已。"

比起看见甚夜学会关心他人，阿风似乎更为他展现出的从容举止而高兴。虽然她这么担心自己让甚夜颇为感动，但无论外表如何，他今年实际上已经三十一岁了。这个年纪还被当作孩子一般担心，让他有些尴尬，他希望阿风不要再投来那种仿佛姐姐看到弟弟有所成长一般的充满温情的眼神了。

"好吧。首先要请教一下三浦阁下，令兄是在什么时候失踪的？"

"好、好的。家兄是在今年早春时失踪的，大约是在一月底。"

"也就是说，比之前的试刀杀人事件还早一个月……那么，他失踪前情况如何？"

"老实说，没有什么特别的情况，也没有发现他出入什么特别的场所。等我意识到的时候，他已经消失……啊，不对，家兄在失踪前不久确实说过这么一句话：'我要去见个小姑娘。'"

直次一边用大拇指抚摸着嘴唇，一边沉浸在思考当中。

看见他这副模样，连老板父女都屏气凝神，紧张地盯着他。

"而且……还有一件事。家兄的房间里有花。"

"花？什么花？"

"不好意思，在下对花没有什么了解，所以不知道它是什么花。但在下记得那种花香味很浓。模样⋯⋯该怎么说呢，有茎，叶子很细，花很小，花瓣是白色的，花心是黄色的。家兄并不是个喜欢花的人，所以在下一直觉得很奇怪。"

甚夜按照直次的描述想象着花的模样。最近他从阿风那里学着认识各种各样的花，其中和直次所说的花最相像的是——

"莫非是⋯⋯水仙?"

他带着确认的眼神看向阿风，阿风微微点了点头。水仙的特征就是花香高雅，有着细细的叶子和长长的花茎。白色的花朵也和直次的描述一致。可是问题在于，水仙开出的花应该并不算小。

"可得是小花⋯⋯小花啊⋯⋯"

"啊，不不，说到底，大小只是在下主观的感觉而已。"

可能是对自己的判断产生了怀疑，直次缺乏自信地说道。

"白色的花很多，比如夏椿、鱼腥草、栀子花等，只靠听来的信息恐怕很难正确判断是什么花。"

正如阿风所说，目前无法排除其他植物的可能性，看来光靠想象是不够的，不亲眼见到实物的话就无法确定到底是什么花。

"三浦阁下，你是什么时候发现那朵花的? "

"家兄失踪之后马上就发现了。除了在下之外没人进过他的房间，所以在下认为是家兄离开时自己放在房内的。"

据说除直次外，家里其他人都不记得这位哥哥的存在，所以也没有理由前往他的房间，那么一朵花代替他出现在房间里确实非常奇怪。但是甚夜之所以对这朵花的存在感到惊讶，其实有着另一个原因。

"那朵花还在房间里吗？"

"很遗憾，毕竟当时还是春天，花不可能一直放在房间。不过在下觉得它将来可能成为证据，就趁它枯萎之前将花朵和叶子夹在书里保存起来了。"

"这可太好了。"

花会枯萎，代表它只是普通的花。而且，如果直次的描述属实，那么它应该就是水仙花，不过这样一来，事情就很奇怪了。

"那么请把花带来这里……不，不好意思，还是麻烦你带我去府上看吧。"

终于找到了本次怪异事件的切入点，连甚夜身上散发出的气场都变得凌厉起来。

但是，他心里还是希望那朵花不要真的是水仙。想到这里，甚夜不禁踟蹰，是否该将脑中一闪而过的推论告诉直次。

3

"哎呀呀，拍得好快呀！"

我在开满鲜花的庭院里拍球。

水仙花的芳香令人陶醉。

寒冷的冬天仿佛都充满了暖意。

"父亲，快看呀，快看呀！"

"好！我看着呢！"

"她拍得越来越好了。"

父亲和母亲都坐在庭院边的走廊上看着我。

他们眯起来的眼睛中流露出汩汩温情。我非常高兴，于是一直拍个不停。

母亲觉得我这副模样非常有趣，乐呵呵地笑了。

悠闲的午后过得好快，不知不觉就快要到傍晚了。看，天空正由远及近染成橙色，太阳就要落山了。

"咦？"

可是，有点奇怪。

太阳依然高悬空中，天空却变成了橙色。

然后，我发现是自己错了。

现在还没到黄昏，将天空染成橙色的不是夕阳，而是火光。

黑烟四起，火光冲天，有人敲响了火警的钟声，人们东奔西窜的声音此起彼伏。

"是千代田城……"

听到父亲的话，我望向位于江户中心的那座城郭，只见天守阁[①]在熊熊烈火中坍塌了。

灼热的空气很快就逼近了这里。我终于意识到，这是一场前所未有的大火灾。

必须赶快逃命。就在我这么想的时候，大火已经在冬日北风的助长下点燃了我家的屋子。火焰转瞬间就宛如活物一般越变越大。伴随着木头碎裂的声音，我家的房子猛烈地燃烧了起来。

好可怕。我不假思索地向父亲的方向跑去。

好可怕。好想投入父亲的怀抱，好想得到母亲的安慰。

跑啊跑，跑啊跑，马上就要到了。就在我向父母伸出手的瞬间，他们突然被火焰吞噬了。

---

①又称天守，指日式城堡建筑中位于顶端的阁楼及屋顶部分，也是其最高、最主要、最具代表性的部分，人在其上可进行瞭望、指挥。

"……咦？"

我一瞬间没反应过来到底发生了什么。

远远近近传来人们的哭喊声。

周围被染成一片橙色，仿佛黄昏一般。空气中充满了烟尘，十分呛人。

这时，太阳开始落山了。

父亲大人。

母亲大人。

此前的幸福时光就这样一去不复返了。父亲严厉又温暖的守望与母亲温柔的笑脸都已不复存在，取而代之的是在火焰中依然向我伸出手来的尸体。

明明他们刚才还在我的身边微笑着。

可如今他们已经被烧得不成人形了。

我被吓坏了，放声大叫，结果却发不出任何声音。

得赶紧逃出去，得赶紧逃出去。心中虽然这么想着，但我却双腿发抖，动弹不得。

屋子的顶梁柱在我眼前被烧断了，倒塌的屋子仿佛雪崩一般向我压了过来，发出的轰鸣声轻易地压过了我的惨叫。

——一切都到此为止。

这也宣告了幸福之庭的末日。

——天人永隔父母散，共赴黄泉烈焰炽。

◆

甚夜和直次约好第二天前往三浦家。

约定的时间是傍晚，而此时才刚过正午，时间还很充裕。白天没有其他安排的甚夜决定先去填饱肚子，于是他出发前往喜兵卫。

"啊，甚夜。"

"……奈津。"

奈津已经在店里悠闲地喝着茶了。甚夜还不太习惯直接叫她的名字，他结结巴巴的样子让奈津不由得苦笑了起来。

奈津挥手招呼甚夜和她同桌坐下。

"一碗荞麦面。"

"好嘞！"

一如往常的对话。可是厨房里的老板却一反常态，露出了非常微妙的表情。

"……客官，您对小奈的称呼怎么突然变了？"

"嗯，就前几天，发生了一些事……"

甚夜含糊其词，老板转身用严肃的语气对阿风说道：

"阿风……你得加把劲才行啊。"

"爸爸，您在说些什么啊……"

老板似乎还没放弃招甚夜为婿的打算。能够得到如此赏识，甚夜颇为感动，但他却依然无法参透老板为何如此执着。

"你们亲近了不少啊。"

"也没有啦。"

两位女孩很融洽地聊着天。这虽然是件好事，但眼看着这一幕上演还是让甚夜感到坐立难安，尤其自己还是话题的中心。何况他本身就有想了解一下的事情，于是连忙插嘴搭话。

"阿风。"

"怎么啦？"

"你和三浦阁下熟吗？"

"三浦大人吗？虽然谈不上熟悉，但他时不时会来光顾，所以我们会说说话，怎么啦？"

阿风带着茫然的表情回答道。

甚夜说自己其实并没有什么深意，只是想了解直次的为人。阿风虽然微微有些犹豫，但顿了一下之后还是回答道：

"怎么说呢……他对我都愿意以礼相待，我觉得他是个很认真、很温柔的人。"

"你们说的是之前那位武士大人吗？"

"是的。说起来，奈津也见过他呢。"

"那也谈不上是'见过'……不过身为武士，他的态度确实非常谦和。"

她们对直次的印象很相似,甚夜的看法也基本相同。大家都觉得直次是个认真、仔细、谦和的男人,完全不像个武士。

"不过,他一看到刀就跟变了个人似的。"

一旁的老板补充道。甚夜闻言看向老板,只见他眉开眼笑,一副乐在其中的样子。

"哎,直次大人确实是个狂热的刀剑爱好者,一聊到那方面的话题,连眼神儿都变了。"

甚夜在心中点头称是。直次原本是委托他寻找哥哥的,结果却兴致勃勃地研究起宝刀夜来。虽然他看上去严肃古板,但内心中对于爱好有着非常强烈的热情。

"他真的非常喜欢刀剑——对了! 客官,请稍等一下。"

老板说着走进里间,噼里啪啦地不知道在翻找什么。过了一会儿,他拿着一个用布裹着的东西出来了。

"请看这个。"

老板将布解开,里面包着一个小小的棒状金属物体。旁人从如此小心的保管方式就能看出这是他非常珍惜的东西。

"哦,是发笄吗?"

首先出声的是奈津。

发笄是在将头发盘起定型时会用到的束发用品,头皮瘙痒时用它来抓挠可以保持发型完好,是女性整理仪容必不可少的装饰品。对于经营坠饰、梳子等小物件的须贺屋店主之女奈津来说，发笄是司空见惯之物。

而男性则往往是将发笄装在刀鞘上随身携带，它与刀柄装饰、小刀并称"三所物"，武士中流行用它们来装饰自己的爱刀。

不过，在江户时代，刀剑装饰也有着严格的规范，只有上级武士才有资格在刀鞘上装小刀和发笄。而大名家族或旗本武士的正式装饰，原则上都必须使用由著名的金匠世家后藤家所制作的金属制品。

"三浦家毕竟也是旗本，所以肯定也会用到这种东西吧。啊，顺便一说，这东西是直次大人给我的。他这人啊，连送别人的礼物都与刀有关。"

眼前的这支发笄虽然是金属制品，但并不是后藤家所打造的。因为年代久远，其表面的光泽已经有些黯淡。造型设计非常简朴，除了藤状浮雕没有其他装饰。

"做工还是很精细的，以藤作为浮雕也很有品位，制作者水平还挺不错的。"

奈津颇为佩服地说道。

"是吗？真是的，自己喜欢刀剑就算了，把这种东西送给我这个开面馆的有什么意义？"

不知是不是因为发笄被人夸奖了，老板的苦笑中有股掩饰不住的温情。

"哎呀……他只喜欢聊些严肃的事情或者刀的事情，所以时不时会被他母亲批评:‘在卫!你给我适可而止!’"

老板将视线投向远方,充满温情地呼了一口气。看来他们虽然是老板和客人,但关系相当亲近,也难怪老板看到直次消沉的样子会感到坐立不安。

但甚夜在意的是另一件事。

"你和他母亲也有往来吗?"

"嗯?噢噢,就打过照面而已。她看上去很凶,听说平时也很啰唆。"

确实,直次也是这么描述自己母亲的。甚夜虽然想多问几句,但是考虑到奈津在场,还是打消了这个主意,他不想在奈津面前继续聊母亲的话题。

老板自然不可能察觉甚夜心中的所思所想。他突然想到了什么似的睁大了眼睛,把身子探到甚夜面前。

"对了,客官,能不能请您收下这支发笄呢?"

突如其来的提议让甚夜大吃一惊,阿风和奈津也不禁哑然。

居然要将收到的礼物转送他人,这实在太失礼了。而且谁都看得出老板非常珍惜这支发笄,现在却如此淡定地要将它转手,实在是让人摸不着头脑。

"这是三浦阁下送给你的礼物,我不能收。"

"没关系啦,这是刀的装饰物,我拿着也没用啊。"

"可是……"

"无论怎么说这都是我用不着的东西，所以请您务必收下，拜托了。"

他深深地低下了头。

虽然不知道老板此举是出于什么考虑，但他那纹丝不动低头请求的姿态给人一种无论别人说什么都不会改变主意的感觉。

"……那就先放我这里吧。"

甚夜的言外之意就是老板依然是这支发笄的主人，可是老板似乎仍然非常满意，露出了快活的笑容。

"哎呀，帮我大忙了，真是非常感谢。"

"父亲这么强人所难，真对不起。"

阿凤也向甚夜低头致歉。

甚夜毫无收下发笄之意。但此时再怎么推三阻四也只是浪费时间，因此他才违心地暂且收下，这完全没什么值得道谢的。

"只是暂时保管而已。"

"我明白，即使如此，还是非常感谢。"

阿凤真挚的谢意让甚夜无法再去追问老板的真实意图。

结果，话题在甚夜不知该如何是好的情况下结束了，他只好开始低头吃面。

面的味道明明应该是和往常一样的，但他却觉得今天的面并不好吃。

◆

完成一天的工作之后，直次离开江户城回家，此时日已偏西。

虽然在寻找哥哥，但他生性认真，对待工作还是一丝不苟。

直次在回家的路上走得飞快，但这也不奇怪，因为有人正等着他。与他同为右笔的同事取笑他：“佳人有约哦？”遗憾的是今天的约定跟什么男欢女爱完全不沾边——等待着直次的并不是什么佳人，而是人高马大的男子。

直次沉浸于自己的胡思乱想中，走出城门，走过护城河上的桥，发现依旧面无表情的甚夜已经在等着他了。

“那就麻烦你带路了。”

简短地打过招呼之后，甚夜就不说话了。似乎昨天有什么事情让甚夜颇为在意，尽管他没有表现在脸上，但给人的感觉却十分严肃，结果搞得带路的直次也一脸紧张。不到四半刻[①]，他们就看到了占地广阔但略显老旧的三浦家宅邸。

“到了，请进。”

直次率先走进大门，然后转身招呼甚夜。甚夜在打量了宅邸的外观之后轻施一礼，跟着直次走了进去。他的行动与其说

---

① 即四分之一刻，大约相当于30分钟。

是对老宅感到稀奇，不如说是在寻找着什么东西。

进门之后，正面是主屋，右手边则是平常无人居住的别屋。而穿过左侧茂密的山茶树之后，就来到这座宅邸最值得一看的广阔庭院。这是很常见的武士宅邸布局，并没有什么特别之处，对于这一带的居民来说已经是司空见惯。

不过，对甚夜来说却似乎并非如此，有那么一瞬间，他停下了脚步。但最终，他还是一言不发地跟着直次走进了主屋。

"直次……哎呀，有客人吗？"

走进主屋的玄关后，两人都愣住了，迎接他们的是一位表情严厉、背挺得笔直的女性，她就是直次的母亲。估计她早就等在这里准备教训直次，因此口气颇为强硬，但是在见到甚夜之后，她的音调略微放低了一些。

但也只有一瞬间而已。注意到甚夜的形象之后，她眼神中便充满了诧异。直次察觉到这一点，正想解释，甚夜却已经抢先一步主动开口了。

"失礼了，贸然来访非常抱歉，在下名叫甚夜。"

一副浪人模样的大汉居然首先彬彬有礼地进行了自我介绍。有来无往非礼也，直次的母亲也郑重其事地还礼道：

"您客气了。直次，这位甚夜阁下是何方人氏呀？"

但她依然用怀疑的目光盯着甚夜。

甚夜神色不变，再次抢在直次之前回答道：

"在下是葛野人。"

"是锻造刀具的那个葛野吗？"

"是的，是个铁匠村。"

知道了甚夜的出身之后，直次母亲的态度稍微缓和了一些。直次赶紧乘机补充道：

"母亲，甚夜阁下是孩儿最近认识的同好，今天请他来是想晚上一同饮酒，畅聊一番。"

直次所言虽不属实，但母亲似乎姑且相信了他，短短地回了一句："这样啊。"

直次是狂热的刀剑爱好者，而葛野则是盛产铁矿、以锻刀著称的村落，估计她是误以为直次把趣味相投的朋友请到家里来了。

"我们就待在房间里不出门，请您不必担心。"

为了不露出破绽，直次匆匆忙忙地离开玄关走进屋子，甚夜向直次的母亲欠身施礼之后准备紧随其后。此时，一个温和的声音叫住了他。

"甚夜阁下，非常感谢您。"

甚夜回头一看，直次的母亲静静地低头向他致谢。

她应该不知道实情才对，所以直次不明白她为何向甚夜道谢。甚夜也是如此，他虽然依旧面无表情，但眉毛微微动了动。

"在下做了什么值得您感谢的事吗？"

"犬子最近心中一直有烦恼,总是沉着脸,但是今天他却久违地露出了开心的表情,作为母亲,没有什么比这更让我高兴了。"

直次难掩震惊的神色。他最近因为寻找哥哥一事与母亲冲突不断,难免对她心怀不满。可是母亲却一直在为自己担心,得知她的心情之后,直次突然感到非常羞愧。

"在下也有自己的缘由,请您不必在意。"

"甚、甚夜阁下,我们快走吧。"

甚夜的对应越是得体就越显得自己孩子气,所以直次不禁打断了他们的对话,招呼甚夜赶紧走。背后传来的温柔的叹息声更让他面红耳赤。

"真是个好母亲。"

直次总算逃进了自己的房间,结果刚一坐下,甚夜最先提起的就是对母亲的感想。虽然看不懂他的表情,但直次认为他说的并不是客套话。

"不不,实在是太不好意思了。话说回来,刚才您说话时的遣词用句还挺得体的……"

要是谈话围绕着之前自己和母亲的交流展开可太丢人了,于是直次岔开了话题。不过这句话并非只是转移话题,直次确实觉得,甚夜身为一介浪人,礼数却如此周全,实在是太不可思议了。

"这是我过去学会的。"

"过去？"

"不必在意此事。直入正题吧，请让我看看那朵花。"

"好的，我知道了。"

甚夜随口转移了话题，不过直次也没有坚持打听之意，他听从了甚夜的要求。

这朵白花是直次的哥哥失踪之后出现在哥哥的房间里的。直次是在白花开始枯萎之后才将其压在纸中制成干花的，因此保存情况并不理想，不过还是足以通过外形判断出是什么花。

"请看。"

直次将之前就准备好的干花递给了甚夜，甚夜非常认真地观察着，表情也越来越严肃。

"……这应该是水仙吧。"

他苦涩地挤出了这句话。水仙并不是什么罕见的花，可是甚夜看上去却是一副大受打击的样子。

"甚夜阁下，此花有什么特殊之处吗？"

"没有，只不过……比我想象中要小。"

房间里铺着榻榻米，收拾得整整齐齐。座灯的烛光将房间染上了橙色，一个身形魁梧的影子在墙壁上微微地晃动着。

直次再次看向甚夜，发现不知何时他已经恢复平静了。

"三浦阁下，我想再问你一次，你是在定长阁下失踪之后才在他的房间中找到这朵花的,当时还是春天,对吗?"

"是、是的。"

"是吗? 那么还有一个问题,定长大人在失踪之前说过他要去见个小姑娘,对吗?"

"确实如此。"

这些问题到底有何用意?

直次正想发问,但是甚夜没有给他开口的机会,抢过了话头。

"我认为这里提到的小姑娘估计就是鬼,而定长阁下则被鬼带到了某个与现世相隔绝的地方去了。至于这朵水仙花……"

"是鬼的住处所开的花,对吗?"

甚夜沉重地点了点头。

直次无法同意甚夜的意见。哥哥确实是失踪了没错,但是因此说什么他被带到与现世相隔绝的地方去了的话,思路未免太跳跃了。而且,仅凭一朵花就做出如此判断,实在是让直次无法接受。

"可是花这种东西不是到处都有吗?"

"没错,所以我想去定长阁下的房间看看,那里说不定还留有什么线索。"

甚夜的眼神非常认真,看起来绝不是在胡说八道。直次沉默了一阵之后回答道:

"明白了，请随我来。"

直次绷着脸站了起来，可是甚夜却依然坐在原地。

"不好意思，能不能请你先过去呢？"

"咦？可是……"

"没事的，我马上就跟过去，请先在房间里等我一下。"

"可这样的话您找不到地方吧？"

"没关系。"

明明是他说要去哥哥的房间看看的，结果却搞这么一出。

直次不清楚他到底有什么打算，但神奇的是甚夜完全没有起疑。

自己有个哥哥。可是费尽唇舌都没人相信此事。就连父母都断言他没有哥哥，也不愿意倾听他心中的烦恼。只有甚夜愿意相信他的话，因此直次决定要回应他的信任，接下来该怎么做也就不言而喻了。

"要解开谜团必须这么做吗？"

"是的，恐怕是如此。"

甚夜态度毅然，直次明白他并非随口应付，恐怕这也代表着此事非普通人所能理解。

"明白了。那么，在下先走一步。"

直次离开房间，踩着稳稳的脚步沿着走廊前进。

他心中没有丝毫的担忧。

甚夜望着直次离去的身影，用若有似无的声音低语道：

"如果我也在场的话，恐怕什么事都不会发生吧。"

直次独自走进了哥哥定长的房间。这间房目前虽然无人使用，但因为有人定期打扫，所以房内的摆设都一尘不染。

哥哥经常出门，几乎只有回家睡觉的时候会待在这个房间，所以房间里能体现他个性的东西很少，在房间里放花也仅有之前那一次，单调的房间与主人热烈的性格相去甚远，看上去颇为寂寥。

"说起来……"

事到如今，直次才突然意识到一件很奇怪的事。明明哥哥的房间还好好地留在这里，为什么父母却都说自己没有哥哥呢？这到底是怎么回事……正在思考的直次突然耸了耸鼻子。

有一股好闻的香气。

"这个香味是……"

微微传来了馥郁的芳香，他曾在这间屋子里闻到过这个味道。

没错，是那朵白花的花香。甚夜说过这种花叫——

"……水仙？"

正当直次想到这里，香气突然变得更加浓烈，他感到一阵晕眩。

"哎,啊……"

我是发晕了吗?直次的视野变得模糊,仿佛有什么东西在搅拌着他的脑袋。

这到底是怎么回事?

直次既莫名其妙又无能为力。

他无力支撑身体,单膝跪倒在地。

——一呀一,眺望彼岸眼迷离。

直次好像听到,从远处传来了唱数数儿歌的声音。

4

我还以为自己死了。不过此刻的我不但意识十分清醒，手脚也能行动自如。虽然一度以为性命不保，但我似乎还活着。

我怀抱着自己到底是生是死的疑问爬出了化为废墟的屋子。也许死了更好，我不禁这么想着。起身一看，四周已经被大火彻底烧毁，房屋塌了，花都被烧光了，皮球当然也不见踪影。

我一个人站在化为废墟的宅邸里。父亲死了，母亲死了，家也没了，一切都没了，可为什么只有我还活在世上呢？

我失魂落魄，但又无法忍受继续留在这个已经被夷为平地的地方，于是离开了庭院。

这场前所未见的大火虽然已经熄灭，但江户城南面的武家町已经完全化为焦土，到处只见断壁残垣，根本没有城镇的样子。我在这里出生、长大，但那些熟悉的景色如今已面目全非，我感觉连自己的回忆也被连根拔起了。

我漫无目的地走在街上。

走了没多久，我发现那些聚在路边看热闹的人们正战战兢兢地看着我。

这是怎么回事？

我觉得有些奇怪。不对，更奇怪的是为什么我不但被房子的残骸压住还被烈焰焚烧，结果却还活着呢？

"喂，你看那孩子的眼睛。"

"是红色的……"

"莫非……"

"肯定是！"

所有人眼中都带着厌恶，声音中透露出恐惧。

在这片沸反盈天的人声中，我终于领悟了。

人会因为嫉妒、憎恨、绝望等负面情感而堕落为鬼。

啊，是这样啊。

父亲死了，母亲死了，家也没了，就连回忆也被连根拔起。

不仅如此，我还……

——那孩子是鬼。

我连我自己都失去了。

所以我逃走了。

我不想再看到这一切。

那之后不知又过了多少年，逃离江户的我四处游荡，仿佛水中的浮萍一般漫无目的地随波逐流。

已经没有可以回家的路了，我一定再也无法回到那座庭院了。

当初的幸福宛如泡影般梦幻。明亮的阳光晒得庭院里暖洋洋的，父亲在，母亲也在，我幸福地笑着。这是多么幸福的日子啊，那些美好的景象依然鲜活地烙印在我眼中，正因为明白一切都已经无可挽回，回忆中的幸福之庭才会如此美丽迷人。

父亲。

母亲。

我痴痴地怀念着失去的一切，就这么活了下来。

十年过去了——原本年幼的我长成了少女。

二十年过去了——我却依然保持着少女的外表，相貌未曾变老。

五十年过去了——我混在人类当中，浑浑噩噩地活着。

痛苦的日子总是很漫长，而我就这么度过了几十年。

无论是父亲的容貌还是母亲的笑声，我都已经想不起来了。这代表着我已经度过了足以让我忘记这些回忆的漫长岁月。可是，每当我闭上双眼，曾经的幸福时光还是会浮现在眼前。

那场大火已经过去了很多很多年，当年的一切早已消失得无影无踪，可是为什么心中这份悲伤始终没有消散呢？我每天都活在往日的束缚中。

我其实不想活了，但是——那些被火焰烧焦的尸体始终在脑海中挥之不去——我又很怕死，所以我让自己屈服于惰性，没有采取任何行动。虽然不知道鬼的寿命有多少，但想来我总会慢慢老死的吧。

在我作为鬼活了百年之后，事情有了变化。

反正已经过了那么久，早就没有人认识我了。怀着这样的想法，时隔许久，我再次回到了江户。我原本很怀念江户，可走上街道一看，城镇的面貌已经有了很大的变化，让我感到非常陌生。我不自觉地朝南边的武家町走去。

我怀着乡愁走啊走啊，终于来到了我曾经居住过的地方，那里——

"啊……"

已经建起了一座气派的宅邸。

当然，那并不是我的家。

武家町在那场大火之后重建了，这座宅子肯定是别人的住宅。我不会幼稚到连这点都没想到。这里已经不是我的家了。

我一开始就知道会是这样，我知道，我明明知道的。

"父亲、母亲……"

我情不自禁地落泪了。

我感觉自己被现世彻底否定了。

胸中涌起一阵空虚，眼前的一切清清楚楚地挑明了我实际上早已一无所有，只是我还死死抱着不可能实现的愿望不放而已。

好想回去，好想回去，好想回去。

我又想起了那个幸福之庭。

我又想起了在父母身边无忧无虑地欢笑着的幼年时光。

我只想回到那里去。

"咦……"

就在这个瞬间，一切全都变了。

当我反应过来，发现已是黄昏时分，我正站在一座破败的宅邸前面。

"怎么回事……"

一切发生得太过突然，我的脑袋一时反应不过来。

我的心中充满了疑问，但是眼前的这座宅邸却非常眼熟，于是我走了进去。

腿脚自己动了起来，沿着主屋左边的小路直接走向庭院。

然后，我回来了。

我又回到了有着小小水池、盛开着水仙花的明亮庭院。庭院里充满了优雅而馥郁的花香

浓烈的花香让我感到一阵晕眩。

传来扑通的落水声，估计是池塘里的鲤鱼跃出水面了吧。

"这里是……"

没错，这里就是我出生的宅邸，就是那远去的幸福之庭。

"哎呀呀，拍得好快呀！"

一对男女不知何时坐在了庭院边的走廊上。我看见他们的瞬间情不自禁地脱口而出：

"母亲……还有父亲……"

我明明以为自己已经忘记他们的模样了。父亲依然一副严肃的表情，可是他眯起的眼中有着温柔的光芒。他用令人怀念的声音说道：

"好！我看着呢！"

"她拍得越来越好了。"

他们在说什么啊？

想到这里，我低头看了看自己的手。这是一双只有红叶般大小的幼儿的手，而且手里还拿着那颗早已丢失的球。

我不明白到底发生了什么，但我一点也不在意。

这里有着逝去的"往昔"，所以其他问题根本无关紧要。

——魂牵梦萦向谁诉，不复往昔怎堪留。

所以我又拍起了手中的球。

希望能回到那幼年时光。

希望能留住这幸福之庭。

我在母亲所种下的鲜花的包围下，拍着父亲送我的球。

我唱着歌，不停地拍呀，拍呀。

周围的景色在朦胧中摇动着。

结果，我就这样一直留在了幸福之庭里，再也不曾离开。

花香所引起的眩晕让直次短暂地失去了知觉。

就在这短短的时间里，直次做了个奇怪的梦。

他梦见了一位陌生少女的半生，这到底是怎么回事啊？

直次保持着单膝跪地的姿势晃了两三下头，总算恢复了清醒，随后他举目四望。

"这……"

这里并不是哥哥的房间。

虽然有点像，但通过室内的摆设等方面可以发现这个房间与哥哥的房间有着细微的差别。

发生了什么事？

震惊的直次用大拇指摩擦着嘴唇，陷入了思考当中。

"这里看起来是个传统的武家宅邸。"

"哇啊！"

身边突然传来的说话声吓得直次不由自主地连退数步。不知何时，他身边竟然出现了一个身高近六尺的大汉。

"甚、甚夜阁下？"

"不过构造和三浦家不同，看来我们迷失在一个并非令兄房间的地方了。"

看来他也察觉到了差异,开始用如刀般锐利的眼神观察着这个房间。不过,直次在意的是另外一件事情。

"……那个,甚夜阁下。"

"怎么了?"

"在下想确认一下,直到刚才您都不在在下身边,对吧?"

其实根本无须确认,是直次先到了定长的房间,之后就再也没人进来了。老实说明明数秒前甚夜还不见人影,为什么他现在可以摆出一副理所当然的样子出现在这里?

"没什么,稍微耍了点儿小把戏罢了。"

——习惯了之后,就算保持**这副模样**也能直接使出那种异能。

直次投来讶异的视线,甚夜回答的语气倒是颇为平静。

直次终究没能搞清楚甚夜到底是何时出现在这房间里的。

"那么,你看见刚才那些了吗?"

"刚才那些?"

"火灾的场景,还有变成鬼四处流浪的女童,以及她本该早已毁灭的家。"

尽管甚夜的语气波澜不惊,直次却大吃一惊,这不就是他失去意识时那个奇怪的梦吗?

"看到了。这么说,您也——"

甚夜默默点了点头。

果然，他也看见了。想到这里，直次的惊讶慢慢变成了些微的恐惧。

"如果我们同时做了同样的梦……"

"那就不是单纯的白日梦了吧。"

直次终于理解了自己正处于怪异事件的中心，后背不禁一阵战栗。而甚夜可能已经比较习惯这种情况了，依然是一副面无表情的样子。

"不出所料。"

虽然甚夜的表情没有变化，但他的声音中却流露出了庆幸之意。

"为什么这么说呢？"

"鬼住在并非现世的某处，那么……"

直次闻言也回想起来了。没错，甚夜之前就是这么推断的。

哥哥在失踪之前曾说过要去见个小姑娘。这个小姑娘很有可能就是鬼，并且把哥哥带到了某个与现世相隔绝的地方。也就是说——

"家兄被它带到这里来了？"

"只是不知道他是被带来的还是自己闯进来的。"

直次闻言不禁屏住了呼吸。自己至今遍寻不着的哥哥的踪迹，终于在这里有了线索。

"但是，您是怎么知道的呢？就算在下的哥哥确实是被带到了与现世相隔绝的某处好了，但请恕在下直言，您的思路实在太过跳跃，在下无法理解您是如何推导出这一结论的。"

如果说目前的情况过于不可思议的话，那么眼前的浪人也超出了常识所能理解的范围。尽管直次直率地提出了问题，但甚夜只是头也不回地回答"因为我挺了解各种花的"，就草草地结束了对话，准备走出房间。

"那个，您要去哪？"

"站在这里发呆也无济于事，我去附近调查一下。"

"确实如此，那么在下和您一起去。"

两人并肩走进走廊。太阳似乎已经落山了，走廊十分昏暗，看不清前方的路，再想到这里是鬼的住处，就越发让人感到毛骨悚然。

走廊的木地板虽然看上去颇为老旧，但踩上去并不会发出声音。屋子如甚夜所说，确实是非常传统的武士宅邸布局，与三浦家并无太大差别，两人很轻松地就来到了屋子的玄关处。

走出玄关一看，暮色苍茫，黄昏的景色与虽然破败却颇具风范的宅邸十分相称。宅邸的大门也十分气派，居住于此的恐怕是出身于名门望族的武士。

"这门闩怎么用力都抬不起来。"

直次想打开大门到外面去，却发现根本打不开门闩，看来他们是被困在这里了。

甚夜也走近大门试了试，发现门闩确实抬不起来。与其说是门闩太重，不如说它恐怕根本就是固定在门上的，无论两人如何用力门闩都纹丝不动。

"看来想要离开这里没有那么容易。"

甚夜嘴上虽然这么说，但完全没有慌乱。真不愧是传闻中的夜叉，胆识过人。与迷惑的直次不同，他似乎正在认真思索着，力图理清现状。

"恐怕此次怪事就是那个女童引起的……能将人封闭起来的异能……不对，仅此还不足以解释之前的白日梦是怎么回事。"

已经习惯面对各类怪事的甚夜倒还好，直次压根儿无法理解自己目前所处的情况，"异能"什么的他根本听不懂。尽管要麻烦甚夜花点工夫回答，他还是战战兢兢地开口问道：

"抱歉，您说的能将人封闭起来的异能，是什么意思？"

"在诞生百年之后，鬼自身所具有的异能就会觉醒，而且有的鬼不需要那么长的时间就能做到这一点。每个鬼的异能都有所不同，比如有的可以看见未来，有的拥有惊人的力量，所谓上等鬼就是拥有某种异能的鬼。"

"也就是说，之前白日梦中那个小女孩所见到的宅邸也是由某种异能幻化而出的，对吗？"

"……估计是。"

"您并不是很确定？"

"是的，因为我不知道到底是何种异能才能造成这种现象。"

总之想要离开这里的话，要么解开异能之谜，要么诛杀事件的元凶。甚夜这么说完之后又开始埋头思考。

直次觉得不好再去打扰甚夜，于是不再提问，开始四下张望。

很惭愧，直次此刻所能做的只有认真地警戒周围的动静。因此他聚精会神地防备着身边可能出现的变化。可是这里只有他们二人，周围别说动静，连风都没有。宅邸内一片寂静，以至于他甚至产生了耳鸣，安静到如此程度真是不可思议。

砰……砰……

就在直次这么想的时候，突然听到了一个微弱的声音，这声音忽远忽近，很有规律。平常可能根本注意不到这么小的声音，但在这静寂无声的宅邸里却不会听漏。

"甚夜阁下。"

"怎么了？"

"有声音。"

因为一直在聚精会神地思考，所以甚夜似乎没有听见那个声音。不过在直次的提醒下，他紧接着也注意到了这一情况。

既轻微又规律的砰砰声。

——二呀二，故乡已远心忐忑。

接下来又传来了数数儿歌的声音。

二人这才明白之前听到的是拍球的声音。

直次浑身一震——这就是之前在哥哥房间里听到的儿歌。用清澈的童声所唱出的儿歌仿佛是引诱人前往异界的幽冥之歌。

"看来这里的主人在邀请我们呢。"

甚夜开玩笑似的笑了，他将左手伸向腰上的刀，用大拇指顶住刀镡。即将与鬼对峙，气氛一下变得紧张起来。

"是在庭院方向。"

"我们走。"

两人对彼此点了点头，迈步向庭院进发。

从主屋的左边绕过，马上就到了目的地。

庭院中鲜花盛开，和白日梦中所见一模一样。而且，庭院中央站着一个身材壮硕的男子和一个抱着球的女童。

"……哥哥！"

直次瞪大了眼睛，男子毫无疑问就是他的哥哥定长。

终于找到了。直次一认出定长，马上就准备冲过去。

突然，他感到一阵头晕目眩。

再度传来的花香让直次的双腿变得不听使唤，虽然他想靠近哥哥，但意识已经逐渐模糊，无法自如地行动，可他还是挣扎着朝前走去。

在蒙眬的视野之中，他看见了一片充满温情的景象。

◆

"你，已经在这里待了很久了吗？"

三浦定长兵马在庭院里看见了一个抱着球的女童。他单膝跪地，让自己的视线与对方齐平。

"我在这里已经一百多年了。"

"一百年?！真是了不起啊！"

这个看上去只有五六岁的小姑娘居然说自己已经有上百岁。听起来令人难以置信，但不知为何，定长却并不觉得对方在说谎。

"你一个人在这里待了那么久？"

小姑娘面无表情地点了点头，她的眼神中没有一丝感情。

看得出她很珍惜手里的球，双手将球紧紧地抱在怀里，生怕它丢了。这副模样仿佛她整个人都粘在了球上。

"我说过了，我已经无路可回了，所以我无法逃离这里。"

定长来到这里之后，不知又流逝了多少光阴。他被儿歌的歌声吸引来到这幽冥之界。虽然一开始有些害怕，但是他无论如何都放心不下这个独自一人唱着儿歌、拍着皮球的女童，不知不觉中就在这里待了很长时间。

女童原本几乎从不谈及自己，不过定长一直耐心地与她说话，她终于一点一点地吐露了自己的身世。

她说自己其实是鬼，父母早已去世，还把这座宅邸的秘密以及自己在这里待了一百多年的事情都告诉了定长。

实际上，定长来到这里只是偶然，也并没有被鬼关在这里。他的房间不知为何和这个异界连接在了一起，结果他误打误撞地闯进了异界。所以定长无法责怪这个小姑娘，因为她根本没有恶意。

"请赶快回去吧……在这里待太久的话，连你也会无家可归的。"

女童并不欢迎定长留在这里。

作为这座宅邸的主人，女童似乎很容易就可以将定长送回现世，所以她有事没事就劝定长赶快回去。可是定长每次都拒绝了她的劝告，死皮赖脸的就是不走。这次也一样，他假装没听见，优哉游哉地欣赏着庭院里的花。

"哇，这花好漂亮，虽然我不认得这是什么花，但真好看啊。这花叫什么名字？"

女童的眼中依然没有任何感情，不过还是好好地回答了定长的问题。

"……瑞香花。"

"哦，这种酸甜交杂的花香很好闻，吃起来不知道味道怎样。"

要是有带砂糖来就好了——定长摆出一副认真的样子开了个玩笑。女童闻言微微笑了一下。

"哇,你终于笑了。"

眼尖的定长注意到了她转瞬即逝的笑容,也对女童露出了微笑。

定长从一开始就没有被囚禁在这里,他一直没有离开幸福之庭的唯一的理由就是担心这个小姑娘。他知道要是自己离开了,她就又要孤身一人地在这里度过数百年的岁月,所以定长无法对女童置之不理。

"真是的,你别胡闹了,快回去吧。"

女童因为被人看到自己毫无防备的一幕而不好意思了。她故意重新换回面无表情的样子,再次说出了至今已经说过多次但定长都置若罔闻的话语。

"好了,今天的午饭吃什么好呢?我觉得自己的厨艺颇有进步,好!就做个我最擅长的荞麦面吧。"

"你认真听我说话!"

定长虽然想要如往常一般蒙混过去,但这次没能得逞。女童斩钉截铁的语气根本不容定长辩驳,她强势的样子看上去根本不像个年幼的小女孩。

"你身边有亲人,也有家可回,不是吗?你不能因为无聊的同情就将这些抛诸脑后。"

"但是啊……"

"这里是我的幸福之庭,我在这里能够见到父亲和母亲。所以你不必留在这里,倒不如说……你留在这里只会打扰我。"

话语之中藏着温柔的关怀,看得出她是在为定长担心,但看来她还不明白,正因为如此,定长才无法听从她的劝告。

哎呀呀——定长缓缓地叹了口气以示无奈。这孩子也真是的,哪有人在听到这些话之后还会乖乖回去的呢?

"你错了。听好了,不是有家才有人,而是有人才有家。所以,没有欢声笑语的地方就不是家。"

"你这话是什么意思?"

"我是说,这里其实不是你的家。你自己心里其实也很清楚吧。"

"这个……"

女童沉默了,似乎被戳中了要害。

定长觉得自己说得太过火了,于是温柔地摸着女童的头,表达安慰之意。

"我明白了,这么办吧,只要你离开这里,我就跟着离开。"

"我办不到。"

"为什么?"

"因为我除了这个庭院已经无家可归了。"

"那还不简单，你来我家住不就得了。不对，还是我们两个人自己住吧。嗯，对了，你要不要当我女儿？我也离家出走，我们一起找个地方悠闲度日吧。"

定长觉得自己的主意真是妙哉，可是对方却相当顽固。

"我是无法逃出这里的，而且我也不想让你当我父亲。"

"哇，被拒绝了！也罢，在你改变心意之前，我就慢慢等着吧。"

定长原本就不擅长进行那种气氛沉重的对话，因此像往常一样故作轻松，结果却发现女童微微露出了遗憾的表情。

啊，我的建议被她当作开玩笑了啊。这可不行。定长重新摆出认真的态度对女童说道：

"有言在先，我刚才说的都是真心话，如果有一天你愿意把我当作父亲，那时候我就和你一起离开这里。"

刚才的话不是开玩笑，是我纯一不杂的真心真意。

女童倒吸了一口气，看来定长的心意已经切实地传给了她。

"不会有那一天的。"

女童"哼"了一声，别过脸去，但定长看见她的脸颊微微发红。

她这么孩子气的一面让定长高兴地笑出了声：

"那就没办法啦，我会一直待在这里的。"

定长开心地笑了——

◆

——他的身影瞬间消失了。

"咦……哥哥?"

刚才还在不远处的哥哥不见了。

因为事发突然,站在甚夜边上的直次神情十分狼狈。

这到底是什么情况?发生了什么事?

当他们二人来到庭院中心时,这里已经空无一人。不对,只剩下那个抱着球的女童独自站在那里。

"这里已经没有人了……什么都不剩了。"

她呢喃着,不知道是要说给谁听。

稚气未脱的声音听上去既清澈又冰凉。

她的容貌宛如人偶一般端正,眼瞳是红色的。

"家兄在哪儿?"直次问道。

女童闻言,眼神似乎稍微暗淡了些。

恐怕这个鬼女就是此次事件的元凶,但是直次并不是会对女子或儿童动粗的性格,他只能压抑情绪,咬牙切齿地再次问道:

"我问你,家兄在哪儿?"

直次的语气更加强硬了,可是小姑娘依然默不作声,只是看起来更加忧伤了。

由于没有得到自己期望的回答，直次情不自禁地当场跪下，以头抢地：

"请把家兄还给在下……求求你了。"

直次居然向女童下跪磕头，对于武士出身的他来说，这是何等奇耻大辱啊。直次浑身颤抖，拼命地恳求女童。

可是尽管如此，女童还是一言不发。看上去，她也在强忍着不让自己哭出来。

"没用的。"

甚夜忍不住说道。他将手放在直次的肩上，结果直次情绪失控地用激烈的语气说道：

"怎么会没用！家兄刚才就在这里，您不是也看到了吗！"

好不容易才找到了哥哥的线索，直次激动的神情将他的内心表露无遗。甚夜摇了摇头，让他好好地听自己解释。

"因为花开花谢是有季节的。"

"您在说些什么啊!?"

直次反问道。

但甚夜并不理睬。因为接下来要讲的是此次事件的关键，就算直次不愿接受，也要和他说个明白。

"你之前不是说过那朵水仙花是在令兄的房间里发现的吗？所以我才察觉到令兄是被带到另外一个世界去了。"

"那又如何！"

直次无法理解甚夜想表达的意思，愤怒地叫道。

"三浦阁下，水仙是在冬天开花的。"

甚夜的语调没有抑扬顿挫，直次闻言瞬间愣住了。

水仙在冬季到春季之间开花，而且总体来说，初春开的水仙花要比冬天开的大一圈。因此直次保存的那朵较小的水仙花是早在冬天就开花的。

"你之前说过，令兄是在初春时失踪的，而如今已是秋天……那么，他是在哪里找到这朵花的呢？"

既然定长从初春一直失踪至今，只要稍做思考就会发现他根本没有机会得到这么小的水仙花，而这朵本已过了开花期的花出现在他的房间里，就证明他进入过某个季节与现世不同的"有着另一种时间的异界"。

"但是家兄他就在这里。"

"是啊，没错，他以前估计确实来过这里。"

"您的意思是？"

"我一直在想定长阁下是如何得到那朵花的。恐怕是鬼用异能创造出了一个与现世有着不同时间的异界，所以水仙花虽然在现世已经过了花期，但在异界中却依然开放着，这就是我的推测。但如今这里开着的是……瑞香花。"

甚夜必须把残酷的真相告诉直次，虽然他原本是带着解决怪异事件的打算参与进来的,但事件其实早已结束了。

"一开始我还以为异界中始终有水仙花开放,所以我推测,时间在那个超乎常理的异界是静止的……可是我错了,瑞香花是宣告春天来临的花,既然这里的花会根据季节开放,那就说明异界的时间是流动的。不过,这里时间流动的速度与现世不同,所以会开出在现世已过花期的花。"

问题是,时间在这里是变快还是变慢。

如果是慢那还好说,无伤大雅。

可是鬼女却说这里"已经没有人了,什么都不剩了",如果她没有说谎的话……

"恐怕时间在这个异界中……"

"流逝的速度远比现世要快得多。"

至今没有任何反应的女童接过了话头。

甚夜的推测没错,异界的时间要比现世快得多。恐怕定长所卷入的怪异事件早已经结束,事到如今再怎么努力都于事无补。

"这里是个早已不复存在的地方,是我幼年时生活过的幸福之庭……"

女童虽然说得轻描淡写,但她冰凉的声音中隐隐带着一丝寂寞。

"百年之后,我领悟了异能,拥有了能够创造出过去的幸福之庭的能力，不过……"

"哎呀呀，拍得好快呀！"

甚夜往主屋一看，一对男女不知何时坐在了庭院边的走廊上。

"好！我看着呢！"

"她拍得越来越好了。"

两人看上去是对感情很好的夫妇，但他们瞬间就消失了。

走廊上没留下一丁点儿痕迹，仿佛从来没有任何人出现过。

"我的异能叫'梦殿'，能够用回忆创造出一个小天地，但也仅此而已，并不能将人囚禁于此。这种异能只能够用来怀念过去。"

也就是说，无论是刚才的夫妇还是之前的白日梦，还有定长的身影以及她的回忆，都不是现实，而是旁人可以看见的梦。女童的异能其实就是"重现回忆"。

女童说自己无法逃离这里，但这不是指物理上无法离开，仅仅是因为她陷在幸福时光的回忆中无法自拔而已。因此，这座宅邸中的囚徒并不是定长，而是它的创造者——也就是这个鬼女。

"所以，这个小天地中的时间要比外面的时间快得多，而待在这里的人会逐渐被外面世界的人们遗忘。越珍贵的东西总是越容易失去……回忆终将无可奈何地被时间的洪流冲走,再也想不起来。"

女童用充满哀伤的眼睛眺望着远方。

"只剩下我,无法跟上这股洪流。"

这个异界的法则就是,鬼女即使待在这个时间飞速流逝的小天地中,她自身的时间流逝速度还是和外界相同。尽管这里是她梦寐以求的地方,离她心中的愿望却还有一步之遥。

幸福之庭中没有其他人。只要待在这里就能沉浸在幸福的回忆之中,但能一直在这里的也只有她自己。在"梦殿"中的其他人会比她更快地衰老、死去,而一直留在逝去的幸福时光之中的她,根本无法追上他人的速度。

"也就是说,家兄他……"

直次的声音在颤抖。女童刚才说这里已经没有其他人了。如果这里时间流逝的速度比外面的世界要快得多,那么选择留在这宅邸中的定长——

"莫非已经……"

而女童只是直直地盯着直次,回答道:

"这里已经没有其他人了。"

所以事件真的早已结束了。就在直次打算寻找哥哥的时候,他就已经不在了。

"怎么……会这样……"

直次无力地低下了头。

就在此时，本来一直无风的庭院里突然刮起一阵大风。

"再会了……还有，对不起，我夺走了你的哥哥。"

狂风仿佛被她充满悔意的声音召唤而来，吹乱了池水，吹弯了花朵，将花瓣吹上了天空。

花瓣仿佛被天空吸走一般不断向上飘去，同时，宅邸也宛如沙雕一般地倒塌了。

"但是，我很感激兵马，是他拯救了我。"

视野中的一切都变得稀薄了起来，让人切身感受到幸福之庭的落幕。

"等你们醒过来的时候就已经回到原来的地方了。请放心。"

女童虽然外表看上去幼小柔弱，但态度却温柔稳重。

她原本就没有打算将任何人关在这里，而定长所遭遇的事件只不过是偶然发生的事故。她应该没有任何加害或者捉弄甚夜等人之意，将他们叫来此处，估计也只是想要为定长之事向直次表达歉意。

"小姑娘，你接下来有何打算？"

甚夜看着这个正在崩塌的小天地，平静地问道。女童在失去一切之后绝望地变成了鬼，甚夜对她之后的去向很感兴趣。

"我会去别的地方。"

她的声音既爽朗又清澈,听上去洋溢着满足感,没有丝毫寂寞的阴霾。

"因为兵马他愿意做我的爸爸,所以我再也不会回到这种空无一人的幸福之庭了。"

"你真的能接受这种结果吗?这里对你而言很重要吧。"

"嗯,当然。"

然后,她露出了平和的微笑。

"过去我总是盯着已经失去的东西不放,可是他却用自己的整个人生为我创造了宝贵的新去处。所以,我想要成为他的女儿,离开这个幸福之庭。"

啊,原来如此。

也就是说,她——

"就是说,你打算遵守和定长阁下的约定。"

——有言在先,我刚才说的都是真心话,如果有一天你愿意把我当作父亲,那时候——

"是的,如今我可以骄傲地说,他就是让我自豪的父亲。"

我很幸福。虽然失去了很多很多,但我有两个疼爱我的父亲。

最后,她留下一个让人目眩神迷的笑容,周围的景色在花香的包围下溶进了黄昏之中。

一切到此结束。

幸福之庭就此落幕。

——柔肠寸断泪已尽，如梦初醒……

晚霞将天空染成火烧一般的颜色，夕阳落山时发出的炫目红光美得惊人。可是，甚夜觉得恢复意识之后还是不要马上见到晚霞比较好，因为比起让人想到火焰的鲜艳晚霞，薄暮时柔和的光线更能让人松口气。

"我们回来了啊……"

两人如梦初醒时，发现自己已身处三浦家的庭院中。

天色已晚，西边的天空只剩下夕阳留下的一缕淡淡的红色，宛如余燎一般，让人不禁有些感伤。

"难道说那孩子一直都生活在这座宅子里吗？"

"鬼女说她的异能可以凭空创造出一片小天地，所以那个地方应该不属于这个世界，只不过不知出于什么原因，那里与这座屋子连接到了一起，而令兄又碰巧闯了进去……"

"然后家兄就出不来了。不对，是他自愿选择留在那宅子里生活。"

甚夜闭上眼，眼前浮现出了鬼女那平静的微笑。

那小姑娘非常执着于自己幼年时和父母一起生活过的庭院，甚至因此变成了鬼。后来她偶然遇见一个说愿意当她父亲的男子，不知到底经过了怎样的心路历程，他们最终决定一起生活。不过，小姑娘最后露出了笑容，她一定得到了救赎，而男子的付出也得到了回报。

"家兄为何要留在那异界呢？"

直次呆呆地望着庭院。

定长应该知道那个小姑娘是鬼，也应该知道那里的时间流速比现世更快，可是，为什么他宁愿抛弃家人也要和女童一起生活呢？

直次的话与其说是提问，倒不如说是自言自语，但甚夜却捡起话头回答道：

"说不定，也没有什么理由。"

寂寞的鬼女与可怜她、想要帮助她的男子。

无论结局如何，无论自己会怎么样——

"就算没有什么理由也想要陪伴在她身边，可能就是这么回事吧。"

甚夜自己也经历过这种"只要某人相伴身旁就会感到幸福"的时刻，所以这种可能性是存在的。

不知道是无法接受还是无言以对，直次沉默不语。

甚夜也不再说话，默默环视着暮色笼罩下的庭院。庭院里的植物都没有开花，如今已是秋天，花朵们自然早已凋谢。也许是自己刚才还身处开满鲜花的庭院之中的缘故，明明眼前的才是正常的景象，可甚夜却感到有些不适应。

恐怕火灾后重建的那座宅邸就是如今的三浦家。想到这里，眼前没有花朵的庭院就显得更加寂寥。

"逝去的幸福之庭啊……"

已经失去之物为什么会让人如此魂牵梦萦呢？凡是失去的都再也无法挽回，无论如何祈求都无济于事。女童在失去一切之后绝望地变成了鬼，可即便如此，她依然执着于曾经的幸福。

但是，事情并没有就此结束，她接受了定长想要拯救她的心意，挣脱了自己创造出的幸福之庭。

甚夜心中也许有些嫉妒。那两个人身上有着与他不同的另外一种强大，他们的形象实在太过耀眼，让甚夜无法直视，他抬头将视线投向了昏暗的天空。

摆脱幸福之庭的鬼女如今怎么样了？甚夜一面眺望着慢慢变暗的天空，一面想着那位如今不知道身处何方，又姓甚名谁的姑娘的去向。

远方的天空中开始有星光闪耀。在逐渐降临的夜幕之下，甚夜微微眯起了眼睛。

5

"那之后，在下和家母好好谈过了。"

遇见鬼女的次日，甚夜和直次在喜兵卫碰了面。

甚夜按照惯例选择了这里。与甚夜这个浪人不同，直次还有工作在身，因此今天他特地在白天离开了江户城。

两人都没有点餐，只是边喝茶边说话。这固然是一种影响店铺经营的行为，不过老板和阿风都没有追究之意。相反，他们还面带愁容，担心地看着直次的一举一动。

"在下一直在思考家母为什么忘记了家兄……思来想去最后还是决定直接去问她本人。"

谈到哥哥的事情，直次的忧愁变得愈发强烈。

"在下冷静地向家母提问，结果发现她并非忘了兄长，只是对他的印象已经非常模糊。在家母的记忆中，家兄早在二十多年前就已离家出走，在家母看来，他已经算不上三浦家的人了，因此才说在下才是家里的嫡子。"

作为武士家族的成员，有这种看法从某种意义上来说确实理所当然，这种不顾家族的人自然必须与其恩断义绝。不过，这一事实或许更让直次感到遗憾。

"恐怕在家母看来，家兄在现世中失踪的时间与他在异界中度过的时间一样长达数十年。家母想起家兄离家出走一定非常难过吧。她或许不是忘记了他，而是想要去忘记他。"

因为不愿想起，所以宁愿忘记……不知不觉间就真的忘记了。

那个异界包含着这种机制。

遗忘并不是因为鬼的异能，而是出于人的本性。

"哪怕是家人，只要长期不见面的话也会忘记对方的名字和长相。总有一天在下肯定也会忘记家兄而过上平凡的生活吧……人生在世，真的好寂寞。"

在人生路上，要记挂着失去的幸福走下去想必是十分痛苦的，因此人们总会轻易地忘记那些曾经重要的事物。鬼女的异能大概正是这种情况的体现。

两人都不再说话，一时间，店内鸦雀无声。

时间在静寂中流逝。这时，直次好像想起什么似的，突然打破了沉默。

"对了，还有一件事要告诉您。今天早上在下调查了存放在城里的资料，发现南边的武家町过去确实发生过大火，让那个女童失去一切的大火灾是真的。"

他从怀里掏出几张纸来。

那似乎是那场火灾的备忘录，直次一面看着备忘录一面继续说道：

"大火发生在明历三年，距今已近两百年。当时大火烧毁了大半个江户。这场明历大火……一般被称作振袖大火或丸山大火。前所未有的大火自然造成了前所未有的灾害，外护城河以内的几乎所有区域、江户城的天守阁及众多大名宅邸都付之一炬，城镇街区也有一大半被烧毁。"①

"这么说来，当时在那个宅邸的白日梦里确实有城堡的天守阁被烧塌的场面。"

"没错，由这一点判断，那位女童所目睹的无疑就是明历大火。"

直次说完，将手中的纸放在桌上。

明历大火——死伤者据保守估计都超过三万人，无疑是一场足以摧垮幼儿心灵的人间炼狱之灾。从文字记录中虽然无法得知当时的惨烈场面，但应该可以由此触及女童内心伤痛的冰山一角。

"那场大火之后，江户开始进行城市改建。江户城南边的武

———————
① 明历大火是江户时代最大的一场火灾，发生于明历三年（1657年）一月。该火灾源于多处起火点，持续了两日之久。由于西北风助长火势，大半个江户化为灰烬，死者多达数万。

家町也重新规划，三浦家的宅邸好像就是在重建初期建造的。虽然是在下的个人猜想，但也许三浦家所在的位置……"

"就是那个女童曾经住过的宅邸。"

甚夜抢先回答，直次同意了他的说法。

"您果然也这么想，也许这就是三浦家与她所创造出的宅邸连接到一起的原因。"

"八成就是这样，缘分太奇妙了。"

"确实如您所言，跨越时间的相遇虽然听上去很浪漫，可实际上……"

正是直次家的宅邸给了女童的心灵决定性的打击。虽然知道这并非自己的过错，但直次心中似乎还是有些难以释怀，他的叹息声中带着一丝忧伤。

甚夜同样无法单纯地为事件落下帷幕而感到高兴。本次怪异事件在他接受委托的时候其实就已经结束了。自己虽然参与其中，但面对如此结局却不知该说什么，他感到很惭愧，深深地低下了头。

"三浦阁下，非常抱歉，我完全没有帮上忙。"

直次惊讶地睁大了眼睛，然后马上摇头阻止了甚夜的道歉。

"请您抬起头来，在下非常感谢您的帮助。"

直次的态度比甚夜预想中要沉着得多。甚夜抬起头与直次正面相对，直次的眼神很平静，完全没有责怪之意，甚至可以说看上去非常满足。

"无论是好是坏，家兄是个很有主见的人，所以宁愿抛弃家人也要拯救那位女童。虽然在下不能理解家兄这么做的理由，可是家兄只不过是将自己的决定毫不妥协地坚持到底而已。"

直次露出了自豪的笑容，看上去像个纯真的孩子，但又给人颇为坚定的感觉。

"甚夜阁下，家兄果然是值得在下尊敬的人，单单能知道这一点就已经让在下非常满足了。"

就像哥哥始终坚持自我一样，直次也决心要选择不让哥哥丢脸的活法。他爽朗的动作中蕴含着一种无法言说的坚强。

"啊，差不多该回城里去了。抱歉，在下先告辞了。"

直次最终没有点餐就准备离开了。看着他正要离去的背影，之前一直保持沉默的阿风开口说道：

"那个，三浦大人！"

"阿风小姐？"

"令兄是个非常好的人，因为哪怕会被所有人遗忘……他也愿意舍弃一切去救助一个女童。"

哥哥已被所有人遗忘，但他的作为如今却得到了他人的赞扬。这对直次来说是莫大的安慰。

听到阿风的话，直次的脸上瞬间落下一行泪水。

"是的，家兄是在下的骄傲。"

说完,他又恢复了开朗的表情,看上去与定长快活的笑脸颇为相似。

直次离开了喜兵卫,店内突然变得悄无声息。

沉默持续了一阵之后,阿风吸了一口气,深深地低头向甚夜致谢。

"甚夜,真是太感谢你了。"

"应该是由我来道谢,多亏有客官出手相助,他才能重新振作起来。"

老板和他女儿都毫不犹豫地向甚夜道谢。甚夜却无法坦然接受。他冷淡地回答道:

"我什么也没做,既没有救人,也不曾斩鬼。"

"这也是没办法的事嘛,重要的是直次大人不用再去找他哥哥了,我觉得这对他是一件好事。"

"真的这样就好?"

直次接受了事件的结局,老板也感到非常满意。但是甚夜心中还有些无法释怀之处,他不自觉地皱起了眉头。

"客官看上去不太高兴啊。"

"……可能是因为我还有些不解之处吧。"

"不解之处?您举个例子?"

老板装傻似的回应道。甚夜叹了口气,然后摆出了严肃的表情。

如前所述，本次事件还有些不解之处。如果不将这些疑点搞清楚的话，事件就不算结束。那么接下来差不多该解开真相了。

"要举例的话……是啊，比如说鬼女称呼三浦阁下的兄长为兵马，但我听说他兄长叫作三浦定长，名字不一样。"

老板用奇异的眼光看着甚夜，那哑然的表情好似在说，这家伙在说什么傻话呢？

"我说，客官，我觉得兵马是定长大人的讳。"

简单来说，讳就是一个人的真名，日本自古以来文化中有一种基础性的宗教式思维，认为人的真名与其灵魂是紧密相连的，因此有隐去本名而起别名的传统。

具体到定长来说，他姓三浦，字定长，名兵马。其中定长为别名，兵马为本名。

在汉字文化圈中，只有君主和某人的亲人可以用本名称呼某人，其他人如果这么做则是非常无礼的。这是因为本名与人的灵魂是紧密联系在一起的，知道他人的本名就等于知道他的本质，所以用本名称呼他人就相当于表示对方完全处于自己的支配之下。这种传统被称作"避讳"[1]，除了日本还有许多国家都有此传统。

---

① 此处为日本对"避讳"的定义，与中国有所区别。

"但是,武士的本名一般只有他的主人才知道,对吧？"

"不对,武士的家人知道本名也不奇怪吧。那个小姑娘称呼他为兵马,单纯就是因为把他当作家人看待而已,这有什么好奇怪的呢？"

是啊,我就是想听你这句话——

甚夜的眼神瞬间变得更加锐利。

"说起来,你之前曾经说过,看见三浦阁下的母亲批评他沉迷刀剑一事？"

"嗯？啊,是啊……"

"她当时是怎么说的？我想请你再重复一次。"

"这个嘛……啊——"

甚夜明知故问的口气让老板终于明白了他想表达的意思。

——所以时不时会被他母亲批评:"在卫！你给我适可而止！"

也许是怀念之情让老板放松了警惕,之前在谈论发笄的时候,他用了另外一个名字称呼直次,不难想象,那就是三浦直次的本名。

"哎呀,我只是重复直次大人的母亲当时所说的话而已嘛,没什么值得大惊小怪的。"

老板不愧人生阅历丰富,一副云淡风轻的样子。他装糊涂的本事虽然相当高明,但遗憾的是,这个借口并不能糊弄甚夜。

"我也见过那位夫人,真是位好母亲。"

甚夜无视老板的辩解，转而称赞起直次的母亲来。老板似乎对此颇为困惑，但在甚夜看来，这一评价却是非常关键的要素，因为正是直次母亲的言行揭开了本次事件的真相。

"哦，是这样吗？"

"是的，不愧是三浦阁下的母亲，礼数相当周全。对我这个浪人也以礼相待，在外人面前的发言也十分小心，总是用'直次'来称呼自己的儿子。"

老板露出焦急的表情，仿佛在说"糟糕"，可惜为时已晚。恐怕老板并不知道直次的母亲在外人面前的言行举止，这也难怪，毕竟他是个不重视家庭的人。

"那么，你是从何得知'在卫'这个'只有君主和家人才知道的本名'的呢？"

此言一出，老板明显慌了手脚。

看来被我说中了——甚夜不想放过对方，继续追击道：

"虽然三浦阁下以为自己的兄长已经过世了，但是鬼女只是说'这里已经没有人了'。鬼不会说谎，但却会隐瞒真相。所以，我认为他的兄长其实已经回到现世。"

三浦定长不慎闯入了鬼女的宅邸，那里时间流逝的速度比现世要快得多。他在宅邸中待了二十多年，可是后来又离开了。

那么会出现什么情况呢？定长的年龄虽然增加了二十多岁，但现世中只不过才过了一个月而已。独自变老的定长也就无处可去了。就算回到三浦家,恐怕父母和弟弟也不会相信他就是定长。因此他没有回家,而是混迹于市井之间。

不知是用自己的随身物品还是鬼女的积蓄作为资金,他在江户买下了一座便宜的旧房子,开了一家面馆,并经营至今。

"……以上都是我的推测,如果有什么不对的地方,还请您指正,三浦定长阁下。"

老板虽然知道自己已经无处可逃,但还做着最后的挣扎。

"鬼女的宅邸里时间流逝得非常快对吧? 被关在那里的定长大人应该早就死了,不是吗?"

"不是。"

甚夜无情地否定了他的胡言乱语。

他那自信满满的神态让老板直接问了一句:"您是怎么知道的?"

理由根本不言自明。

"因为那个女孩笑了。"

充满回忆的幸福之庭消失了,可失去一切的女童却露出了让人目眩神迷的笑容。

"小姑娘之所以会笑,是因为她有了父亲,所以我不认为定长阁下已经去世了。"

失去的一切依然折磨着鬼女的内心,但如今她拥有了更甚于此的温情。她的笑容中充满幸福,仅凭这个笑容,就足以断定定长依然活在世上了。

"伤脑筋啊……客官您太狡猾了，这么说的话，我根本无法否认啊。"

这也是自然的，如果否认自己是定长的话，那么就等于践踏女童把他当作父亲来仰慕的纯真感情。事到如今，老板终于举手投降了，他承认甚夜所说的内容全部都是事实。

"您是什么时候察觉的？"

"虽然我想说我一开始就知道了，但是真正察觉到真相是在事情全部结束的时候。不过，一直有些让我困惑的地方，比如本名的问题，还比如这个。"

甚夜一边说一边从怀中取出之前老板寄放在他这里的发笄，据说这原本是属于直次的。

"向面馆老板赠送刀具装饰也让我感到很奇怪。这应该不是送给'面馆老板'，而是送给'定长'的吧？"

"确实如此，在卫认为我总是用手给头抓痒很不雅观，所以把这发笄送给了我。"

武士必须重视礼节，而用手挠头是很失礼的行为，发笄则是可以保持发髻整齐的挠痒工具。因此，送发笄给面馆老板虽然有些奇怪，但送给武士就非常合理了。

"我不是说过了吗，'无论如何，我都用不着这东西了。'"

这句话的意思不是"这种东西对我没用"，而是"从武士变成面馆老板之后，就用不着发笄了"，老板既没有说谎，也没有隐瞒，只是甚夜没能察觉他话中之意而已。

"你不打算说出真相吗？三浦阁下打从心里尊敬着兄长，知道你平安无事，他一定会非常高兴的。"

"客官，您听我说，我啊，是个没什么本事的人，没有强大到能够既保护家人又保护那个小姑娘，所以只能选择自己更想保护的一方。做出选择的瞬间，我就没有资格再姓三浦，也没有资格当他的哥哥了。"

"可是……"

"如今我只不过是个面馆老板而已，已经不再是三浦家的长子了。事到如今，我也不打算回去自报家门。况且那家伙也不是小孩子了，就算我不在身边，他一样可以做得很好。对了，那个发笄就送给客官了，毕竟我再也用不着了，是卖是扔都悉听尊便。"

甚夜叹了口气，将发笄揣回怀里，老板小声地说了句"不好意思啊"。

老板的态度看起来很放松，但拒绝得非常坚决，看来是个非常顽固的人。也正因为他是这种性格，所以才无法将孤独的鬼女弃置不顾。甚夜知道多说无益。

"可是，他居然说不知道我为什么要这么做啊。"

老板回味起直次的话，不禁苦笑了起来。

"看来他还需要不断精进啊。说起来，客官您知道我为什么要成为那个小姑娘的父亲吗？"

他一脸坏笑地问道，视线中充满了挑战的意味。

甚夜喝了口茶，用聊天般的轻松态度说道：

"这个，估计也没有什么理由吧？"

硬要说的话，就是他自己想这么做吧。比起家族荣誉或者兄弟情谊之类的，他更重视毫不妥协地坚持自我。

甚夜抛出的答案看来是正确的，老板满足地点了点头。

"哈哈，确实如此。其实并没有什么了不起的理由，我就是不想那孩子孤单寂寞，所以就决定和她一起生活了。只要是下定决心去做的事，就算其他人无法理解也要坚持到底，这才是男子汉吧？"

即使无人理解，即使舍弃一切，我也无法选择那些不符合自己喜好的活法——老板如此总结道，话中完全看不出他有半点后悔的意思，而是纯粹地为做到自己应做之事而骄傲。

"自己决定的事，无论怎么解释，别人大约也是无法理解的。"

说到底，定长不过是做了自己想做的事情，只是从结果上看他拯救了鬼女而已，根本无须想得太过复杂。

"是啊，没错，自己的理由并不是他人所能理解的。"

"您果然能够理解我。真是没白活这么多年啊，鬼客官。"

……你怎么知道的？

甚夜带着这份疑问看向老板，结果对方哈哈大笑起来。

"我可是和鬼一起生活了二十多年的人噢！从散发出的气息就知道个八九不离十了。"

老板一脸骄傲地摆出了恶作剧般的表情。

甚夜勉强才让自己僵硬的身体动了起来。他装出平静的样子呷了一口茶，然后偷偷地深吸一口气，总算冷静了一点。

"说起来，那个女孩过得还好吗？"

他干咳一声，试图转移话题。可惜，他的期待落空了，话题并没有就此改变。

"咦？她不就在那儿吗？"

老板反而一脸意外。他立刻用下巴指了指某个方向。

甚夜转头朝着那个方向看去，只见阿风带着笑容，以一如既往的端丽姿势站在那里。她闭上双眼，当她再次睁开眼睛时……眼瞳已变成了红色。

"……难怪我们会那么凑巧地进入鬼女的宅邸。"

被摆了一道。

甚夜打从心底里这么想。

从一开始自己就在他们的股掌之间。直次一直担忧着哥哥失踪后的去向，他们大概是为了让直次放下这件心事，所以选择甚夜作为推动事态发展的带路人。该怎么说呢，自己是好好地被利用了一番。

"哈哈，我不是说过了吗？你还只是个孩子。"

也许是觉得甚夜苦着脸的样子很有意思，阿风呵呵地笑了起来。然后，她再次眨眼，眼瞳变回了黑色。

鬼在成长到一定程度之后，外表就会停止老化，此后无论年纪多大，外貌都不会变化。虽然甚夜对此有着切身体会，可不知为何完全没有想到这一层。他不禁为自己的呆板感到头疼。

"在你看来，我确实还只是个孩子。"

毕竟对方已经活了两百多年，相比之下，自己就是孩童中的孩童，只能算是还没学会走路的婴儿。即使不是阿风，在别的鬼的眼里，甚夜也同样是个小孩子。

"现在你打算怎么办呢？你不是以斩妖除魔为业吗？"

阿风带着平和的笑容问道。

斩妖除魔确实是甚夜必须去做的事情，因为他妹妹据说会在遥远的将来毁灭全人类。所以甚夜必须吞食高等鬼来使自己变强，一直以来，这就是他唯一的目标。

那么甚夜该怎么回答也就不言而喻了。

"……总之先给我一碗荞麦面吧。"

"好的，爸爸！一碗荞麦面！"

"好嘞！"

老板痛快地回答道。

阿风的脸上依然挂着优雅的笑容。

也许是被他们所感染，甚夜的表情也柔和了许多。

她的异能并不适合战斗，所以没有吞食的价值——甚夜明白自己脑中的这些想法都是借口，但他还是假装没有察觉。

自己依然是个软弱的人啊，甚夜自嘲地叹了口气。但至少在这一刻，他心中没有变得更强的想法。

"呵呵呵。"

"……有什么可笑的？"

"这还用说吗，当然是因为高兴啊。你看，什么'一无所有'，果然是骗人的。"

她带着笑容否定了甚夜曾经说过的话。甚夜发现老板也笑了。

他们的关系虽然超出常理，但是又充满了温情。这对不可思议的父女看上去非常幸福。

"好啦，一碗荞麦面！"

"来——了——"

失去了一切的鬼女和拯救了她的男子。

既没有血缘关系又人鬼殊途，但他们依然成了家人。

虽然自己被他们狠狠利用了一回，但不知为何，甚夜依然非常高兴。他用手撑着脸颊，凝望着眼前这个幸福的家庭。

很久以前，有个小姑娘失去了一切。

父亲死了，母亲死了，家也没了。

连她的回忆都被连根拔起。

那孩子是鬼。

女孩最终失去了自我，在极度的绝望中变成了鬼。

但岁月依然无情地流逝着，花开花谢，斗转星移，前尘往事均如同水泡一般破碎消逝。时间不会为任何人停留，每个人一定都曾在这股汹涌的洪流之中抛弃过自己曾经珍惜的事物。

凡是失去的都再也无法挽回，注定将一去不返。

不过千万不要忘记，失去的固然一去不返，可是前方的道路上也会有新的收获。

那么，挣脱了幸福之庭的鬼女现在过得如何呢——

"让您久等了！请用荞麦面。"

她的笑容宛如盛开的鲜花般娇艳。

——如今，她是江户一家面馆的招牌女店员。

短篇　九段坂的诅咒之夜

1

嘉永六年（1853年）冬。

善二正坐在日本桥附近一家面朝街道的茶屋里休息。

今天早上天气很冷，所以喝下一口热茶更让人觉得通体舒畅。可是，善二却丝毫没有放松下来的样子，原因大约就在于他身边放着的那个包裹。

"这到底是什么玩意儿啊？"

善二看着长椅上的包裹，不禁有些垂头丧气。

装在包裹里的是一幅浮世绘①。

善二是商家的二掌柜，所以有一定的眼光。这幅浮世绘虽然是批量印刷出来的锦绘，不过作画水平相当了得。他之所以一脸嫌弃地看着它，原因在于这是一幅有隐情的画。

"《九段坂浮世绘》啊……"

---

①盛行于日本江户时代的版画或手绘画，以明艳的色彩、简练的线条描绘民间风俗、人物、风景等内容。其中采用套色印刷批量生产的浮世绘被称为锦绘。

之所以把这幅画包起来，就是不想让它展现在大庭广众之下。

画的主人已经去世了，据说他是半夜独自一人走在路上的时候不知被谁给杀死了。如果仅此而已，还能归结为遭遇了试刀杀人，可是他的尸体还被撕成了碎片，惨不忍睹。引发轩然大波的除了非人力所能为的杀人手段，还有这幅就落在尸体旁边的《九段坂浮世绘》。传闻这幅浮世绘是幅"鬼画"，人们窃窃私语地讨论着："莫非是这幅画作祟？"

这件麻烦东西交到善二手里的经过其实非常简单，这位死者是须贺屋的常客之一，他的夫人不知道该如何处理这幅画，就强行把它塞给了善二。虽然善二很想和对方说"你自己拿去烧掉或者供奉起来不就好了"，不过和客人顶嘴可不行，所以善二只好把这幅画收了下来。

"就算不知道该怎么处理这么恐怖的东西，也不该把它推给别人啊。我又不是什么巫师。"

善二心中自然非常不满，嘴里不禁嘟嘟囔囔。他一边认真地考虑着后续该如何处理此事，一边结了账，然后慢慢地站起身来。

"算了，管它的，还是去糕点铺再吃点儿东西吧。"

他心想，反正有什么事就交给相关的专家去处理就好，于是将刚才的抱怨统统抛于脑后，定了下一个目的地。也许是这种心态遭到了报应，他刚站起身来，一迈步肩膀就撞到了路过的行人，结果手中的包裹被撞落在地。

"走路小心点！"

虽然对方的呵斥让善二很不高兴，不过他还是打算先把包裹捡起来。他低头寻找，结果还是慢了一步。

"啊。"

真是屋漏偏逢连夜雨，包裹正好落在忙着赶路的行人脚边，被无情地踩了一脚。

◆

说起自己的父亲，甚夜脑中首先出现的是元治的身影。他至今依然记得自己当年遥望着他拼死与鬼战斗的背影。甚夜非常崇拜这位虽然有些随性，但又十分有原则的养父。

但他并没有因此就看轻自己的生父重藏。随着自己失去的东西越来越多，甚夜也越来越能理解他当年的叹息。不过，他也很清楚，如今重藏已经是奈津的父亲了。

老实说，甚夜还是无法很好地把握和重藏相处时的距离感。此刻自己居然和重藏面对面地坐着喝茶，让他感慨世事真是难以预料。

"先喝杯茶润润喉咙。"

"那我就不客气了。"

这位须贺屋的店主在自己的房间里招待了甚夜。甚夜在他的招呼下举起茶杯喝了一口，毕竟是有钱人家，摆上来的茶和点心都很有档次。

重藏也喝着茶。甚夜发现重藏脸上的皱纹比自己记忆中多了不少，让他再次体会到重藏已经老了。不过相对而言，重藏的表情也比甚夜记忆中要平和许多。

"那么我就开门见山——有件事要麻烦你。"

暂缓片刻之后，重藏平静地切入正题。两人自之前的事件后便建立了联系，而这次重藏把甚夜叫来，自然不是为了两个男人一起喝茶，而是又有怪事要交给他处理。

"做生意做久了，就总会机缘巧合认识各种各样的人。传马町有家书店店主来和我商量，说他进了一批古怪的货。"

"古怪的货？"

"据说是什么'鬼画'。"

话题虽然很沉重，但是重藏的脸上却没有厌恶之色，不知道他是已经放下过去，还是只是没有让自己的情绪表露出来而已。可是两人相处的时间实在太少，不足以让甚夜分辨这其中的差别。

"听说画的名字叫《九段坂浮世绘》。"

重藏拿出了一幅浮世绘。这是幅以河流为背景的美人画，画上的那位女子一副巫女打扮，身上佩戴着装饰品，怀里抱着一把朴素的刀，仿佛抱着婴儿的母亲一般。画面色彩鲜艳，笔触优美，即使在外行人看来也是非常杰出的画。但是比起画作本身，甚夜更在意的是画中的那位女子。

"奴奈川姬……不，不是。"

"哦？奴奈川姬？"

重藏挑起一边眉毛，嘀咕着甚夜提起的名字。与其说他是在向甚夜打听这个从没听过的名字，不如说是想试着亲口说出这个有些拗口的名字。

甚夜回答时视线始终没有离开画面。

"奴奈川姬是古代传说中一位与河流有关的翡翠女神，在信浓①地区她还被视作酿酒之神。这幅画虽然是美人画，但是画中女子画得很像奴奈川姬，可是，奴奈川姬是不会抱着刀的。"

巫女佩戴的首饰从颜色上看很像是翡翠，背景中的河流与女子端庄的站姿十分相称，这些都与甚夜曾经听说过的信浓的女神传说相符。

奴奈川姬是翡翠女神。据传，沼名河中的翡翠因为她的加护，拥有可以让人长生不老的力量，所以作为巫女饰品格外受到青睐。奴奈川姬虽然被认为是越国②的女王，但她的传说在信浓

①日本古代国名，又称信州，相当于现在的长野县。

②本州岛北部、日本海沿岸的一大片地区，令制国时期被分割为越后、越中、能登、加贺、越前五国。相当于现在的福井县、石川县、富山县和新潟县。

也有流传。此外,她还是建御名方神的母亲。因此,在信浓,她不但被视作酿酒之神,更被视作安产之神。

"没想到你知道这么多稀奇古怪的东西。"

"从前听说过一些……"

"是吗?"

往昔的回忆掠过脑海,甚夜不由得支吾起来。因为真正的原因不适合对自己的亲生父亲提起。

很久之前,甚夜从养父那里学到了很多与祭祀、巫者相关的知识。当时他就经常听养父说起与奴奈川姬相关的信浓神话传说,画中的河流背景以及戴着翡翠的美丽巫女身份都符合这位女神的形象,不过最后那把朴素的刀却推翻了他的猜想。

"既然说是'鬼画',那么它一定有些奇怪的传闻吧。"

"说是传闻也有些微妙,据说为这幅画绘制底稿的画家最近一病不起。画家还笑着说这一定是他把这幅'鬼画'拿出来卖而遭到的报应。"

就是这句话引起了书店店主的注意,他实在无法释怀,就来找重藏商量,最后商定将这件奇怪的事情委托给某位擅长斩妖除魔的浪人来处理。

"你怎么看?"

"没什么特别之处,看上去就是一幅普通的浮世绘。"

尽管很感谢对方特地委托自己,可是甚夜仔细观察之后,没有发现这幅画有什么特别之处。甚夜没有杰出的通灵能力, 不过他曾和鬼怪打过不少交道。虽然无法断定"鬼画"中的人物到底是谁, 但他也没有从中感觉到什么可怕的力量。

"这么说画家生病只是巧合? "

"这就无法断言了。鬼怪们都是在时机成熟时才会露出本性, 只能说目前看来没有什么可疑之处。"

重藏微微低头, 斜着眼凝视着浮世绘。这幅画虽然被称为"鬼画", 但画风却非常优美。在这位经营普通商品的商店店主看来, 只是一幅十分正常的画。

"您本次所委托之事就是找出这幅'鬼画'背后的真相……是这样没错吧? "

"是的, 如果什么都没有自然最好, 如果发现灾祸的苗头就妥善地加以处理, 这就是书店店主的期望。"

"我明白了, 那么这幅画可以暂且先由我保管吗? "

甚夜毫不犹豫地接下了委托。目前没有问题并不代表之后不会出问题, 鬼怪们总是这么出人意料。既然如此, 与其因盲目乐观而遭受损失, 还不如慎重起见花工夫调查一番, 哪怕最终一无所获也无妨。何况, 这幅画确实有让他在意之处。

"交给你了, 当然我们会给你相应的报酬, 不会让你白忙的。"

"承蒙您关照。"

重藏一脸严肃地点点头，两人的对话就到此结束了。

自始至终两人都没有以父子身份面对彼此，而是以委托人和受托人的身份进行着枯燥无味的对话。甚夜虽然感到些许寂寥，但同时也觉得这样比较轻松。重藏已经有了新的家人，甚夜也有对已逝之物的宝贵回忆，所以他对于重拾已经断绝的父子之缘其实颇为退缩。

"解决此事之后，我们一起喝杯酒吧。"

重藏流露出的些微感情让甚夜既感激又愧疚。他接下这件委托，最主要的原因不是重藏是自己的亲生父亲，而是自己单纯对此事很感兴趣。

让甚夜产生兴趣的不是"鬼画"这个称谓，而是画中的女子。这是一位戴着翡翠首饰的美丽巫女，她怀中的那把刀，刀鞘从颜色上看是铁质的，根据刀鞘的弯曲程度可以看出这恐怕是一把太刀。而朴素的铁刀鞘正是葛野制造的太刀的特征。

江户冬天的彻骨寒风让人皮肤紧绷，路上的行人都瑟瑟发抖地快步赶路。身处人潮之中的甚夜瞥了一眼手中的包裹，里面装着的正是那幅《九段坂浮世绘》。

说起九段坂，甚夜首先想到的是位于饭田町的坡道。那段倾斜的坡道上共有九段石阶，因此得名九段坂。幕府的御用宅邸"九段宅邸"也坐落于此。但是甚夜之前已经确认过，这幅画上并没有描绘任何与饭田町坡道有关的内容。

接下来让他在意的就是画中的女子了。收在铁鞘中的太刀与巫女的组合在甚夜的故乡具有特殊的意义。不过遗憾的是，甚夜依然没有找到这组意象与九段坂之间的联系，因此调查眼下陷入了僵局。

甚夜烦恼地走着，当他来到了自己时常光顾的喜兵卫面馆门前时，寒冬已将他的指尖都冻僵了。

"哎呀，甚夜，欢迎。"

甚夜掀开暖帘走进店里，阿风和往常一样迎接了他。

原本阿风对待甚夜就很亲切，在幸福之庭事件结束之后，她的态度变得更加温柔了。现在回想起来，她之前对自己这个普通客人颇多照顾，也许是出于对同类的关心吧。但是阿风并不过多地打扰甚夜，很好地把握着彼此间的距离感，这让甚夜感到非常舒服。

"请坐，外面很冷吧。"

"好的，谢谢。"

甚夜随便找了个位子坐了下来，不一会儿，阿风就给他端来了热乎乎的茶。一开始连端碗面都东倒西歪的阿风，如今已经是个非常老练的招牌女店员了。可惜喜兵卫依然门可罗雀，因此她也很少有机会展示自己好不容易取得的进步。

"还是荞麦面吗？"

"嗯，是的。"

其实甚夜来店里并不是为了用餐，而是想要坐下思考一番，为调查浮世绘之谜找点头绪。不过话虽如此，不点餐就坐在店里也挺不好意思的，多少得付一点餐位费才是。甚夜带着这番考虑，刚点了荞麦面，善二就慌慌张张地跑进了店里。

"甚夜在吗?!"

"善二阁下？"

"噢噢，你在啊，不好意思，请帮帮我！"

善二一看到甚夜就立刻向他求助。这样心急火燎来找甚夜的委托人虽然不常见，但之前也不是没有过。在听了善二求助的内容之后，甚夜意识到自己的表情稍微有些紧绷，因为他又一次听到了之前在重藏那里听过的名字。

"……《九段坂浮世绘》?"

"没错，传说那是幅'鬼画'，谁拿着谁就会死。"

"可是你把它弄破了。"

"是啊，不小心出了点差错。"

善二花了一些时间介绍了他手中的浮世绘的来龙去脉，包括一开始画上只有点血迹，后来落在地上被人一脚踩破在内都毫无隐瞒。看来他还是老样子，马马虎虎的。

"哎呀，那种东西请别带到我们店里来啊。"

听完他的讲述，喜兵卫的老板露出了微妙的表情。

"啊，真是不好意思，我一着急就……"

"算了，你也没有恶意。"

在两人对话的时候，甚夜拿起善二带来的浮世绘端详，这幅画虽然有些残破，但还是足以让人看清画的内容。他的目光不自觉地变得锐利起来。

"请你看看这个。"

"嗯？这个是？"

"传马町一家图书店进的货，也叫《九段坂浮世绘》，而且，听说还被称为'鬼画'。"

甚夜放下手中破了的画，取出从重藏那里拿到的另一幅《九段坂浮世绘》。两幅画同样以河为背景，同样画着戴着翡翠首饰的巫女，巫女怀中同样抱着刀。两幅画放在一起，无论色调还是构图都完全一致。

"与我手中这幅一模一样啊，说是'鬼画'，可画得还真不错呢……"

善二惊讶地盯着两幅画看。身为商家的二掌柜，他还是颇有眼光的，不禁赞叹起画家的功力来。实际上，这两幅画哪怕是在外行人看来也非常漂亮。娇媚的笔触与美人画完美贴合，而画家的高超技法更让画面呈现出优雅之感。

可是既然已经知道那些诡异的传闻，甚夜也不便随意将这些夸赞之词说出口。江户流行的浮世绘是锦绘，锦绘并非孤品，而是批量印刷的版画，两幅画一模一样本身并不奇怪。不过，一旦牵扯到死人、作祟之类，那就是另一回事了。

"怎么说呢……这种传说会作祟的物品居然有好几幅一模一样的，感觉一下子就紧张不起来了。"

善二的牢骚也是甚夜心中所抱持的疑问，这种批量印制的《九段坂浮世绘》到底是只有其中一幅会给人带来灾厄，还是每一张都有作祟之力？

"确实如此。"

甚夜一边说，一边用眼角看着阿风。

"真是一幅漂亮的画啊。"

阿风也看着甚夜，悠游从容地发表了感想。甚夜明白她的意思，看来她也认为眼前的浮世绘都是寻常之物，没有什么特别的力量。

"遗憾的是我对画没有什么研究。善二阁下，你有看出什么端倪吗？"

善二闻言再次将浮世绘仔仔细细地打量了一遍。

"嗯……这些锦绘的颜色还很鲜艳，没有褪色的迹象，纸张也没有老化，印制至今应该还没超过一年吧。还有，我大概知道是传马町的哪家书店在销售这些画，只要我去拜托他们，应该就能问到这幅画的画师是谁。我能帮上忙的就这些了。"

"这就帮了大忙了。"

"哪里，我们家小姐也给你添了很多麻烦，就当是还你人情吧。"

虽然善二总是说错话，也有些马虎，但他无疑是个好人。尽管他急急忙忙地赶来向甚夜求助，可并没有一股脑儿将事情全部甩给甚夜，而是主动提出要帮忙。

千轩堂九左卫门是日本桥传马町的一家通俗读物店。这家店经营面向大众的艳情、恋爱通俗小说，同时也在策划制作浮世绘方面颇下功夫，因此千轩堂往往被人称为书店。

"这不是善二先生吗，今天您有何贵干？"

善二已经在须贺屋工作了很长时间，在各家批发商中颇有人缘。看来千轩堂的店主也认得他，刚往店里一看，对方就和他打招呼了。

"来买春宫图的吗？哎呀，我正好进了一批好货哦。"

"不好意思，这个下次再说……"

话里话外暴露了善二以往光顾这里的理由，不过这倒也符合他平时给人的印象。甚夜站在他身后默不作声。善二很流畅地将话题从闲聊转入正题。

"你说《九段坂浮世绘》？啊，那个我们店已经不卖了，人家说是'鬼画'什么的，我觉得摆在店里也不太好。"

"我在来的路上听说了事情的经过，那就是画师的一句话而已嘛，有必要真当一回事吗？"

"不不，实际上那个画师如今确实病倒了，而且听说还有买了这幅画的人被杀了。我们也不想因此影响到书店的风评。"

据千轩堂店主所说，将《九段坂浮世绘》称作"鬼画"的那位画家如今重病在身，无法作画。此外，画的主人被杀之事也并非空口无凭。

"噢，真没想到。对了……"

生意人果然能说会道，善二的手段让一旁的甚夜看得瞠目结舌。善二巧妙地隐瞒了真实用意，一下子就问出了《九段坂浮世绘》的源头。

"你问这幅画的画师啊，他是个怪人，一直都住在堺町的破旧长屋里呢。"

打听到这些就足够了，善二非常自然地结束了对话，满脸和气地告辞而去。真不愧是受重藏赏识之人，确实相当有一手。

"看来画师住在堺町……这个信息足够了吗？"

"够了，接下来就交给我吧。"

很遗憾，总是面无表情的甚夜不可能成为像善二那样长袖善舞的生意人，所以他的腰际才挂着沉重的刀。

与善二告别之后，甚夜在前往堺町的路上陷入了沉思。虽然明白纠结于过去只会一无所获，但他的脑中仍然闪过自己正带着爽朗的笑容与人谈生意的画面。这幅景象是否是自己人生的另一种可能性呢?

江户歌舞伎表演据说起源于一位名叫阿国[①]的女性所跳的倾奇舞[②],这位来自出云的巫女将念佛舞[③]与狂言[④]改编为了更容易被人接受的形式。这种歌舞与短剧交替穿插的表演形式很快在京都流行起来,不久传到江户之后同样大受欢迎。不过这种舞蹈后来被幕府批判为伤风败俗,开始受到管制。

但表演本身并没有受到禁止,一个从京都来的歌舞伎剧团在中桥地区开设了小剧场,以此为发端,江户的歌舞伎文化有了很大发展。甚夜要去的堺町曾经也是个有着众多小剧场的热闹街区。但在天保改革中,这些小剧场都被强制搬到了浅草,堺町从此萧条,不复当年的活力。再加上最近这里流传着不祥的传言,让路上行人的神情看上去更加阴郁。

之前听说的传闻中,那位死者也是在堺町遇害的。"鬼画"的画家卧病在床,而持有者死于非命,也难怪图书店店主会把这两件事联系在一起胡思乱想。

对于甚夜来说,倒是希望事件的可疑之处越明显越好,因为

①安土桃山时代至江户时代初期的舞者,生卒年不详,据说是出云大社的巫女,一般认为是歌舞伎的创始人。

②以服饰华丽且配有奇异装饰,同时行为异于常人的"倾奇者"的姿态为基础改编的舞蹈,曾在日本京都风靡一时。

③一边拍打太鼓、一边念诵佛经,同时伴之以舞蹈的一种民间艺术。

④从猿乐发展而来的日本传统艺术,是对猿乐加以提炼的一种喜剧表演。

这样处理起来比较省事。

　　甚夜来到了一座位于堺町外围的背街长屋前。虽然如今的堺町十分冷清，但这座破旧的寒酸长屋里依然充满着烟火气。恐怕是很少有外人来访，水井边的几个女人一面偷偷看着甚夜，一面窃窃私语。

　　"不好意思，请问嵯峨道舟阁下在家吗？"

　　甚夜要找的人正是住在长屋某一户中的嵯峨道舟。《九段坂浮世绘》的底稿就是他绘制的，这位创作了"鬼画"的画家据说如今正卧病在床。尽管目前还不知道是不是真的有东西在作祟，但还是先向他打听一下那张浮世绘的情况吧。

　　"噢，请进来吧。"

　　回答的声音比甚夜预想的更有气势，他探头往房间里一看，只见一位瘦小的老翁正从被褥中坐起身来。

　　"请问你是哪位？"

　　"失礼了，在下名叫甚夜。因有事相商，特来拜访嵯峨阁下。"

　　"老夫也不是什么上流人士，不必拘礼。总之先进来坐吧。"

　　甚夜在嵯峨的招呼下走入房间，坐下后他环顾四周。

　　房间里有几十支笔、颜料碟、颜料及骨胶等全套绘画工具。但这些工具全都被放在房间的角落里，可见已经有段时间没有使用过了。看来嵯峨因病无法工作一事并非捕风捉影。

　　"这副模样还请见谅，如你所知，老夫是浮世绘画家嵯峨道舟。不过如今只是个连笔都拿不起来的怪老头而已。"

这位脸上有着深深皱纹的瘦弱男子……道舟坐在被褥上，带着很有风度的笑容做了自我介绍。

"老夫从没见过你，你找老夫所为何事？"

"我想向您请教一些事情，请您务必拨冗解答，给您添麻烦了。"

"没关系，虽然没法招待你，但老夫也不觉得有什么麻烦，毕竟家里好久没有客人来了。"

人们总是先入为主地认为凭借一技之长为生的人个性都很偏执顽固，可是道舟虽已年老，却完全没有目中无人的做派，他对在他看来不过是个毛头小子的甚夜也以礼相待，想必年轻时一定是个颇有魅力的豪爽男子。

"嵯峨阁下，我听说您生病了。"

"也谈不上生病，人上了年纪自然就会越来越衰弱，老夫的身体已经没办法像以前那样画画了。"

这与书店店主的说法有所出入。嵯峨虽然确实看上去很瘦，但他气色很好，不像是生病的样子，说话表达也相当清晰，看上去没有遭遇祸祟的迹象。

"您是说并非因为'鬼画'作祟，对吗？"

"哦，什么啊，这位面无表情的客人，难道是千轩堂派你来的吗？"

传马町的书店店主确实说嵯峨是因为将"鬼画"拿出来卖而遭到了报应，看来双方对此事的认识并不一致。甚夜取出了《九段坂浮世绘》。

"并非如此，我听说这幅画是阁下的作品，因此特来拜访。"

"九段坂……这可真让人怀念啊。"

根据善二的判断，这幅画印刷完成至今应该还不到一年，但是道舟看到此画之后却仿佛意外地找到了贵重的失物一般，露出了既惊喜又怀念的表情。

"千轩堂对您所说的'鬼画'一事非常在意。而我正在调查这张《九段坂浮世绘》背后的真相。"

不知道道舟有没有在听，他先是将视线从浮世绘移到了夜来上，最后又看着甚夜的脸大大地叹了口气。道舟看上去并未面露不悦之色，可甚夜完全猜不透他心里在想什么。

"原来如此啊……"

"您愿意给我讲讲关于这幅画的事吗？"

"啊，好，没问题。虽然不知道能不能令你满意，但怎么说这也是刀带来的缘分啊。"

老者愿意开口自然令人感激，但是他的表达方式让人有些在意。

道舟的视线已经离开了甚夜，他环视室内一圈后切入了正题：

"从哪里说起好呢……首先这幅画本身叫作《九段坂浮世绘》，不过和江户的九段坂无关，指的是画中的女子。"

"也就是说，是画中女子的名字吗？"

"稍微有点不同，这是个叫元治的人擅自给她取的称呼，他说就叫这家伙九段坂吧。"

甚夜闻言吓了一跳。他没想到会在这里听到这个名字，惊讶得说不出话来。

"我说过了嘛，家里好久没来过客人了。你腰上挂着的是葛野产的太刀对吧？以前也有个挂着这种太刀的人会来我这里做客。

"所以我才想要说说往事——"道舟笑道。

2

结局总是突如其来。

当年元治的死让甚夜——甚太对此有了刻骨铭心的体会。

"——连心爱的女人都保护不了……我真是不堪啊。"

袭击葛野的鬼像野兽一样四脚着地，身体比壮硕男性还要大上许多。它的身上没有皮肤，肌肉纤维直接暴露在外，嘴里还不断地滴下口水，外貌十分丑陋。它睁大红色的眼睛看着四周，似乎正在觅食。

这只鬼突然袭击了葛野的神社。

听说它杀死了葛野的斋姬夜风，并把她吃掉了。

但这还是没有填饱鬼的肚子，它跑进村落里胡作非为，还盯上了可能会接任巫女的白雪以及甚太。

两个孩子察觉到自己危在旦夕，连忙逃走，但孩童的脚程哪里跑得过恶鬼？鬼很快追上了他们，双方的距离几乎只剩一步之遥，所幸元治在他们眼看就要一命呜呼的时候及时赶到。

"但是啊，枫，你必须给我死在这里。"

元治一改往日优哉游哉的态度，将刀尖对准了眼前的鬼。

为了保护身后的甚太和安心地晕过去的白雪，元治寸步不让，勇敢地与恶鬼对峙。

可是希望很快就破灭了。恶鬼过于强大，连村子里最厉害的高手元治在它面前都显得不堪一击。

元治没能躲过恶鬼的利爪，还没靠近对方就被击倒在地，身上鲜血淋漓。这已经算不上是战斗，只是单方面的蹂躏而已。可是，浑身伤痕累累的元治却笑了起来，仿佛一点都不觉得疼。

"夜风……你以前总说不该选我做巫女守。会让你有这种想法，恐怕就说明我确实不配当巫女守，也不配当你的丈夫。"

元治已经奄奄一息，鬼似乎觉得让他靠近自己也没有危险，因此它只是悠闲地看着元治的步伐。

"可是啊，我并不后悔。虽然至今不知道是好事还是坏事，但与你的相遇改变了我。作为巫女守的生活不能说没有痛苦，但是和你一起度过的日子也挺不错的……不知道你是怎么想的，不过事到如今也没办法听到你的亲口回答了。"

元治停下脚步，弯下腰来。

"甚太，你听好了。"

元治的身上散发着惊人的气势，仿佛宣告着他即将把敌人一刀斩断。

所以，甚太知道这是元治——他的养父的临终遗言。

"一开始，我并不喜欢夜风。"

元治说完哑然失笑，气氛缓和了一些。

"虽然被选为巫女守是件好事，但是我不知道夜风脑袋里在想些什么。她总是面无表情、高高在上。我当时真心觉得怎么会有人想娶个这样的老婆。"

鬼双眼无神地望着他们，不知道是不感兴趣还是根本就视若无睹。它低声咆哮着，却没有主动进攻的意思。

"我最初讨厌她，后来却慢慢变得想要去保护她。原本我想保护的并不是她……但连这个想法都在不知不觉中改变了。人啊，就是这么回事。不对，不仅是人，世间万物都会在岁月中产生变化。季节也好，风景也好，视作理所当然的日常也好，就连立誓矢志不渝的心，都不会恒久延续。无论有多么悲伤，无论有多么寂寞，大概都无可奈何。"

元治自嘲的语气让甚太十分难过，但是真正为此而痛苦的恐怕还是元治自己。甚太觉得他说这些话就是想要伤害自己。

"我讨厌那样的变化，我既不适应周围的变化，又害怕接受自身的变化，所以只能拼命地掩饰……我心里其实一直希望着一切都不要改变。"

他扭头看向甚太。

"你以后可别像我这样哦。"

元治带着超然的神情微微一笑。

"到头来，世上没有永远不变的东西，再珍贵的思念总有一天也会改变，要么变得更加珍贵，要么变得完全不堪入目。可是我一直就是无法承认这一点……结果就落到如今这个下场。"

元治顿了一下，平静地继续说道：

"所以说啊，甚太，你要成为能珍视恨意的男人。"

父亲到底在说什么？甚太完全听不懂。

也许是甚太一脸疑惑的样子很有趣，元治的脸上绽开了笑容。

"现在不能理解也没关系，只要你长大之后还能偶尔想起曾经有个笨蛋对你说过这些傻话就行。"

元治想说的话好像已经都说完了，他重新看向鬼，用力握紧太刀，将刀举过头顶。

"以后的事就交给你了。白雪也托付给你了。还有，要和铃音好好相处啊。"

说完，元治神色一变，蓄势待发。随后他一跃而出，冲向对手——

一切就这样结束了。

甚太也晕了过去，所以并不知道之后到底发生了什么。他后来听说，鬼被元治一刀消灭，但元治自己也牺牲了。

收养了离家出走的甚太兄妹的元治，甚至没能和自己的亲生女儿亲口交代几句，只留下一些让人无法理解的遗言就离开了人世。

结局总是突如其来。

天真烂漫的童年时光居然如此轻易地落下了帷幕。

后来，当年的孩子——甚太在依然没有理解元治遗言的情况下坠入仇恨的深渊，舍弃人身化为了鬼，仿佛逃走一般离开故乡，重新回到江户。他根本没有想到居然会在这种情况下听到养父的名字。

"不好意思，我还想请您说说他……说说元治的事情。"

"嗯？"

"我是在葛野村长大的，元治是我的养父。"

道舟闻言虽然非常惊讶，但随即眯起了眼，仿佛端详着什么让他怀念的东西。

"原来如此，原来如此啊。你原来是他的养子啊，缘分还真是不可思议。既然你想知道，老夫自然言无不尽。何况要谈九段坂的话，是无法绕过元治的。"

甚夜其实并没有感到非常意外。当初看到画的时候，巫女和太刀的组合就让他想到了侍奉真火神大人的斋姬，因此他怀疑这幅画与葛野有关。如今知道这幅画甚至和元治也颇有渊源，他的眼神不禁变得锐利起来。

"老夫年轻那会儿,这栋长屋里住着一位神奇的女子,没人知道她叫什么名字。她既不告诉别人自己的名字,也没有胡编一个名字骗人,她说叫她'无名氏'即可。"

道舟的语气充满温情,听起来非常沉稳,完全不像在谈论"鬼画"的话题。由此可见他是多么珍惜这段回忆。

"这个无名氏长得可漂亮了,她皮肤雪白,头发黑亮,完全不像个住在这种寒酸长屋里的人。那时候老夫也还年轻,每次见到她都会心跳加速呢。"

道舟突然看了甚夜一眼,嘴角微微上扬。

"有个人会从葛野远道而来拜访这位无名氏,他就是元治。"

也许在道舟看来,这是一个非常重大的秘密,所以他才故作神秘。可是他恶作剧的企图过于明显,甚夜反而很难做出回应。也许是看见甚夜半天没有反应,道舟放弃似的嘟起了嘴,一副"真没趣"的表情。

"真是的,你多少吃惊一下才比较有意思啊。"

"实在是不好意思。"

"算了,其实也不是什么男欢女爱的故事。元治在他村子里担任巫女的护卫,好像是个挺重要的职务。但是有时候他会受那位尊贵的巫女指派,来江户见无名氏。"

回想起来,甚夜与元治就是在江户附近的路上初次见面的。

从葛野到江户单程要走一个多月,往返一次就要花更多的时间了。对于村子来说，巫女守离开这么久可不是什么好事。为什么本应守在斋姬身边的巫女守要到这种地方来呢？而且还是奉巫女夜风本人之命来的。

"嵯峨阁下，您为何对此事如此了解呢？"

"哎呀，他来的时候经常碰见老夫，我们彼此混了个脸熟，会一起喝茶聊天。别看他那样，其实心里也积累了很多压力，总是抱怨个不停。"

也就是说，道舟是元治在江户的朋友吧，这么一想，甚夜也觉得缘分真是不可思议。

"他说'那女人真是一点儿也不可爱，可恶，我为什么非得来这种地方啊'。不过他倒不讨厌跟无名氏见面，相比之下，元治对那个总是颐指气使地差遣自己的巫女大人更为不满。"

"父亲居然会说这种话……"

"怎么？他在你这个养子面前会摆出一本正经的样子吗？很遗憾地告诉你，他其实是个挺随便的人哦。"

甚夜大致可以想象元治用粗鲁的语气口吐怨言的场面，但是却很难想象他会说夜风的坏话。虽然元治确实说过自己以前不喜欢夜风，但是如今亲耳听到当年的情况，还是让甚夜百感交集。

也许道舟期待的就是这种反应，他敏锐地捕捉到了甚夜瞬间的困惑，高兴地笑了。

"可我不知道元治每次来都和无名氏聊些什么。我觉得这与元治肩负的任务有关,所以没有贸然打听。总之,元治每年都会来一次,后来无名氏离开了江户,元治也就不来了,老夫最后一次见到他已经是二十多年前的事了。"

在流畅地讲述完遥远的记忆之后,老人静静地闭上眼睛,不知是不是勾起了他年轻时的回忆。他带着难以言喻的表情叹了一口气。

"元治明明对巫女如此不满,结果却与她有了孩子。得知此事时,老夫真想不通到底是怎么回事。如今,老夫甚至还见到他的养子,这家伙可真了不得啊。"

单凭道舟对自己的和蔼态度,甚夜就知道他与元治是很亲近的朋友。虽然他装出抱怨元治的样子,但嘴角流露的笑意却无法隐藏。

"对了,你想要了解九段坂那幅画对吧。在无名氏还住在这里的时候,那幅画原本是老夫亲笔所画的红绘①。千轩堂的人不知从哪儿听说了,来和老夫商量在他们店里出售这张画。如今在销售的就是用老夫重新绘制的底稿所印刷出来的木版画。"

也就是说,有一张独一无二的《九段坂浮世绘》,而如今市面上流通的《九段坂浮世绘》只不过是最近才大量生产出来的

---

① 江户时代绘制浮世绘的一种技法,画家以红色为主,配合多种颜色为画面上色。由于颜料中混合了大量骨胶,画面带着一种特殊的光泽。

仿制品。那么最早的那张浮世绘就是传说中不吉利的"鬼画"吗？可是，道舟的态度看上去却非常轻松。

"也就是说，那幅画中的女子就是无名氏吗？"

"可以说是，也可以说不是。画里的女子只存在于老夫的头脑之中。这幅画中包含了元治想要见到无名氏的愿望，并由老夫创作成形，《九段坂浮世绘》就是这么一幅画。对了，那幅画已经送给元治了，所以不在老夫手边。"

"是吗……那么您为什么把那幅画称作'鬼画'呢？"

甚夜真是越听越糊涂。

道舟看着甚夜微微皱起的脸，他也收起了轻松的表情，用非常严肃的声音回答道：

"老夫说的是事实，那幅画就是'鬼画'，确实有诅咒深藏其中。在讨论这个话题之前，老夫必须先问问你，看到《九段坂浮世绘》的时候你有何感想？"

"感想？"

"单纯的感觉就可以了，把你当时脑子里想到的全部说出来吧。"

"我觉得就是一幅普通的美人画。看到河、巫女、翡翠首饰的组合，我首先想到的就是信浓地区传说的奴奈川姬。可是她怀里抱着的太刀又让我怀疑这幅画与葛野是不是有什么联系。"

"噢噢，噢噢，这就很厉害了。"

　　道舟频频点头，似乎对甚夜的回答颇为满意，但甚夜依然不明白他意欲何为，只感觉他的笑容中带着一股强烈的挑战之意。

　　"那老夫就告诉你那幅画为什么是'鬼画'吧，不过老夫有言在先，得知真相之后你恐怕会后悔，会觉得还是不知道更好。"

　　没什么可犹豫的，"鬼画"之事既是重藏的委托，又与元治相关，甚夜自然不可能就此退缩。

　　也许是察觉到甚夜是认真的，道舟满意地笑了。

　　"请你明天再来一次吧，老夫要先找个东西，它应该还在这屋里。"

　　两人的对话就此告一段落，真相被留待明日揭晓。

　　冬季的白天很短暂，走出道舟家时，甚夜发现天空已经带有一丝深蓝色，寒风也冰冷刺骨。他逃走似的离开长屋，踏上返回深川的归路。

　　甚夜很崇拜元治，哪怕已经过去许久，哪怕自己已不再是人类，他依然没有忘记养父与鬼拼死战斗时的英姿，依然拼命地追逐着当年遥望着的那个背影。正因如此，他不愿相信养父与"鬼画"的诅咒有关。

　　"我还是这么软弱啊……"

　　甚夜的脑中充斥着"万一养父真的与'鬼画'有关"的想法，情不自禁地嘟囔着泄气话。他清楚地知道，对于一个为追求强大而生的人来说，这是何等丢人的行为，可心中的忧郁依然挥之不去。

　　冷清的堺町，昏暗的夜晚。随着身后店铺的灯光逐渐远去，甚夜觉得自己正一步一步地走向黑夜之中。

3

元治曾经教育甚夜：世上没有永远不变的东西。那样的话，要是过了一夜之后，心中的忧郁也能变得无影无踪该有多好啊。可惜的是，甚夜醒来之后依然心情不佳。

甚夜住在深川的简陋长屋里，但他其实只有睡觉的时候会回到这里，因此房间里除了最基本的家具，就只有一点儿酒了。甚夜起床之后用附近的井水洗了把脸，快快地整理好仪容后再次出发前往堺町。不知是因为昨晚没睡好还是因为情绪低落，甚夜觉得身体有些沉。

"哎呀，甚夜。"

稍过正午之后，甚夜在路上遇见了两位认识的女子。

是阿风和奈津，这可真是少见的组合，甚夜没想到会在这里遇见她们。

"你们两个在这里做什么？"

"我们女孩子偶尔也要自己出来走走嘛，正好店里也没什么客人。"

据她们所说,是喜兵卫的老板担心阿风老是闷在店里工作会不开心,奈津趁机提议她们俩一起出来散散心。

"虽然也可以去看表演,不过今天我们打算在附近逛逛就好。先去茶屋喝杯茶,然后再去买点梳子啊、发笄啊,还有去看看故事书或者浮世绘也不错呢。你呢?"

甚夜一边摸着腰间的刀一边回答道:"这方面的工作。"

"说起来,你现在正在调查那幅浮世绘,对吧?"

阿风马上就想到了这件事,但甚夜的反应却有些慢,她疑惑地歪了歪头。

"……是啊。"

甚夜的回答慢了一拍,对方似乎因此而误会其中有什么重大隐情了。

甚夜本想敷衍过去,但两人的眼神让他找不出任何借口。因为她们既没有好奇也没有凑热闹的心态,投来的毫无疑问是关心的眼神,这让甚夜感到如坐针毡。

"发生什么事了吗?"

"我在想,这次的事,说不定和我养父有关。"

甚夜透露了一点儿实情,这并不是投降,而是想要回报她们的善意。

奈津和阿风的表情阴沉了下来。虽然形式有所不同,但她们都很仰慕各自的养父,因此对甚夜的话更加上心。

"不好意思,硬要你回答我们。"

"事情也没那么严重,只不过是有可能而已。"

虽然确实有些难以启齿,但终究已经是陈年往事。甚夜觉得她们无须愧疚,于是尽可能地表现出若无其事的态度。

"甚夜的父亲是个怎么样的人?"

甚夜的表演似乎见效了,奈津提问的语气已不那么沉重。此外,由她问自己父亲的情况也让甚夜感觉颇为奇妙,他情不自禁地露出了微笑。

"他在我的故乡担任巫女的护卫,虽然看上去总是一副优哉游哉、不急不躁的样子,但其实是村子里首屈一指、空前绝后的剑术高手。"

甚夜为自己能在别人问起父亲时如此理所当然地谈起元治而高兴,可同时也感到一丝难过。但是他认为自己别无选择,毕竟当初是自己抛弃了家人,事到如今又有何面目称那个人为父亲呢?所以这是最好的办法了。

"那就不用担心啦。"

不知道是不是察觉到他心中的纠结,阿风温和地说道。甚夜不明白她这句话是什么意思,不由得挑起了一边眉毛。他看向阿风,只见她的脸上一如既往地带着明艳的笑容。

"毕竟甚夜都这么说了嘛。而且伯父是个很善良的人,对吧？那么即使他与此事有关，肯定也不会是什么坏事的。"

　　她的语气没有犹豫，十分肯定，虽然没有任何根据，却很有说服力，让人觉得她并不是盲目乐观而已。

　　"……是吗？"

　　"是的。"

　　阿风的笑容宛如缓缓绽放的花朵一般。

　　甚夜觉得郁结在自己心中的烦恼也融化了一些。

　　"我们耽误你办正事了吧？"

　　"哪里。"

　　虽然明知此时应该为对方安慰自己表示感谢，但甚夜却没能用言语表达出来。他那手足无措的样子让阿风笑得眯起了眼。

　　"呵呵，居然能听你说起自己的父亲，感觉有些不可思议。"

　　听到奈津这么说，甚夜确实也同样感到有些怪怪的。但是，他觉得在去堺町之前能遇见她们真是太好了。

　　"那么我们告辞了。"

　　"后续情况之后要告诉我们哦。"

　　谈话就此结束，她们轻快地打了声招呼之后就离开了。甚夜觉得自己也不能一直在路边傻站着，于是继续向堺町走去。

　　身体虽然莫名有些发沉，但疲劳的程度似乎并不深，仍能顺利地行走。

　　甚夜又来到了嵯峨道舟在堺町的背街长屋，房间的主人道舟迎接了他。和昨天不同，今天道舟已经打理好了仪容。

"不好意思，又让你跑了一趟。"

"哪里的话，是我给您添麻烦了。"

"谢谢你的理解，托你的福，老夫都准备好了。"

彼此彼此。甚夜也做好了接受"鬼画"真相的心理准备。

看见甚夜紧闭双唇不发一语，道舟重重地点了点头。他从甚夜身上所散发出的气息感觉到这件事对甚夜来说也很重要。

"那么我们就从画中的诅咒开始讲起吧。没事，你放轻松，老夫只不过在回忆往事而已。"

说出这句亲切的开场白之后，嵯峨道舟就开始讲述与《九段坂浮世绘》有关的回忆。

那是很久以前的事情了。

年轻时的嵯峨道舟和今天一样住在背街长屋里。他虽然不属于任何知名画派，但依然怀抱着成为江户代表性的画家的志向坚持创作。其实换句话说，就是除了梦想一无所有。

他的生活很贫苦，偶尔邻居煮了好吃的会送他一些，这是他难得可以一饱口福的时刻。这种生活让他与邻居们的联系自然而然地变得紧密起来，至少他会注意让自己的言行举止不要引起大家的反感。

住在长屋里，邻里之间就好像过着集体生活一样，道舟清楚地知道邻居们姓甚名谁，也自信能和大家搞好关系。

——哎呀，你今天精神不错嘛，是不是画出好作品来啦？

在所有邻居当中，他对待一名被称作"无名氏"的女子的礼数最为周全。

道舟不知道她的名字，此人说她既不想公开自己的名字，也不想用假名，因此让他以"无名氏"相称即可。

所谓的鹤立鸡群就是指这种人吧。无名氏的衣着虽然总是荆钗布裙，但其美貌却与这座寒酸长屋完全不相称。她说话时的遣词用字有些粗鲁，经常会有什么"你这家伙""别给我胡说八道"这样泼辣且男性化的发言。但是这种落差反而为她的美貌更增添了一丝魅力，年轻的道舟每次和她说话的时候总会心跳加速。

"巫女守元治奉斋姬之命前来送信。"

有个叫元治的男子会大老远地从葛野的村子跑来见这位无名氏。

无名氏对元治的到访总是非常高兴，因此当时道舟心中还有些青涩的嫉妒。不过，这种负面情绪很快就从他心中消退了。

"为什么我这个巫女守要来做这种跑腿送东西的事情啊！那个女人太可恶了……"

男子非常气愤地说，原本以为自己担任的是一个很光荣的职务，没想到却只是被当作送信的，每次往返都必须离开家乡很长时间。

有一次，元治偶然碰见道舟，向他大吐苦水，而道舟又是个和谁都能愉快相处的人，这就是他们成为朋友的契机。元治对无名氏并无爱慕之心，但也并不讨厌她。

此后元治每次遵奉巫女的指示来到江户之际，都会在与无名氏单独谈话之后再找道舟抱怨一番，然后才返回故乡。双方的这种往来持续了很长一段时间。

宝贵的回忆无论过去多久都不会褪色。当时那段全心全意在绘画之路上不断精进的热闹日子，此刻又浮现在道舟眼前。

"后来元治对巫女的态度也有所转变，说她也有她的难处。元治原本就是个好脾气的人，只要和对方好好交流，理解对方的苦衷之后，他不满的情绪自然也会平静下来。"

年轻的道舟又变回了年迈的老翁，他怀念着远去的往昔，那些日子光芒炫目，让他不禁眯起了眼睛。

但他马上恢复了严肃的表情，代表着接下来要切入正题了。

"就这样，我们成了朋友，后来元治拜托我帮他画一幅画。"

那就是《九段坂浮世绘》。元治根据无名氏的外貌向道舟提了要求，然后道舟根据这些要求把画创作了出来。

也就是说，元治想要一幅无名氏的画吗？面对这一直不为人知的真相，甚夜的身体微微紧绷了起来。

"听说无名氏是信浓人，她在那里遭遇了不幸，所以逃离故乡来到了播磨①的一个山间村落。不用说，那个村子似乎就是葛野。"

甚夜聚精会神地听着，但话题似乎又跑偏了。他觉得颇为失望，眼神也变得略微严肃起来。

"不好意思，嵯峨阁下，还是请您谈谈正题。"

"你别急呀，这些也是很重要的。"

无名氏这位女子居然和葛野村有关联，这固然很让人吃惊，不过甚夜认为这与"鬼画"一事并无关系，可是道舟依然滔滔不绝地诉说着往事。

"后来无名氏又离开葛野，搬到江户居住。巫女无法离开葛野，派元治来江户也许是想让他作为自己的替身吧。当然，老夫并不知道她心中的真实想法。"

话题依然围绕着甚夜认为无关紧要的无名氏打转，这让他不禁焦躁起来，道舟似乎察觉了甚夜的情绪，直直地盯着他的眼睛。

"可能是不可思议的缘分吧，元治说无名氏和巫女大人长得一模一样。"

终于谈到关键了。如果无名氏和夜风长得很像的话，那么元治想要道舟画一幅这位女子的画一事就有了完全不一样的含义。

———————————

① 日本古代国名，又称播州，相当于现在兵库县西南部地区。

"莫非《九段坂浮世绘》其实描绘的是夜风大人……也就是葛野村的巫女？"

"应该就是如此。元治一开始对她抱怨连连，可是和解之后就迷上了人家。他想要一张巫女的画，就来拜托老夫。但是老夫根本没见过巫女本人啊，所以就按照据说长得和她一模一样的无名氏的样子，加上元治的建议和老夫自己的想象，画出了那幅《九段坂浮世绘》。"

也就是说，甚夜首次看到这幅画时的感想并没有错。画中以河流为背景的女性并非奴奈川姬，而是站在庚川河前的斋姬。如此一来，她怀中所抱着的刀就是巫女代代相传的夜来，画中的夜来与现实中略有区别，应该是因为这是道舟按照自己的想象画的。

"那么，为什么说它是幅'鬼画'呢？"

"那是因为元治以前总说那个女人比鬼更像鬼，所以老夫就回答说，那就叫它'鬼画'吧。归根结底，这只是用元治过去的抱怨开个玩笑而已。老夫出于怀念之情将它画成版画底稿交给千轩堂之后，身体就每况愈下。如今老夫时常觉得，这一切都是老夫将'鬼画'……将别人的思念之情拿去卖钱而遭了报应啊。"

千轩堂不知道事情的来龙去脉，因此没有领悟到其中半开玩笑的后悔之情，而是直接将道舟的话按照字面意义全盘接收，认为这是会带来疾病的、被诅咒的浮世绘。而后来发生的神秘杀人事件更为"鬼画"一说增加了真实性。

"说白了就是这么点儿事。虽然死了人，但恐怕只是不幸的巧合而已。那幅画就是一幅普通的画，并非什么了不得的凶物。"

谜底揭晓，不过是如此而已。从委托人的要求来看，事情到此就算是顺利解决了。《九段坂浮世绘》没有任何特殊的危险性，抛开画家个人的伤感不谈，作为商品也不会有任何问题。

"如果这就是真相，那么为什么您之前说我听了之后会后悔呢？"

昨天道舟曾说甚夜还是别知道《九段坂浮世绘》之中所隐藏的秘密为好，可甚夜实际听过之后，发现所谓"秘密"仅仅是一些陈年旧事而已。既然如此，为什么要故意夸大其词，将其称作被诅咒的画呢？

"画上的女人，很漂亮吧？"

道舟不知为何满脸笑容地看着甚夜。

"是的。"

"哎呀，当初老夫画这幅画的时候，元治还一直在边上指指点点的呢，说什么不是这样啦，要画得更美丽一些啦，唉，真是被他烦死了。说到底，这幅画就是元治心中美化过的巫女的模样。"

"这……"

在甚夜心目中，元治既是收留了离家出走的自己和妹妹的恩人,也是与鬼拼死战斗的勇者。虽然元治的性格并不死板,不过听到他也有这么不成熟的一面,还是让甚夜感到有些丢人。

"此外还有一件事,虽然你看到《九段坂浮世绘》之后想到的是奴奈川姬,但是元治的感想和你不同,他说这画里的女子简直就是八坂刀卖神。你知道这个神吗?"

"大概知道。"

甚夜小时候,元治向他传授了很多巫者及神话传说方面的知识。八坂刀卖神是信浓诹访地区传说中的女神。这位女神的具体来历并没有定论,但传说她是建御名方神的妻子,因为有了这层关系,所以当地人有时也会将她和她的婆婆奴奈川姬放在一起祭祀。也许是因为无名氏同样出身于信浓,所以让元治想起了八坂刀卖神吧,甚夜父子俩都用女神来表达对画的感想,这也真是不可思议的偶然。

"噢噢,那我就省去解释的口舌了。元治对画的效果非常满意,老夫就乘势让他给画取个名字,他先是提出叫《八坂》,可是马上又自己否定了这个名字。"

然后,道舟忍不住笑出了声。甚夜正纳闷是怎么回事,道舟立刻就把原因说了出来。

"当时那家伙大言不惭地说:'我家夫人比女神还漂亮,所以叫八坂还不够,她的美貌比女神还要更高一级,那这幅画就叫作《九段坂浮世绘》吧。'"

啊啊，原来是真的。

早知道就不打听了。老人的笑声响彻整个房间，身处其中的甚夜则是后悔不已。

"对吧，还是不要知道比较好吧？《九段坂浮世绘》彻头彻尾就是你父亲沉醉于爱情中的产物啊。"

甚夜羞愧难当，用手捂住了自己的脸。

他终于明白这幅画中深藏着的诅咒是什么意思了。

这里所谓的"沉醉"，具体来说就是对自己的妻子或者恋人采取非常宽容的态度。同一件事，如果是别人做的就会生气，但换成自己的恋人就无所谓，这种得意忘形的言行其实就是所谓沉醉。而"沉醉"一词中的"醉"，则是形容对于对方的喜爱到了仿佛醉酒一般不知所以的程度。因此嵯峨道舟才说是诅咒。[①]

不是咒，而是醉。元治当初爱妻至极，甚至沉醉到了堂而皇之地宣称自己的妻子"比女神还美丽"的程度。《九段坂浮世绘》就是元治这段丢人现眼的过去的铁证。

听闻父亲当年的恋爱洋相，而且居然还是在离家乡很远的江户听到的，这让甚夜如坐针毡。他彻底对自己的父亲无语了。

"顺便一说，你也一直叫它《九段坂》，那就代表你也在吹嘘说自己的母亲比女神还美丽哦。"

①此处译文的"沉醉"分别对应日文原词"惚気（noroke）"及其词源"鈍い（noroi）"，形容沉溺于恋情的状态。而日语中"诅咒"为"呪い（noroi）"，与后者读音相同。

自己根本没意识到的事情被人拿来调侃了一番，甚夜只能深深地低下了头。

这是一幅甚夜只要说出名字就会蒙受奇耻大辱的浮世绘。对他来说，这幅画在某种意义上远比其他粗劣的不吉之物更可怕。难道自己就是为了这种结果而东奔西走吗？想到这里，甚夜觉得就连今天来时路上的那份忧郁都显得无比滑稽。

"哈哈哈哈，你终于露出点儿表情来了！哎呀呀，笑杀老夫了！"

在道舟看来，甚夜此刻的神情似乎颇为有趣，这让他非常高兴。

道舟此前如此强调事情的重要性，可能就是为了向之前听到"你父亲是来这里见女人哦"却毫无反应的甚夜报一箭之仇吧。如果真是这样，那么他的计谋确实得逞了。

"哎，不过既然你之前都不知道《九段坂浮世绘》，那么就代表元治从来没有和孩子说过这件事，所以老夫昨天姑且把这东西给找了出来。"

笑完之后，道舟边说边将一幅浮世绘递给甚夜，这幅浮世绘虽然没有上色，但构图甚夜却很熟悉，这毫无疑问也是一幅《九段坂浮世绘》。

"这是……"

"这是老夫当时画的，年代久远，难免会有点儿污渍，你别嫌弃。”

据道舟所说，这幅画是当初所有草稿中画得最好的，他不舍得丢掉，就把它保存了起来。这幅画的纸张已经老化，画面有些脏污，笔触也比不上如今贩卖的版本，可是不知为何，却能从中感到缓缓传出的一股暖意。

“虽然老夫刚才取笑了元治一番，但请你不要因此而讨厌他。他那么做是挺傻的，可他确实是个一直将家人放在心上的人。女儿出生之后，他来江户的次数就变少了，后来他告诉老夫，说他又有了养子和养女，从那之后，他再也没来过江户了，他就是这么个人。”

甚夜觉得心中一热，一股有别于羞耻的感情涌上胸口。虽然元治是否来江户完全是由斋姬本人决定的，但是甚夜知道元治有多么重视女儿，至于他收养在路上捡到的兄妹并将他们视如己出一事，甚夜更比世上任何人都清楚。

“是的，我明白。无论何时我都能从父亲那里学到重要的东西。”

甚夜现在还没能全部理解元治向他表达的想法，但即使如此，他还是能够昂首挺胸地说，即使不是亲生父子，他也依然为拥有元治这位父亲而自豪。这一点他至今确信无疑。

“噢噢，好啊，好啊！”

道舟静静地笑着，似乎打从心底里感到高兴。

这笑容仿佛认可了甚夜确实是他朋友的孩子。

《九段坂浮世绘》事件就这样波澜不惊地落下了帷幕。

虽然嵯峨道舟说甚夜可以把那幅草稿带回去,但甚夜还是郑重地谢绝了他的好意。因为这幅画对老人来说也是很宝贵的回忆,甚夜并不想做出横刀夺爱之举。

九段坂的锦绘由甚夜保管了一阵,终究什么事也没有发生。杀人事件的死者固然不幸,但这幅画应该完全没有受到什么诅咒。

之后,甚夜只需向重藏报告一下原委,就能完成此次委托了。

"让您久等了,荞麦面来了。"

尽管如此,甚夜并没有直接前往须贺屋,而是来到了喜兵卫,点了碗荞麦面。

因为知道了许多事情,所以甚夜需要时间思考一下。毕竟不能直接告诉自己的生父,《九段坂浮世绘》是自己的养父沉醉在爱情中的产物。老实说,甚夜不知道该如何向重藏报告此事。

"客官您怎么啦,一直盯着我看。"

甚夜这才发现自己不知不觉中一直凝视着店主,店主父女都露出了不可思议的表情。

"没什么……就觉得你真是个好父亲啊。"

"甚夜,你真的没事吧?"

阿风被他给逗乐了。

甚夜刚才并非客套，而是说出了自己的真心话。店主在度过了离奇的上半生之后并未哀叹自己的不幸，他依然疼爱女儿，平静度日。而这份坚强正是甚夜如今所欠缺的。虽然甚夜并不想通过这种方式再度认识到这点，但他确实发自内心地尊重店主。

"是不是和那幅浮世绘有关？听说你父亲也牵连其中呢。"

"其实也没什么了不起的，应该说只是知道了养父不为人知的一面而已，但我现在依然很崇敬他，无论如何。"

甚夜说话有些颠三倒四，估计是因为他还在为父亲那些夸张的言行而感到震撼。仔细一想，如今《九段坂浮世绘》正在江户流传，也就是说，养父那些丢人的过去已经暴露在大庭广众之下了。甚夜的心情再度跌落谷底，尽管原因与知道画的秘密之前不同。

"他也不全是优点的哟。"

甚夜闻言，瞬间有些不明所以。他抬头看向阿风，阿风则用给孩子唱摇篮曲一般轻柔的语气说道：

"我是说我爸爸。甚夜君你是只看到了他的优点才会那么说的，实际上他又啰唆，又爱瞎操心，一遇到事情就着急忙慌，很容易犯错呢。"

"喂喂，你说得也太狠了吧。"

"我说的都是事实嘛。可包含了这一切的才是完整的爸爸啊。"

"哦,是啊,嘿嘿。"

能够当面说出对方的缺点正是这对父女感情深厚的证明。知道他们过去经历的甚夜更是感触良多。

但甚夜并不觉得自己与元治之间的关系不如他们,他依然崇拜着自己的养父。无论是元治当年的背影,还是他的遗言,甚夜始终都谨记在心。但事到如今,他才发现养父有着不为自己所知的一面,这一定是因为自己过于崇拜父亲而总是远远地追逐着他的背影,反而忽略了他脸上流露出的情感。

甚夜对此感到非常遗憾,要是能早点察觉到这一点,也许很多事情就不会变得无法挽回了吧。

"结账。"

"好嘞!"

店主父女之间的对话让甚夜的心情多少平静了一些。他迅速地结了账,然后向须贺屋走去。

路上,甚夜想起了重藏。虽然他们已经无法再做父子,但甚夜如今知道了那些无可挽回的事物有多珍贵,他觉得自己如今能够以别的方式来面对重藏了。

"那幅浮世绘没有任何问题。所谓'鬼画'一说只是画家带有些许悔意的一种表达而已。无论是销售还是持有,都不会对人造成任何危害。"

黄昏时分，甚夜在重藏的房间里平静地向重藏报告了事情的原委。虽然有些对不起重藏，但甚夜还是对谈及元治有所顾忌。他在不说谎的前提下略去了部分经过，设法自圆其说。重藏接受了他的说法，缓缓地点了点头。

"那之前死了人又是怎么回事？"

"虽然这么说不太好，但应该是纯属偶然，只能说死者太不走运了。他死的时候虽然手里确实拿着浮世绘，不过那件事本身并没有什么特别之处。"

如果一定要说此事与《九段坂浮世绘》有关的话，那么只能从杀人动机上来考虑了。比如为了抢夺这幅画而杀人，或者是因为不喜欢嵯峨道舟的作品而杀害其所有者，又或者是对画中的女子斋姬有什么想法的人一时冲动杀了人，等等。

"是吗？确实没听说再发生其他骚动。人走不走运都是命啊。"

重藏的话打断了甚夜脑中没有根据的想象。

哎，是自己想多了。甚夜放弃了那些推测。

实际上是多个偶然因素的共同作用才让"鬼画"的说法偏离了它原本的含义。本次发生的事件，也许用"一连串的不走运"来形容最为准确。

"辛苦你了，等你回去时再把酬劳给你，现在先喝一杯吧。"

重藏用和前几天差不多的说法结束了这次报告。

甚夜面前已经摆上了晚餐,有酒有菜。虽然算不上什么宴席,但重藏还是遵守了他之前所做的口头约定。

"我先敬您一杯。"

甚夜首先给重藏斟酒,以示感谢。

重藏马上喝下了这杯酒,然后静静地吐了口气。

"你也喝一杯。"

他回敬甚夜,甚夜将酒一饮而尽,感觉喉咙火辣辣的,非常舒服。

在落地灯笼摇曳的光线中,两人面对面地推杯换盏,他们都不是多话的人,彼此间几乎没有什么对话,就是不停地斟酒,喝酒。

就这么沉默地喝了一阵之后,甚夜似乎想起了什么,于是嘀咕着问道:

"您经常喝酒吗?"

甚夜记得重藏以前是个不太喝酒的人,但如今重藏喝酒的动作已经很熟练了,这让甚夜感到有些奇怪。

"一开始我是为了逃避现实而开始喝酒的,后来不知不觉学会了享受饮酒的乐趣,而且我最近觉得酒变得更好喝了。"

与其说是解释,不如说是独白。重藏并没有说得很详细,也完全不在意甚夜对此会有何种反应,只是仰头喝光了杯中酒。

"你也喜欢喝酒吗?"

他又往甚夜的酒杯中斟酒。在重藏心里，甚夜依然还是五岁的甚太，或许因此才有此一问。

"是的，我喜欢边赏月边喝。"

赏月时喝酒会让甚夜感到一丝淡淡的伤感，可他的回答和重藏之前的话一样过于简单，无法传达出更深的意思。

但是两人都没有多做说明，也许他们都觉得没有这个必要。横亘在两人之间的岁月实在太长了，就算无法理解对方也无可奈何。他们一开始就清楚地知道，事到如今，两人已经无法再做父子了。

"下次再这么一起喝酒吧。"

重藏提出了这个建议。就算无法回到过去，也可以找到新的相处之道。正是明白了这一点，甚夜也露出了平和的笑容。

"如有机会，请务必邀请我。"

——这段对话绝非仅是随口约定而已。

在不久的将来，一件与酒有关的事件会让两人再度会面，并且深陷其中。

但这是未来的事情了。此刻的他们既非父子，也非委托人与受托人，是作为酒友举杯共饮。

"真是好酒。"

不知是谁发出了这句感叹。

两人都已喝得不省人事，缓缓地坠入醉乡当中。